Les Présences

DE LA MÊME AUTRICE

Manhattan Désarroi, Payot, 1991.

Le Souligneur, Stock, 1993 ; Pocket, 1995.

De la bouche des enfants, Stock, 1994,
prix littéraire de la Fondation de la vocation Bleustein-Blanchet,
prix de l'Été du livre.

Avant de te dire oui, Stock, 1995.

Maximum, Stock, 1996.

Pitch, NiL, 2000 ; Pocket, 2001.

L'Enfant du Bosphore, Robert Laffont, 2004 ;
Pocket, 2006, prix Alberto-Benveniste.

Le Corset invisible, avec Éliette Abécassis,
Albin Michel, 2007.

Trois définitions de l'amour, Robert Laffont, 2013.

Vous aimer, Robert Laffont, 2016 ; Pocket, 2018.

Ce que nous sommes, Denoël, 2020.

Eiffel et moi, Sixième(s), 2021.

Louis Vuitton, l'audacieux, Gallimard, 2021.

Caroline Bongrand

Les Présences

roman

DENOËL

Pour mes Jen

Dominique Robinet-Duffo
Laurence Levy
Isabel Vincent
Nathalie Honnay
Edyta Winiarska

À Jenifer Belilty, la vraie

« Les gens meurent seulement
lorsque nous les oublions. »

Nìkos Kokàntzis, *Gioconda*

PROLOGUE

Le miel

— Viens ici, petite fille, avait dit la vieille, ses cheveux blancs, bien longs, ramassés par une multitude d'épingles qu'elle piquait chaque matin pour se faire un chignon.

Sa grande robe blanche ajourée en coton et son gilet en crochet lui donnaient un air de femme vivant dans sa chemise de nuit. Elle avait pris du pain, étalé du miel dessus, Seva s'était précipitée, et Nona lui avait tendu la tartine.

— Assieds-toi, *kerida*, mange et écoute-moi. Le voisin est venu me prévenir. Ils entrent dans les maisons et emmènent tout le monde. Moi, je n'ai plus beaucoup de temps à vivre, je m'en fiche. Qu'ils viennent donc me chercher.

Seva mangeait sa tartine. Du haut de ses dix ans, elle saisissait la gravité du moment.

— Mais toi, tu es une enfant, il te faut ta vie. Alors tu vas t'enfuir, tu m'entends ? Tu affiches ton plus beau sourire, tu gambades dans les rues l'air de rien, et tu prends le chemin qu'empruntait papa pour aller vers les champs, en sortant de la ville, tu te souviens ? Et là, tu te caches, tu te sauves. Tu sauras quoi faire. Tu sauras quoi faire parce que tu es une petite très, très intelligente. Parce que tu es la fille de ton père, un homme extraordinaire, et de ta mère, une merveilleuse et vaillante femme, Dieu ait leur âme. Tu comprends ce que je te dis, *ijika* ?

— Oui, Nona.

— Tu te souviens du chemin ?

— Oui, Nona.

— C'est bien.

— Mais alors je ne te reverrai pas ?

— C'est mieux ainsi. Si tu restes avec moi, ils t'attraperont, et Dieu sait ce qu'ils comptent faire de nous, et des enfants... Mais pas des bonnes choses, pas des bonnes choses. Je t'aime comme le soleil, comme le bleu de la mer, je t'aime comme le chant des oiseaux le matin, comme le miel sur le pain. Et parce que je t'aime, je veux que tu partes maintenant. Prends ça avec toi.

La vieille mit entre les mains de l'enfant une petite pochette de soie contenant quelques bijoux.

— Tu trouveras là deux colliers de ta mère, ses bagues et les miennes, celles de ton autre grand-mère, paix à son âme, quelques bracelets et trois broches. Et un peu d'argent, même s'il ne vaut plus rien maintenant. Prends ce pain aussi, que tu aies de quoi te nourrir pendant un jour ou deux. Tu es mignonne, on te donnera toujours quelque chose à manger. Pour boire, tu as les fontaines. Ne reste pas sans boire ou sans manger, tu me promets ?

— Je te promets.

— Tu comprends, *kerida*, c'est le troc. Contre une bague, tu obtiendras un repas. Mets tout ça bien dans tes poches, et n'hésite pas à en faire usage, il faut vivre. Tu es le trésor de notre famille, tout ce qu'il en reste. Je t'en supplie, reste vivante. Je t'aime. Nous t'aimons tous, moi, la vivante, et nos morts aussi. À la campagne, il y aura de quoi te nourrir, pas beaucoup plus qu'ici, mais un peu plus.

— Et Nissim ?

— Nissim ? Ma Seva, cœur de mon cœur, j'ignore où est Nissim, mais tu n'as plus le temps. File maintenant, soleil de ma vie.

La grand-mère prit sa petite-fille fort contre elle. Seva regarda une dernière fois sa maison, pleine d'amour et de souvenirs, fixant le décor dans sa mémoire. Elle avait le cœur serré. Puis Nona ouvrit la porte qui donnait sur une ruelle légèrement en pente. Et Seva sortit, en marchant, d'abord lentement ; très vite sa nature prit le dessus, et elle se mit à sautiller, comme elle le faisait toujours.

Mais Seva était curieuse, et elle voulait savoir si les parents de Nissim lui avaient dit la même chose, et donné des bijoux et de l'argent, même s'il n'avait plus de valeur. Peut-être que tous les enfants du quartier se retrouveraient là-bas, dans les champs, les poches pleines de bijoux et de billets. Seva s'imaginait déjà jouer à la marchande avec d'autres petites filles : « Oh, mais cette bague est très jolie, j'aimerais beaucoup vous l'acheter, c'est combien ? » Elle marchait tête baissée, elle avait entendu dire que certains soldats arrêtaient ceux qui osaient les regarder droit dans les yeux. Elle se faisait le plus discrète possible, se dirigeant, contrairement à ce que lui avait demandé sa grand-mère, vers la rue Egnatia. « Seulement un petit détour », se disait-elle pour se rassurer, alors qu'elle croisait des voitures étrangères et des camions remplis de soldats. Rien qu'un petit détour. Quelques rues plus loin, elle trouverait la jolie maison de Nissim.

Tout à coup, Seva entendit parler allemand, cette langue qu'elle détestait. Seva, elle, aimait la langue de ses parents, de sa Nona, et le français, qu'elle apprenait à l'école. Elle admirait, sans le parler, l'italien que l'on entendait ici ou là. Même le grec lui était doux, avec ses « r » si tendrement roulés.

Quelqu'un hurlait des ordres. Mais la petite fille décida de poursuivre son chemin, et entonna une chansonnette pour se donner du courage. Une enfant charmante : la peau claire, les yeux noisette, les cheveux auburn retenus par deux pinces fines, une de chaque côté du visage, des anglaises rebondissant sur ses épaules.

Elle aperçut alors Nissim, accompagné de ses parents et de sa grande sœur Paula. Des têtes d'enterrement. Les quatre suivaient un groupe de femmes, d'hommes et d'enfants encadré par une demi-douzaine de soldats qui les emmenaient vers le nord.

— Nissim ! lança-t-elle, à la fois aussi fort et aussi discrètement qu'elle le pouvait.

Aussitôt, Nissim, qui avait reconnu sa voix, la chercha des yeux. Lorsqu'il l'aperçut enfin, Seva lui fit signe de la rejoindre. Le petit garçon secoua la tête : il ne voulait pas.

S'il était urgent qu'elle fuie pour sauver sa vie, il en était de même pour Nissim, surtout maintenant, alors que le groupe dont il faisait partie, grossi par les habitants des maisons voisines délogés sans ménagement et brusqués par des soldats, était conduit vers le centre. Lorsqu'on regroupait des gens, pensa la petite fille, ce n'était jamais bon signe. L'année précédente, quand on avait appelé sur la place de la Liberté tous les hommes de dix-huit à quarante-cinq ans, dont le père de Nissim, c'était pour les emmener dans des camps de travaux forcés ; nombre d'entre eux étaient morts, à seulement quelques heures de leur foyer, accablés par la tâche, la chaleur et le manque de nourriture.

— Nissim ! lança à nouveau Seva.

Le petit garçon lâcha la main de sa grande sœur de seize ans et se faufila parmi ce qui commençait à devenir une petite foule. Puis, échappant au regard des militaires, il marcha jusqu'à Seva.

— Qu'est-ce que tu fais là ?

— Tu dois venir avec moi. Tout de suite.

Elle lui prit la main, avec force. Nissim, hésitant, se retourna le temps de quelques instants vers ses parents. Le regard de son père, Elie, croisa le sien. Nissim pouvait le lire dans ses yeux : son père validait son échappée. Mais il remarqua aussitôt la manière dont sa mère s'était brusquement détournée, une main cachant son visage, et son père semblait maintenant la soutenir.

— On marche un peu, et après on court, d'accord ? lui dit Seva.

— D'accord, répondit Nissim, peu convaincu.

Se tenant fermement par la main, ils couraient maintenant aussi vite qu'ils pouvaient. Ils avaient l'habitude des pavés, ces réflexes et cette souplesse enfantine qui font bondir plutôt que tomber. Deux petits qui gambadent, cela n'attirerait le regard de personne. Les enfants, ça bouge, c'est normal. Alors que des adultes qui commencent à courir, c'est qu'il y a un problème. Derrière eux, de plus en plus loin, ils pouvaient encore entendre cette langue qui leur était complètement étrangère deux ans plus tôt. Ceux qui la parlaient faisaient très peur. Leur accoutrement, d'abord, la couleur affreuse de leurs vêtements. Et ces armes qu'ils portaient, tous, en bandoulière ou à la ceinture, et ces casques dont les lanières cachaient à peine des mâchoires carnassières.

Trois ou quatre rues plus loin, un soldat allemand remarqua l'étoile cousue sur la petite veste de Nissim. Aussitôt, l'homme se mit à les appeler et, comme les enfants ne lui répondaient pas, se lança à leur poursuite. Mais Seva et Nissim connaissaient la ville et ses recoins comme personne, pour y avoir joué, pour s'y être amusés, pendant les jours heureux.

Voilà qu'ils couraient tous deux comme des fous, l'Allemand à leurs trousses. Les sifflets et les cris s'intensifiaient et, redoutant de ne pouvoir leur échapper, Seva s'engouffra avec Nissim dans une librairie qu'elle connaissait. Son père s'y rendait, autrefois, pour y chercher des livres de géographie, lui qui avait été professeur à l'école française. Elle profita de ce que le libraire, un vieux Turc, soit absent, sorti faire quelque course peut-être, pour emprunter avec Nissim une échelle menant aux livres rares – c'est là que le libraire cachait ses plus grands trésors : une édition très ancienne des *Misérables*, quelques volumes de Jean-Jacques Rousseau, mais aussi des cartes datant pour certaines du XVIIe siècle. De là, Seva entraîna Nissim dans le grenier. S'y trouvait un vieux matelas pour la sieste, et le gros chat du libraire qui y passait le plus clair de son temps.

Seva et Nissim y découvrirent deux autres enfants, tapis sur un coin du matelas, serrés l'un contre l'autre, apeurés, silencieux. Tout petits. Six et quatre ans peut-être, pensa Seva. Elle leur demanda à voix basse ce qu'ils faisaient là, mais aucun des deux enfants ne semblait prêt à prononcer le moindre mot. C'était mieux comme ça, pensa Seva.

— Maintenant, il faut attendre, et ne faire aucun bruit, chuchota-t-elle. Il ne faut pas bouger, pas parler, pas un seul mot, pas un seul bruit.

Les deux petits firent oui de la tête.

— Que va-t-il arriver à mes parents et à ma sœur ? demanda Nissim, tout bas.

— On a dit qu'il ne fallait pas parler. Tes parents et ta sœur, ils sont contents que tu te sois échappé.

— Mais je n'ai pas pu leur dire au revoir.

— Tu les reverras. Pour le moment, nous, on est à l'abri. Nona a dit que quand on est très jeune, qu'on a la vie devant soi, il faut absolument vivre. C'est ce qu'on fait, comme ce gros chat.

Nissim se mit à pleurer en silence. Seva lui prit la main, puis l'embrassa sur la joue.

— Écoute-moi, Nissim, nous devons attendre. Ils emmènent ta famille, mais je t'assure qu'un jour ton père, ta mère et Paula reviendront. Les gens partent à la guerre et ensuite ils rentrent chez eux. L'année dernière, ton père est bien revenu des travaux forcés. C'est ce qui va se passer.

— Ma mère a dit que si on venait nous chercher, ce serait pour nous tuer.

— Et alors quoi ? Tu préfères être tué avec ta famille ou survivre avec moi ?

— Je ne sais pas.

— Tu préfères vivre, et tes parents préfèrent aussi que tu vives. Et maintenant, il faut se taire.

Des voix retentirent tout près, toujours les mêmes. Les soldats rôdaient. Quelques-uns finirent par pénétrer dans la librairie. Seva plaqua sa main contre la bouche de Nissim, puis, d'un regard, intima aux deux autres de garder l'absolu silence. Tous quatre étaient figés comme des statues.

Elle entendit l'un des soldats commencer à monter. Le cœur de Seva battait à mille à l'heure. Nissim n'en menait pas large non plus. Elle lui tenait la main, bravement.

Le soldat venait de remarquer la seconde échelle conduisant au grenier.

— Fais-moi confiance, chuchota-t-elle à Nissim. Et reste là.

Seva prit le chat d'une main et descendit, dans un équilibre précaire, les barreaux un par un. Sitôt était-elle apparue que le soldat qui venait de s'y engager l'attrapa par le bras. Le chat échappa des mains de Seva et retomba péniblement sur ses pattes, poussant une plainte stridente.

Seva, elle, ne cria pas, et essaya d'expliquer qu'elle habitait ici, mais les hommes ne parlaient pas sa langue.

Ils l'emmenèrent, et elle se sentit fière. Fière d'avoir détourné leur attention de Nissim, resté là-haut, un peu rassurée aussi pour les deux autres petits, bien qu'elle ne les connaisse pas. Ils n'avaient rien à faire avec ces brutes. Est-ce que le chat les avait déjà rejoints ?

Tenue si fortement que par moments ses pieds ne touchaient pas terre, Seva fut menée *manu militari* jusqu'à un grand carrefour. Là, elle découvrit une colonne de gens qu'elle connaissait : le vendeur de pain, sa femme, l'instituteur, son professeur de musique, une amie de sa mère et ses enfants, des camarades d'école, des voisins, et toute la famille de Nissim. Le père de Nissim la fixa d'un air interrogateur. Elle lui sourit et baissa la tête, tout en soutenant son regard : votre fils est à l'abri. Avec elle, les soldats avaient quitté la librairie. Le libraire, à son retour, trouverait Nissim, et les petits aussi.

La marelle

L'inquiétude se lisait sur les visages, et plus personne n'osait parler. Du haut de ses dix ans, Seva regardait les autres. À quoi pensaient-ils, tous ? À ce qu'ils laissaient derrière eux – une maison, un appartement, des souvenirs, ceux d'une vie heureuse – ou à ce qui les attendait ? Comment savoir ce qui les attendait ? À en juger par les mines des uns et des autres, rien de bon, pensa-t-elle. Dans leur langue affreuse, les Allemands criaient dès que l'un des hommes, femmes ou enfants s'écartait légèrement de la colonne. Nona l'avait prévenue. « Ces gens-là n'ont pas un bon projet pour nous. » Une manière de ne pas effrayer la petite fille et d'éviter de dire : « Ces gens-là, ils ne nous veulent que du mal. »

Le soleil chauffait les paupières de Seva. Les montagnes, au loin, si belles, étaient là pour rappeler que l'on ne transforme pas le monde à son gré et que même les pires prophètes de malheur ne peuvent rien contre le bleu du ciel, contre la force du monde. Un Allemand, perdant patience avec un enfant, se mit à hurler de plus belle. Terrifié, le petit garçon, cinq ans peut-être, se réfugia en larmes dans les bras de son père. Un jeune homme, pour avoir ajusté sa casquette, fut sorti de la colonne et roué de coups ; quatre soldats lui crachèrent dessus. Il se releva péniblement, le visage en sang, et rejoignit la colonne où sa vieille mère éplorée l'attendait. Seva se souvenait maintenant des contes que sa Nona lui lisait. Les ogres existaient bel et bien, et le rôle des enfants, il en allait toujours ainsi, était de leur échapper.

La ville était occupée depuis deux ans. En arrivant, les occupants avaient réquisitionné les maisons ; les habitants avaient été expulsés dans l'instant, sans rien pouvoir emporter, pas même des photos. Les plus chanceux avaient trouvé refuge chez des proches, les autres s'étaient résignés à des logements de fortune. Puis des bibliothèques avaient été pillées, tout comme certains lieux de culte. Tout ce qui avait été pris – chandeliers à sept ou neuf branches, rouleaux saints, livres de prières, documents divers, archives – avait été chargé sur d'énormes camions et envoyé ailleurs. Personne ne savait où ni pourquoi.

Malgré quelques frayeurs et arrestations, ils avaient tous voulu croire qu'ils seraient l'exception en Europe. Après tout, la plupart d'entre eux avaient des origines espagnoles ou italiennes. Ensuite, les habitants de la ville avaient vu, au profit de l'occupant allemand, toutes les réserves réquisitionnées, le blé, la farine, l'huile d'olive, le tabac et, chaque jour, les fruits, les légumes, la viande et le poisson. À peine les pêcheurs rentraient-ils que le fruit de leur travail leur était confisqué. Un petit trafic s'était organisé. Ici, pas de marché noir, mais de l'entraide. Du riz, de l'orge, de la farine, de l'huile ou du miel mis à la cave par certains. Chacun aidait ses amis, ses voisins, et les anciens. On mangeait moins, c'est tout. Surtout les adultes, qui favorisaient les enfants.

« Toi, tu as encore besoin de grandir », disait Nona à Seva. Les femmes avaient adapté leur façon de faire la cuisine à la nouvelle réalité.

Seva regardait les adultes autour d'elle. « Ils vont nous tuer, ils vont tous nous tuer, semblait-elle lire dans ces yeux apeurés, bleus, marron, verts. Ils vont nous emmener quelque part pour nous tuer. » Ils devaient rester debout, sans bouger, comme l'avait ordonné l'officier chargé de l'opération. Cela deviendrait bientôt difficile pour les plus âgés. Les plus jeunes les soutenaient déjà.

La révolte grondait dans son cœur d'enfant. Elle se sentait affligée par la cruauté d'un tel destin. Pour eux, surtout, mais aussi pour elle. À quoi sa vie se résumerait-elle ? Le bonheur de grandir dans une famille merveilleuse, les boulettes de poisson à la tomate et aux oignons, l'huile d'olive tout juste pressée qu'on déguste avec du pain et du sel, les aubergines frites, les beignets au miel encore chauds qui laissent les doigts collants, ce ciel incroyable d'un bleu se fondant dans des nuances rosées, puis légèrement dorées en approchant les toits des immeubles, la tendresse de ces soirées passées autrefois dans la cour de la maison, à écouter son père jouer des *romansas* à la guitare. Son inséparable Nissim, son camarade d'école préféré, dont elle était déjà tellement amoureuse. Côte à côte en classe – la seule classe mixte de l'école, pour une question d'effectifs –, ils écoutaient Mademoiselle faire la leçon d'histoire ou de grammaire tout en échangeant de petits sourires, et parfois des sucreries. Puis ils rentraient ensemble, chacun son cartable sur le dos. S'aventurant, complices, sur d'autres chemins que ceux qui les menaient chez eux, ils s'en allaient admirer la mer, s'amuser de la mauvaise humeur des pêcheurs – qui parlaient tous leur langue, ce castillan ancien mâtiné d'influences diverses –, faire des farces au vendeur de balais et au boucher, ou simplement jouer aux billes ou à la marelle dans la rue.

La rue. Où Seva se trouvait à présent. Elle se souvenait du visage de son père, un peu sévère mais tellement bon, un homme au crâne dégarni avant d'avoir pu vieillir, et de celui de sa douce mère aux grands yeux bleus, aux cheveux d'une blondeur éblouissante, qu'elle coiffait savamment à l'aide de pinces ornées de perles fantaisie.

Que resterait-il de Seva ? Quelqu'un tomberait-il un jour sur une photo d'elle, plus jeune, entourée des siens, ou sur ce portrait de classe, très sage, avec le petit chemisier à dentelle que sa grand-mère lui avait conseillé de porter, parce que les photos restent et qu'il faut toujours être « à son mieux » lorsqu'on nous photographie ? Une fois que les soldats auraient ordonné à leur groupe d'avancer pour aller on ne sait où, une fois qu'ils auraient tous été assassinés, sa petite fossette sur la joue gauche disparaîtrait de la mémoire du monde, comme ses rêves – confectionner des chapeaux chics et se rendre un jour à Paris. Bien sûr, Nissim, s'il s'en tirait – et elle avait tout fait pour –, se souviendrait d'elle. Il n'oublierait rien, jamais. Comme elle l'aimait, il l'aimait, et Seva le savait. Ils se l'étaient dit, et même promis : ils s'aimaient pour toujours, se marieraient, auraient une belle maison et de nombreux enfants.

Elle ferma les yeux. Et demanda plusieurs choses à Celui Qui Décide de Tout, comme Nona L'appelait. D'abord de veiller sur Nissim, que personne ne le trouve dans sa cachette, qu'il reste en vie, que les méchants se tiennent éloignés de lui. Et aussi que Nona ne souffre pas. Seva ne l'avait pas écoutée, mais elle ne regrettait rien : Nissim était en sécurité.

Ensuite, elle demanda à ne pas disparaître tout à fait. Si seulement quelque chose d'elle survivait, comme son âme – sa grand-mère lui avait souvent parlé des âmes –, alors tout ne serait pas complètement perdu. Même un petit morceau de son âme, cela lui conviendrait.

De leur voix brutale, les soldats se remirent à cracher des ordres. Le groupe devait avancer à nouveau. D'énormes chiens qui s'impatientaient à leurs côtés semblaient assoiffés de sang. Des chiens, pensa Seva, pour leur faire encore plus peur.

Tout à coup elle remarqua, au sol, une marelle dessinée à la craie. Cette marelle, elle l'avait tracée elle-même, quelques jours plus tôt, avant que Nissim ne l'entraîne plus loin : « Mes parents disent qu'il ne faut plus s'attarder dans les rues, c'est devenu dangereux », lui avait-il confié.

Seva avait abandonné la marelle. Nissim était vite rentré chez lui, et la petite fille chez elle. Ce jour-là, elle avait mangé des tartines au miel et perçu, pour la première fois, la gravité de Nona.

Seva regardait la marelle. Elle s'écarta de la colonne et se plaça devant la petite case « Terre ». Elle y sauta à pieds joints. Puis, à cloche-pied, elle fit trois sauts lui permettant de poser ses deux pieds dans les cases suivantes. Un soldat qui l'avait vue hurlait à présent, lui intimant de rejoindre les autres.

Mais Seva avait décidé que les deux choses les plus précieuses en ce monde étaient la joie, et le courage d'être qui l'on est. Elle était une enfant, et il n'était pas question de renoncer à cela. Un autre saut à cloche-pied, et le pistolet s'approchait dangereusement, les hurlements se faisaient plus forts. « Non, se disait-elle, il ne m'impressionnera pas. Je garderai la tête haute. Je tiendrai tête, pour moi, et pour les autres ici, qui ne le peuvent pas. Moi, je serai forte, parce que maman m'a dit autrefois qu'il fallait garder la tête haute, toujours. » La petite fille posa ses deux pieds dans les cases 7 et 8, juste sous la case « Ciel », tout en haut, en demi-lune.

Depuis la colonne, des gens se mirent à crier : « Seva, reviens, arrête ! » La boulangère, le marchand de couleurs, la mère de Nissim. D'autres encore, peut-être. Leurs voix étaient couvertes par celles des soldats, et les aboiements des chiens.

« Je suis ma famille, je suis mon peuple, je suis ces montagnes et je suis ce ciel bleu, pensa-t-elle. Je ne renonce pas à ce que je suis. » Et, fixant le soldat droit dans les yeux, soutenant son regard avec force, tout en se disant « Faites qu'il reste quelque chose de moi, quelque part », Seva reçut une balle en pleine tête.

Le rouge, sur la marelle.
Terre, Ciel.

Ce qu'il advint, des autres. Un peu plus tard. Ailleurs.
Eliseva Moscato.

1

Paris, mars 2022

Milo venait de faire son apparition dans le tout petit salon où sa mère avait installé son bureau. Un garçon de tout juste onze ans, pas très grand, avec une belle bouille encore ronde, de grands yeux noisette, le nez et les pommettes constellés de taches de rousseur. Il sourit à sa mère, au téléphone – une conversation professionnelle –, et s'approcha. L'être qu'elle aimait le plus au monde. Elle tendit le bras, prit son enfant contre elle – ces choses-là n'attendent pas –, le serra un instant, l'embrassa sur le front et dans les cheveux.

— Bien sûr, poursuivait l'interlocutrice de Valentine sur haut-parleur. Et tu nous envoies ta facture pour le mois.

— Vous l'aurez ce soir sans faute.

— L'auteure va être enchantée. À demain.

— À demain.

Valentine raccrocha. Elle était contente. Elle avait bien travaillé.

— Viens, trésor, je te prépare ton goûter.

L'enfant la suivit dans la minuscule cuisine. Il s'assit à la table, qui ne pouvait guère accueillir plus de deux personnes.

Valentine coupa un morceau de baguette qu'elle fit toaster, puis le recouvrit d'une fine couche de beurre. Une fois le beurre ramolli par la chaleur du pain, elle y étala du chocolat en poudre. Le chocolat fondit aussitôt, se transformant en une sorte de pâte à tartiner délicieuse. Elle servit à Milo un verre de jus de pomme et se fit une infusion.

Il était là, silencieux, à dévorer. Elle aimait son appétit.

— Ça s'est bien passé à l'école, aujourd'hui ? demanda-t-elle.

Milo hocha la tête, l'air satisfait.

— Très bien. Je suis contente. Il y a beaucoup de devoirs pour demain ?

L'enfant fit osciller sa main d'un côté puis de l'autre.

— Tant mieux, dit-elle.

Puis il partit chercher quelque chose dans son sac à dos et revint, un papier à la main.

C'était une copie double : Milo avait eu dix-huit sur vingt à une composition de français.

— Dix-huit sur vingt ! Mais c'est magnifique, mon trésor, magnifique !

Valentine l'embrassa et le serra contre elle quelques instants.

Après ce sentiment de fierté, son fils afficha soudain un air mélancolique.

— Je sais à quoi tu penses, reprit-elle, et je ne suis pas d'accord avec toi. Tu es bourré de talents, tu feras de grandes choses. Tu sais, l'important dans la vie, c'est savoir trouver les personnes qui nous comprennent. Il suffit d'en rencontrer une ou deux. Tu n'es pas différent des autres enfants, tu fais seulement moins de bruit. Et moi, je t'entends.

Valentine lui resservit un verre de jus de pomme.

— J'ai confiance en toi, et j'ai confiance en la vie. Chacun trouve sa place. Sa juste place.

L'enfant se lança dans une série de gestes. Elle maîtrisait, depuis longtemps déjà, la langue des signes, et déchiffrait avec facilité les mouvements de Milo : « Maman, toi, tu penses que tu as trouvé ta juste place ? »

— Oui, mon trésor. Regarde, je fais un travail que j'aime, j'ai la chance de le faire de la maison, comme ça, j'ai la joie de te voir quand tu rentres. C'est un privilège, beaucoup de mamans ne voient leurs enfants que le soir, tard. Allez, mets-toi au travail, je dois préparer ma facture pour Sylvette. J'ai fait une jolie couverture aujourd'hui. Imagine-toi que Sylvette ne voulait aucune illustration ! J'ai donc mélangé des typographies différentes, et je me suis amusée avec les couleurs. Ça attire vraiment l'œil. Elle était très contente.

Milo lui signifia qu'il aimerait bien voir la fameuse couverture.

Elle posa sa tasse. Il la suivit dans le salon. Sur l'écran de son ordinateur, elle lui montra le fichier. Du rouge, du blanc, et des lettres noires, comme désaxées par un effet d'optique. Milo souriait, ça lui plaisait beaucoup. Valentine prit son fils dans ses bras.

— Je vais sortir tout à l'heure, tu te souviens ? Je serai chez Mario. Je te ferai dîner avant.

Milo hocha légèrement la tête. Il s'en souvenait.

— Je remonterai vers 9 heures. Tu seras seul une heure, une heure et demie, pas plus.

Le garçon acquiesça, cela ne posait pas de problème.

Mais Valentine était contrariée. Son fils n'aimait pas rester seul le soir. La journée, ou le week-end, elle pouvait bien s'absenter – un paquet à poster, une course à faire. Mais le soir, c'était autre chose.

Ce n'était pas un rendez-vous de travail, Milo l'avait compris, évidemment. Quand il s'agissait d'un engagement professionnel, Valentine le spécifiait, donnait des détails. Lorsqu'elle demeurait évasive, la déduction était facile.

Il y avait toujours dans l'esprit de l'enfant, pensait-elle, ce risque, infime mais menaçant, que ça marche. Que ça marche, et puis quoi ? Qu'il devienne moins important pour elle ? Elle avait essayé, une fois, quand Milo avait huit ans, d'en parler avec lui. Si elle rencontrait quelqu'un, lui avait-elle affirmé, cela ne changerait rien, absolument rien, à l'amour et à l'attention qu'elle portait à son fils. Le regard inquiet de l'enfant, sans appel, avait mis un terme à la conversation. Valentine n'avait plus jamais abordé le sujet. En vérité, plus encore que l'abandon, qu'il n'envisageait pas, Milo redoutait la peine de sa mère. À chaque rencontre amoureuse, ça s'était mal terminé – ou simplement terminé.

Valentine, quant à elle, voyait chaque jour s'éloigner la possibilité de l'amour. Ce qu'elle craignait n'était pas tant la solitude que ces montées d'émotions, imprévisibles, auxquelles elle était sujette. Comme ce jour où, alors qu'elle faisait tranquillement les courses au petit supermarché du coin, elle avait entendu une chanson qu'elle ne connaissait pas, d'un groupe de rock qu'elle connaissait encore moins, mais que les animateurs de la station avaient cru bon de passer, petits salopards.

I could have been your lover
I could have been your main man
I could have given you my loving
In the night time
Or made you happy, a lifetime[1]

Elle s'était immobilisée pour écouter ces paroles, ses yaourts aux fruits dans les mains. Les mots, simples, portés par une énergie folle, l'avaient saisie, tel un steak jeté sur une poêle brûlante. Elle avait soudain éclaté en sanglots, abandonnant son panier – adieu yaourts, poulet, biscuits –, et était sortie en trombe du commerce, hoquetante, complètement malheureuse, courant aussi vite et aussi loin qu'elle pouvait le long du périphérique intérieur, comme quelqu'un qui cherche désespérément une issue. Vingt bonnes minutes plus tard, à bout de souffle, Valentine s'était arrêtée, prenant appui sur la glissière sous le regard d'automobilistes médusés. L'une d'entre eux avait mis ses warnings, ralenti, baissé la vitre. « Vous allez bien ? » avait lancé l'inconnue. Valentine avait fait non de la tête, et la femme s'était rangée sur la bande d'arrêt d'urgence et était sortie de sa Peugeot. Devinant la peine de Valentine, elle l'avait prise dans ses bras et serrée fort. Elle lui avait demandé ce qu'elle pouvait faire pour elle, et comme Valentine, toujours en larmes, ne répondait pas, la femme l'avait fait monter dans sa voiture. Valentine avait tellement honte d'avoir craqué ainsi, mais cette femme, qui devait avoir une cinquantaine d'années,

1. « J'aurais pu être ton amant / J'aurais pu être l'homme de ta vie / J'aurais pu te donner mon amour / Dans la nuit / Ou te rendre heureuse, pour la vie. »

l'avait rassurée : « Écoutez, quelle que soit l'épreuve que vous traversez, et je sais de quoi je parle, vous la surmonterez. Vous êtes jeune, toute mignonne. Une peine, ça arrive à tout le monde. Je vais vous déposer chez vous, vous allez prendre un thé bien chaud, un carré de chocolat, et hop ! Mettez-vous à la danse, c'est moins dangereux que courir le long du périph. »

Elle l'avait déposée porte de Champerret. Valentine l'avait remerciée et, son calme retrouvé, était remontée chez elle pour redevenir la mère qu'elle était. Un roc.

2

Valentine avait été mariée. Thierry et elle s'étaient rencontrés lors de vacances chez des amis communs, à Capbreton. Une grande maison pleine de monde, la chaleur d'un mois d'août, des soirées joyeuses, de la musique, des verres bien remplis, des couchers de soleil, des mains qui se frôlent et voilà, ils étaient tombés amoureux. Ils avaient emménagé ensemble à vingt-deux ans dans un minuscule studio, alors que tous deux finissaient leurs études à Nantes, école de design et arts appliqués pour elle, kinésithérapie pour lui. Puis Thierry avait trouvé un premier emploi à Paris, dans une clinique privée, et le couple s'y était installé avant de se marier dans la foulée.

La famille de Thierry s'était montrée très accueillante avec Valentine, tandis que les parents de Valentine avaient un peu tiqué – un kinésithérapeute n'était pas ce qu'ils avaient espéré, sa mère surtout, pour leur fille unique. Ses études de graphisme ne les avaient pas emballés non plus. À croire qu'ils n'étaient jamais vraiment contents de ce qu'elle faisait de sa vie. Fort heureusement, la distance avait dilué la toxicité de leurs rapports : les parents de Valentine se partageaient entre le Perche et les hauteurs de Cannes où, anticipant leur retraite, ils avaient acheté un deux-pièces confortable dans une résidence avec piscine et télésurveillance.

Valentine avait été enchantée de s'installer à Paris. Enfin, ce qu'elle et Thierry appelaient Paris – en réalité, la porte de Champerret, à quatre-vingts mètres du périphérique, dans l'un de ces HLM en briques rouges, bien loin du lustre de la capitale, juste en face d'un petit square attirant essentiellement des sans domicile fixe.

Ils prenaient un plaisir fou à construire le décor de leur vie commune, de leur amour : des rideaux pour la chambre, un tapis pour le salon, des cadres pour orner les murs, ici un miroir, là une toute petite console pour la toute petite entrée, et surtout la chambre du bébé qui ne mit pas longtemps à venir. Décorer cette chambre avait été pour Valentine une joie totale. Thierry avait construit de ses mains un lit pour bébé, en bois. Ensemble, ils l'avaient peint en blanc laqué. Comme ils n'avaient pas voulu connaître le sexe de l'enfant et tenaient à éviter tant le bleu que le rose, Valentine avait opté pour des tons pastel neutres : du parme et du jaune pâle. À partir d'un tissu acheté au mètre au marché Saint-Pierre, elle avait cousu des rideaux, des petits draps et des taies d'oreiller. Ils s'étaient beaucoup amusés à s'équiper pour l'arrivée de leur enfant : chauffe-biberon, gigoteuse, table à langer, et déjà quelques livres pour enfants, pour les histoires du soir – Valentine voulait commencer tôt. Des moments magiques, la vie de famille qui se tisse, même si a priori une paire de rideaux parme, ça ne paraît pas très important.

Milo naquit au milieu de l'été. Un accouchement avec péridurale. Valentine avait tout de même senti l'enfant sortir de ses chairs, une sensation inoubliable, celle d'être, ce jour-là, profondément reliée au règne animal. Les humains étaient bien, et avant tout, des mammifères. Ce qui les en distinguait pourtant de manière évidente, c'était la parole. L'usage des mots. Cette naissance avait été, pour son mari comme pour elle, un grand bonheur, et une surprise incroyable. Non pas parce que c'était un garçon – avec une fille, le ravissement aurait été le même –, mais parce qu'ils avaient fabriqué un petit être. Tout le monde sait comment naissent les enfants, seulement, quand il s'agit du sien, et que c'est le premier, c'est comme s'il était le premier enfant de l'humanité, tant il est difficile de croire que nous, pauvres humains, avec nos failles, nos fragilités, nos lâchetés, nos imperfections et nos limites, pouvons donner naissance à un monde infini et, si abîmés que nous soyons, à la pureté de cœur la plus absolue.

Les deux premières années avaient été pleines et heureuses, et la vie rythmée par les progrès du bébé. Passer du biberon à la cuillère, de la purée aux morceaux, de la position allongée à la position assise, puis à quatre pattes, puis, en s'accrochant aux meubles ou à son parc, à la position debout, pour, enfin, faire comme les grands en conquérant la marche sans avoir besoin d'appui. De la joie pure, qui renforçait leur amour et leur complicité.

Jusqu'à ce que le pédiatre constate qu'en effet, comme l'avait remarqué Thierry, Milo ne parlait pas. Il émettait bien des sons lorsqu'il pleurait, mais aucun mot, jamais, même pas de babillage. C'était incompréhensible. Leur fils avait pourtant l'air de très bien entendre. En général, les sourds sont muets et les muets, sourds. Le père avait aussitôt basculé dans l'obsession du « problème », et les conversations du couple ne tournaient plus qu'autour du mutisme de leur enfant, par ailleurs très souriant et joyeux, et des rendez-vous chez différents spécialistes, dans divers hôpitaux. À vrai dire, c'était surtout Thierry que cette histoire rendait fou – Milo n'était pas sourd, il n'y avait aucune raison qu'il soit muet. Valentine, elle, tentait de le raisonner : ils ne pouvaient rien y faire. Elle se montrait sereine, et confiante. Si, comme le redoutait Thierry, leur enfant ne parvenait jamais à parler, ils feraient avec. La seule chose qui importait à Valentine, c'était que son fils soit heureux. Elle acceptait l'idée de la différence, et en aimerait son enfant deux fois plus fort.

Petit à petit, l'ambiance s'était délitée, le couple se chamaillait. Un jour que Thierry s'était emporté une fois de trop contre leur fils, âgé de deux ans et demi, lui intimant rageusement de parler, terrorisant l'enfant, Valentine s'était interposée. Si Thierry ne pouvait pas se retenir, mieux valait qu'il parte. Ils étaient ses parents, ils étaient là pour l'aider, l'aider à développer sa force, lui donner confiance en lui, pas pour le limiter et encore moins pour exercer sur lui leur violence verbale. Thierry ne s'était pas fait prier. Il avait rassemblé quelques affaires et était parti, un matin de février. Six mois plus tard, ils avaient formalisé leur séparation en divorce. Tout s'était fait rapidement, à l'amiable. Elle garderait l'appartement au premier étage de leur HLM.

Depuis, Thierry versait à Valentine deux cents euros par mois. Il l'avait proposé, Valentine avait accepté. Il n'y avait pas eu de droit de visite à déterminer : ils s'étaient entendus pour que Thierry rende visite à Milo ou le prenne chez lui régulièrement. Mais les choses ne s'étaient pas tout à fait passées comme prévu. Et le père, qui avait refait sa vie et eu deux autres enfants, un garçon et une fille, ne voyait Milo que rarement.

Milo avait appris la langue des signes, et Valentine aussi.

3

À 19 h 30, Milo ayant fini ses coquillettes au jambon et sa mandarine, Valentine débarrassa la table. Elle était bien habillée : une petite robe cintrée à motifs, dans des tons bruns, une veste – les soirées étaient fraîches, en ce début de mois de mars –, des collants et des petits talons. Pour compléter le tout, elle avait mis un peu de rose à joues, un trait de crayon marine pour souligner son regard clair, et un rouge à lèvres d'une teinte rosée.

Juste avant de sortir, elle se parfuma avec une eau de Cologne bon marché – elle ne s'autorisait aucune folie, elle avait un budget à tenir – et embrassa son fils.

— À tout à l'heure. D'accord ? Je suis en bas, chez Mario.

Son fils la regarda, l'air soudain interrogateur.

— Je sors dîner avec quelqu'un de très gentil. C'est important que je continue à me faire des amis.

Milo lui demanda, par signes, si leur soirée du vendredi était maintenue.

— Bien sûr qu'on y va, mon trésor. Pas question de déroger à notre tradition.

Milo lui sourit.

Depuis les neuf ans de Milo, Valentine l'emmenait tous

les vendredis soir rejoindre la rando géante de Paris. Été comme hiver, pourvu que la chaussée soit sèche, un groupe hétéroclite de vélos, rollers, trottinettes et même gyroroues arpentait Paris. Des milliers de passionnés. Munis de leur équipement fluo, genouillères, coudières et casques, mère et fils prenaient le métro jusqu'à la gare Montparnasse, point de départ de tous les itinéraires.

En roller, ils avançaient côte à côte, parfois en se tenant la main, bien encadrés par un dispositif de sécurité impressionnant, dans une ambiance bon enfant et, de temps en temps, selon l'endroit où l'on se plaçait dans le cortège, musicale. Découvrir Paris la nuit, avec ces monuments somptueusement éclairés – Notre-Dame, l'Hôtel de Ville, le Louvre, la Concorde, les Champs-Élysées, la tour Eiffel, l'Assemblée nationale –, emprunter les ponts, apprivoiser la ville et la faire sienne était un enchantement chaque fois renouvelé tant pour la mère que pour l'enfant. Cette sensation de prendre Paris par ses artères les mettait dans un état de joie intense. Plus aucun souci, aucune contrariété, on ne pensait qu'à avancer avec les autres, comme un fleuve, chacun à son rythme, dans le respect. Au sein du cortège, tous se souriaient, et la mère et l'enfant se sentaient enfin appartenir à un groupe, un mouvement, un projet. Ils n'étaient plus l'un en face de l'autre, mais tous les deux ensemble devant cette immense perspective d'avenues, de boulevards, de quais. Une vie plus grande que la leur, le temps d'une soirée. Tout au long de la rando, Valentine partageait ses écouteurs sans fil avec son fils, un pour chacun – Pharrell Williams, Coldplay, Bruno Mars, Marshmello, Daft Punk, The Weeknd, et parfois du classique, Chopin, Bach : Milo et sa mère tenaient à jour une « playlist du vendredi », régulièrement enrichie. Valentine se chargeait de porter le sac à dos avec leurs baskets pour le retour en métro et, surtout, les bouteilles d'eau.

L'enfant savait que sa mère essayait parfois de rencontrer quelqu'un. Depuis le divorce, il avait vu défiler trois prétendants. Milo, qui alors venait de fêter sa sixième année, avait d'emblée bien aimé le premier, plutôt gentil et prévenant. L'homme, plus âgé que sa mère, les avait emmenés au restaurant plusieurs fois – une fête – et s'était montré très bien disposé vis-à-vis de Milo, au point de passer avec lui et Valentine une journée entière dans un parc d'attractions – de sa propre initiative. Après cinq ou six semaines, pourtant, tout s'était terminé. Milo n'avait jamais su pourquoi. Il avait été surpris, par la suite, de la peine éprouvée par sa mère. Valentine avait pleuré, le soir dans sa chambre, pendant deux longs mois. Elle ne fermait que rarement la porte de sa chambre, et quand elle le faisait, c'était mauvais signe.

Deux ans plus tard, un deuxième personnage, sorte de rêveur dilettante, s'était lui aussi montré aimable avec Milo. Cette fois, le garçon s'était un peu méfié. Le problème des gens qui en font trop – une virée familiale au parc d'attractions au début d'une relation –, c'est qu'ils ne tiennent pas la distance, pensait Milo. Le nouveau prétendant ne faisait rien de tel, à vrai dire, pas d'invitation où que ce soit, ni initiative d'aucune sorte. Il était là, tous les soirs, vautré dans le canapé de leur petit salon, à ne rien faire d'autre que s'extasier devant le moindre geste ou parole de Valentine. Tous les soirs, puis dans la journée, ce qui avait semblé à Milo un peu beaucoup, mais il avait gardé ça pour lui. Et bien que sa présence fût sympathique, lorsqu'il s'agissait de débarrasser la table ou de remplacer une ampoule, il n'y avait plus personne. Le jour où l'homme avait apporté ses affaires chez Valentine en lui annonçant qu'il avait rendu son studio – tout cela sans lui avoir demandé son avis –, elle s'était énervée. À la question « Mais pourquoi tu as fait ça ? », l'intéressé avait répondu, jovial, que ça lui ferait l'économie d'un loyer. Valentine l'avait mis à la porte sur-le-champ.

Le troisième, qui n'avait, lui, jamais dormi porte de Champerret, voulait faire de la route, partir en week-end, voir du paysage, avoir plus de moments « en tête à tête ». Après qu'il avait déclaré un jour à Valentine que, avec son mode de vie « collée à son fils », elle organisait son propre malheur, elle avait mis un terme à leur courte relation.

Chaque fois, Valentine avait présenté son amoureux à Milo. Chaque fois, ça n'avait pas duré plus de six semaines. Milo avait le sentiment qu'il y était pour quelque chose, sans bien comprendre en quoi. Il y avait peut-être eu d'autres rencontres, mais sa mère n'en avait pas parlé.

Valentine attrapa son sac et sortit.

4

À la pizzeria, Valentine le reconnut tout de suite et s'approcha. Il leva les yeux vers elle : c'était un homme assez beau, de son âge, trente-quatre ans environ. Grand, mince, il avait des épaules de rugbyman, des yeux marron ourlés de cils noirs, des cheveux châtains, de belles mains et un magnifique sourire qui lui donnait un air doux. Il portait un jean, une chemise et une veste élégante. Valentine était sensible à l'effort qu'il avait fait pour leur première rencontre. Il avait même apporté une rose rouge.

— Philippe ?

— Valentine !

L'homme se leva immédiatement, lui fit la bise et lui tendit la fleur. Valentine le remercia.

— Je suis désolée de vous avoir imposé cette pizzeria, mais je ne peux pas m'absenter trop longtemps.

— Oui, vous m'aviez prévenu. On peut peut-être passer au tutoiement ?

Mario vint les sauver de leur timidité en leur parlant de sa spécialité du jour, des orecchiette à la buffala et aux aubergines.

— Merci beaucoup, Mario, mais… je vais prendre une pizza, dit-elle.

— Une marinara pour Valentine ! s'exclama Mario avant de se tourner vers Philippe.

— De quoi avez-vous envie ce soir ?

— Je prends les orecchiette, répondit-il.

— Vous ne serez pas déçu. Et à boire ? Un petit verre de vin ?

— Qu'est-ce qui te ferait plaisir ? s'enquit Philippe.

— Je bois très peu. Presque jamais.

— Ah ? s'étonna-t-il.

— Je sais, c'est bizarre. Prends-en, toi.

— Rien n'est bizarre. Apportez-moi un verre de rouge, un bon rouge de votre cru.

— J'ai un Antinori.

— Excellent !

— C'est un peu étrange, ces rencontres, prononça timidement Valentine une fois Mario éloigné.

— Il faut bien se rencontrer quelque part, rétorqua Philippe. Raconte-moi ta vie. Je veux tout savoir.

— J'ai un fils de onze ans, il est à la maison tout seul, c'est pour ça que je ne peux pas m'éloigner trop.

— Tu aurais pu l'emmener avec toi.

— Il est mieux là-haut, devant ses dessins animés. Mais c'est gentil.

— Un fils, et puis ?

— Je suis graphiste pour une maison d'édition. Je m'occupe de concevoir les couvertures de livres. J'ai travaillé un temps pour une agence mais je me suis vite mise à mon compte, c'est mieux pour mon fils que je sois à la maison quand il rentre.

— Une bonne maman, résuma Philippe en souriant.

— J'essaie.

— Quel genre de livres ?

— Il y a de tout. Des polars, on publie beaucoup de jeunes auteurs, qui ne sont pas toujours jeunes d'ailleurs. On en a un qui a signé un premier roman merveilleux à soixante-douze ans ! Sylvette, qui dirige la maison d'édition, est une vraie défricheuse, ce qui lui plaît, c'est découvrir des talents. On a même un auteur à succès, tu le connais peut-être, il s'appelle Taffa. Un romancier éthiopien, son premier livre a reçu trois prix, et son deuxième, deux. Maintenant, c'est une sorte de célébrité. Et notre meilleure vente. On publie aussi des essais et des romans graphiques.

Philippe fit une rapide recherche sur son téléphone.

— Taffa Mengistou. *Les Larmes sèches*, *Le Volcan bleu*, *Parodie humaine*. J'en ai entendu parler. Les grosses maisons n'essaient pas de vous le piquer ?

— Évidemment, mais il est fidèle.

Les plats étaient arrivés.

— Je pensais que la marinera, c'était avec des fruits de mer.

— Tu as raison, mais j'ai commandé une marinara. Tomate, huile d'olive, thym. Pas de mozzarella. Mario met toujours trop de fromage, je trouve ça un peu riche.

— Donc, ta vie, c'est ton fils, ton métier de free-lance, et la marinara.

— C'est simple, tu vois. Je vis assez retranchée chez moi, je ne sors pas beaucoup, même pas du tout, mais le vendredi on fait Pari Roller avec mon fils. Tu connais ?

— Les gens en roller qui font le tour de Paris ?

— Oui. C'est génial.

— C'est pas dangereux pour un môme ? Ça a l'air d'aller sacrément vite.

— C'est super bon esprit. En plus, Milo est très fort à roller. Et le dimanche, on va se promener. J'essaie d'apprendre à mon fils à toujours lever les yeux, à Paris, il y a des immeubles avec une architecture dingue. Et toi ?

— Moi, je suis commercial pour des ustensiles de cuisine, dans la restauration. Je vends un peu de tout, de la spatule en silicone au moule à bûche de Noël, ou encore des plaques chauffantes. J'ai six mille références. Par exemple, ici, ça va du tamis pour la farine à la casserole à pâtes avec passoire intégrée, en passant par la pelle ou la pince à pizza, le grattoir de four ou les sacs à pizza isothermes, pour les livraisons.

— Impressionnant.

— Mon rôle, c'est de quadriller un peu toutes les régions, de présenter les nouveautés. Et d'écouter les clients, surtout.

— Tu connais tous les restaurants de France ?

— Tous, non, mais depuis dix ans que je fais ça, quelques-uns tout de même. En revanche, je n'ai jamais entendu parler de ton Mario. Ni de la marinara. Tu vois, peut mieux faire.

Philippe avait demandé à Mario de laisser un verre à vin pour Valentine. Il lui servit un peu de chianti, avec un sourire. Valentine lui sourit en retour.

— Bon. Une fois n'est pas coutume, dit-elle avant d'en boire une gorgée, qu'elle savoura. Ça fait du bien.

— Il n'y a aucune raison de ne pas s'offrir un bon verre de vin de temps en temps.

Il proposa un toast.

— À tes futurs verres de vin !

À ce moment-là, le téléphone de Valentine se mit à vibrer. Elle s'excusa et ouvrit le message qui s'affichait sur l'écran.

« Maman, j'ai peur tout seul », lui avait écrit Milo.

Valentine bondit par réflexe puis, consciente de son geste, se rassit aussitôt.

— Quelque chose ne va pas ?

— C'est mon fils. Je crois qu'il trouve le temps long.

Valentine tapa une brève réponse.

« Trésor, je termine de dîner et je remonte dans quarante minutes, regarde la télé. »

Elle envoya le message et tâcha de se détendre.

Mais, quelques minutes plus tard, elle reçut un nouveau SMS : « Maman, tu peux venir bientôt ? »

Le visage de Valentine s'assombrit.

— Je suis vraiment désolée.

— Ce sont des choses qui arrivent. À nos âges, il y a souvent de petites créatures qui virevoltent autour de nous.

— Tu as des enfants ?

— Non, mais mon ancienne compagne en avait deux. Je les ai un peu élevés. Donc j'ai une idée de ce que ça implique.

— Tu pourrais peut-être venir à la maison ? Mario emballe tout et on termine de dîner tranquillement là-haut ?

— Euh… pourquoi pas.

Philippe se leva et demanda au chef de leur préparer un sac à emporter. Il prit la note. Valentine voulut partager, mais il l'en empêcha. Peu après, ils sortaient du restaurant. Elle portait sa rose, lui les restes du dîner.

— J'habite juste en face.

Valentine composa le code de son immeuble, et ils s'engagèrent dans l'escalier.

Juste avant de pousser la porte de son appartement, elle eut une hésitation.

— Il faut que je te dise, mon fils est un peu particulier.

— Ah ? Qu'a-t-il de si particulier ?

— Outre le fait d'être un enfant vraiment merveilleux… il ne parle pas beaucoup.

— Ça fera une bonne moyenne avec moi.

Philippe la suivit dans l'appartement. Ils découvrirent Milo assis dans le canapé du petit salon, sa peluche hippopotame dans les bras. Elle embrassa son fils.

— Trésor, je te présente Philippe.

— Bonsoir Milo.

L'enfant ne répondit pas.

— Va te coucher, mon petit cœur. Je viens te voir plus tard.

L'enfant fila dans sa chambre.

— C'est par ici.

Valentine ouvrit la porte de la minuscule cuisine.

Philippe déballa le dîner, et ils disposèrent le reste des pâtes et de la pizza dans des assiettes, dont une légèrement ébréchée. Valentine tendit à Philippe une bouteille de vin et un ouvre-bouteille.

— Je vais m'arrêter là, lança-t-il. Garde la bouteille.

— Je ne la boirai pas. Elle est ici depuis longtemps.

Valentine réalisa soudain que tout ce qu'elle disait ne donnait pas envie. Une femme qui gardait depuis une éternité une même bouteille de vin dans son placard n'avait pas d'amis.

— Mangeons pendant que c'est encore chaud, proposa Philippe.

Ils mangeaient maintenant, mais ne se disaient plus rien.

— Il ne parle jamais ?

— Non.

— Mais il écrit des SMS.

— Exact.

— Et il entend parfaitement ?

— Parfaitement.

— C'est rare, ça, non ?

— Plus que rare. C'est un mystère.

Ils avaient fini leur assiette.

Valentine fit deux cafés et, sur sa suggestion, ils prirent place dans le salon.

Philippe regardait autour de lui. Valentine sentait qu'il n'était pas emballé. Pourtant, tout était très mignon, soigné, joliment arrangé.

— Ça doit être lourd à porter, non ?

— Quoi ?

— Ton fils.

— Pas du tout. On est très heureux. Au début, ce n'était pas très facile, à l'école, les enfants se moquaient de lui, mais Milo a trouvé ses marques. Il a des copains dans sa classe, il fait le pitre, ça l'a rendu populaire. Donc ça va très bien.

— Le père de ton fils, il le prend régulièrement ? Vous avez quoi comme arrangement ?

Soudain, Valentine comprit.

— Écoute, je peux imaginer que tout ça, de l'extérieur, puisse avoir l'air un peu lourd, mais ça ne l'est pas.

— Ça doit quand même être compliqué d'avoir une relation avec quelqu'un. Tu ne peux pas sortir.

— J'ai une amie, Jen, qui me le garde. Ce soir, elle n'était pas disponible, mais normalement rien ne m'empêche de sortir.

Valentine détestait avoir à s'expliquer. L'ambiance était affreuse. Elle sentait que Philippe ne rêvait désormais que d'une chose : partir. C'était lui qui n'arrivait pas à gérer la situation, pas elle. Valentine ne voulait pas se montrer blessante, il avait été si gentil, et cette rose…

— Philippe, je ne t'en veux pas. C'était un dîner très sympathique, et tu m'as convaincue, je boirai du vin plus souvent. Mais si tout ça te met mal à l'aise, peut-être qu'il vaut mieux qu'on ne se revoie pas.

Philippe but son café d'une traite et posa la tasse vide.

— Je crois que tu es une femme formidable, mais je cherche une histoire simple. C'était une chouette soirée. Merci.

Elle le raccompagna à la porte, l'embrassa sur la joue.

— Merci à toi.

Valentine referma la porte derrière Philippe. Enleva ses talons, passa un coup d'éponge sur la table, replaça les chaises. Elle approcha la rose de son visage, mais elle n'avait aucune odeur. Dans sa chambre, elle décrocha les agrafes de sa robe, fit glisser la fermeture éclair, enfila son pyjama. Elle frappa à la porte de son fils, deux coups. Il frappa un coup en retour, ce qui signifiait : tu peux entrer. C'était leur code.

Confortablement installé dans son lit, plongé dans un manga, Milo lui sourit. Valentine l'embrassa, et le garçon mit ses bras autour d'elle, comme pour la consoler d'avance de ce qu'il pressentait. Une peine. Elle l'embrassa à nouveau.

— Bonne nuit, mon cœur chéri.

De retour dans sa chambre, Valentine se mit au lit avec le manuscrit d'un livre qu'elle devait illustrer. Elle ne parvenait pas à se concentrer sur sa lecture, et le posa après quelques pages.

De temps en temps, comme ce soir, lui remontait le souvenir de ses années partagées avec Thierry. Cette complicité-là, ce bonheur simple d'un foyer, d'une famille, tellement fragile et tellement beau à la fois, si rassurant, plein d'avenir, n'était plus pour elle. Oui, c'était elle qui avait demandé à Thierry de partir. Comme c'était dur.

Quelques heures à peine après le départ de Thierry, une véritable terreur s'était emparée d'elle, lui tordant le ventre, l'empêchant presque de respirer. Elle lui avait téléphoné pour s'excuser platement, reprendre vite les mots qui avaient dépassé sa pensée, lui dire combien elle l'aimait, qu'ils allaient surmonter les difficultés ensemble, qu'une crise, cela arrivait à tout le monde, qu'elle avait été stupide, qu'il revienne surtout, qu'il revienne vite, elle l'attendait, ils étaient une famille, il était sa famille, sa vie – mais c'était trop tard, Thierry en avait assez. En un rien de temps, l'existence de Valentine avait basculé dans une situation irrémédiable, un précipice. Les mois suivants, et même les deux premières années après la rupture, elle s'était sentie comme amputée d'une moitié d'elle-même, complètement désorientée. Pouvait-on mourir de chagrin ? Peut-être. Mais pas quand on avait un enfant, si petit, et tellement adorable. Elle avait fait face et redoublé d'ardeur au travail.

Peut-être que si Valentine n'avait pas mis Thierry à la porte, les rapports entre le père et l'enfant se seraient apaisés. Et si, et si, et si, et si. Elle portait la responsabilité de ce départ, vis-à-vis d'elle-même, et, bien que Milo n'en sache rien, vis-à-vis de son fils.

Elle savait ces questionnements et autres montées de nostalgie totalement stériles, mais, malgré les années qui se succédaient, elle gardait au fond d'elle-même la petite douleur secrète, redoutable en vérité, d'être passée à côté de sa vie. Le grand projet de son existence était désormais de réussir l'enfance de son fils.

Elle s'interrogeait, parfois. Où étaient les rencontres, les vraies, celles des regards, des hasards, de la poésie naturelle de la vie ? Tout était sans doute question de patience. Mais plus elle avancerait en âge, plus elle développerait son univers singulier, et il en allait de même pour autrui, alors ne serait-il pas plus compliqué de trouver les passerelles entre l'autre et soi ? Fallait-il rechercher quelqu'un qui nous ressemble pour être compris ? Mais où serait alors l'enrichissement, ce fracas heureux des mélanges, de la découverte ? L'amour, est-ce que ce n'était pas se laisser surprendre ? Sortir de soi, faire exploser toutes ses idées préconçues sur ce qui est bon pour nous et peut nous rendre heureux ?

Valentine était plutôt contente de savoir Thierry remarié et comblé avec Clarisse. Elle n'était jalouse de personne, ce n'était pas sa nature. Ce n'était d'ailleurs pas Thierry qui manquait à Valentine, fort heureusement ; elle souffrait de devoir renoncer à l'idée même d'une famille au complet. C'était cela qui faisait mal. Elle formait bien une famille avec son fils, mais un tête-à-tête, sans autre voix que la sienne.

« Recomposerait »-elle un jour un foyer avec quelqu'un ? Elle était arrivée à la conclusion qu'elle n'était peut-être pas suffisamment intéressante, ou assez jolie, pas le genre de femme qui donne envie.

Son échappatoire absolue, c'était son longboard, une sorte de skateboard large et étiré. Elle se l'était offert après l'épisode du périphérique. Avait appris toute seule, en regardant des vidéos sur Instagram, s'entraînant, mois après mois. Quand les soucis l'étranglaient, quand sa confiance en elle s'effondrait, quand le découragement l'assaillait, elle prenait sa planche et partait tout au bout de la rue Cardinet, au parc Clichy-Batignolles – Martin-Luther-King. Arrivée là-bas, elle mettait ses écouteurs, la musique à fond, et glissait avec une souplesse aérienne, tout en esquissant des pas de danse sur son longboard. Valentine était douée. Elle bougeait en rythme, comme si la surface de sa planche était la piste de danse d'une boîte de nuit : elle tournait, sautait avec une grâce étonnante, les cheveux au vent, le visage tourné vers le soleil, sans jamais perdre l'équilibre, avec cette impression d'être incroyablement vivante, et libre. À la regarder, on aurait juré qu'elle n'avait pas beaucoup plus de vingt ans. Avec, souvent, une seule musique, un seul morceau – *Femme Like U*, *cover* d'Emma Peters – qu'elle avait découvert sur la vidéo d'une longboardeuse islandaise, morceau qui la galvanisait et lui redonnait sa légèreté, mieux que ça, sa joie, et qu'elle était capable d'écouter vingt fois de suite.

Les autres *riders* la saluaient, et elle leur faisait des *checks* du poing avec la familiarité d'une habituée. Maintenant, elle était connue ici, et appréciée ; parfois, les autres acceptaient de jouer son morceau préféré dans un *blaster*, et ensemble ils composaient, à plusieurs, une sorte de ballet improvisé. Des mômes de quatorze, quinze, seize, dix-huit ou vingt ans, sans autre occupation dans la vie, pour certains d'entre eux, que leur planche, originaires des cités ou des HLM voisins.

Le soir, elle avait une autre méthode pour se détendre. Elle faisait le poirier pendant de longues minutes, se disant que ce sang qui descendait vers la tête ne pouvait lui faire que du bien, lui remettre les idées en place, et accessoirement lui donner bonne mine.

Et puis elle regardait son fils. En vérité, c'était elle qui avait besoin de lui. Sans Milo, elle n'aurait pas tenu debout une seule seconde.

Elle avait oublié de se démaquiller. Tant pis.

5

Après le départ de Milo pour le collège, Valentine décida de passer chez son amie Jenifer. Jen, comme tout le monde l'appelait, tenait un petit salon de coiffure qui proposait aussi des manucures, des épilations et des « soins visage », presque en face de chez Valentine.

Jen avait ouvert son salon quatre ans plus tôt. Les deux femmes s'étaient très rapidement liées d'amitié. C'était Jen qui, depuis, lui coupait les cheveux. Et si Valentine ne ressentait pas le besoin de voir un psy, c'était bien parce que Jen était toujours là pour elle. C'était Jen qui, parfois, après le travail, gardait Milo chez Valentine, notamment lorsque la maison d'édition de Sylvette organisait des cocktails, ou les soirs d'inauguration du Salon du livre, porte de Versailles.

Jen Sarkissian savait tout de Valentine Dubois, et Valentine Dubois savait tout de Jen Sarkissian. Bien que leur amitié fût plutôt récente, elles s'entendaient à demi-mot, se comprenaient d'un regard. Jen, d'origine arménienne, conjuguait humour, esprit positif et croyances en tous genres. Elle voyait une vraie utilité à accrocher des sachets de riz à ses fenêtres, à jeter un verre d'eau à la suite de quelqu'un après son départ pour s'assurer de son retour, à mettre des pièces de monnaie ou des morceaux de sucre dans les angles des pièces. Il ne fallait pas lui montrer un chat noir, ou vouloir la faire passer sous une échelle, ou même un échafaudage, qu'elle considérait comme une autre forme d'échelle. Pendant les trois mois qu'avaient duré les travaux de ravalement de la façade de son immeuble, la coiffeuse avait pris l'habitude de sortir par la porte de service du bâtiment adjacent qui donnait sur une autre rue, pour éviter le mauvais sort. Jen consultait d'ailleurs une voyante deux fois par an. Chaque fois qu'elle en sortait, elle s'empressait de faire son compte rendu à Valentine, que cela amusait, mais qui demeurait dubitative, sans toutefois doucher les espoirs de son amie. Valentine respectait toutes les croyances et ne jugeait jamais.

Une voyante, ça ne l'avait jamais tentée. Elle trouvait cela dangereux, à cause de l'influence que les prédictions peuvent avoir sur les décisions que chacun prend ou tente de prendre dans sa vie. Jen lui rétorquait qu'elle ne se laissait jamais influencer. Avant d'éclater de rire, et de lui dire toujours la même phrase : « De toute façon, la vie, elle t'emmène là où elle veut t'emmener. La vérité, c'est qu'on n'a pas notre mot à dire. Ça vaut ce que ça vaut. »

Jen finissait la moitié de ses phrases par « Ça vaut ce que ça vaut ».

Elle était par ailleurs une mordue de *wrestling* féminin et ne manquait jamais un combat de son idole, Charlotte Flair. Elle passait ses mercredis et vendredis soir à les regarder sur des chaînes payantes. Tout l'exaltait : la technique, le côté un peu manga, mais surtout la puissance de ces femmes qu'il valait mieux, dans la vraie vie, ne pas importuner. Jen s'en tenait plus sagement à la boxe française. Elle pouvait se défouler à loisir, s'acharnant avec ses poings et ses jambes contre un punching-ball ou un bob – cette espèce de faux torse humain conçu pour les entraînements –, contre son prof également, ou contre de véritables adversaires. La pratique de la boxe l'avait convaincue que rien ni personne n'était trop fort pour elle. Ça, et sa voix, puissante. Elle avait du coffre, il ne fallait pas la provoquer.

Jen adorait la poésie de Valentine, aux antipodes de ce qu'elle était. Valentine, qui commençait souvent la lecture des livres par le dernier chapitre, trop impatiente d'en connaître le dénouement, qui était capable d'attaquer successivement les deux croûtons d'une même baguette de pain en laissant la partie centrale, Valentine et ses rêveries, parfois. Il y avait en elle quelque chose de l'enfance qui ne s'était pas éteint. Jen savait aussi à quel point sa candeur pouvait la mettre en danger.

Valentine entra dans le petit salon de coiffure. Nora était là, elle aussi, qui secondait Jen dans toutes les tâches et savait aussi bien faire les couleurs que les épilations – elle les pratiquait au fil – ou les manucures. Valentine embrassa Jen. Avant même qu'elle dise quoi que ce soit, Jen attrapa une mèche de cheveux de son amie.

— On te refait un carré bien net ?

Valentine lui sourit. Elle avait lu dans ses pensées.

— Pas trop court.

— « Pas trop court » ? Moi, je t'ai jamais coupé les cheveux trop court, je te rappelle.

— C'est vrai.

— Alors, ton rendez-vous d'hier ?

Les amies parlèrent du dîner de la veille, de la rose, de la gêne de Philippe, de tout et de rien, et l'heure passa vite. Se voir leur faisait du bien.

— De toute façon, je vais te dire : Milo ou pas, le mec qui voudra être avec toi, il fera ce qu'il faut parce qu'il sera raide dingue de toi. C'était pas le bon, c'est tout. Attends, c'est dur de rencontrer quelqu'un ! Moi, j'ai renoncé.

— T'as pas renoncé. Sinon, tu n'irais pas voir Irma.

— Chantal, pas Irma. Si, en fait j'ai décidé que je m'en foutais. En vrai, je suis heureuse : j'ai mon salon, mes clientes, toi, ma famille, ma petite routine, la boxe, je te dis pas comment ça me défoule. Je suis bien comme ça.

— Moi aussi, je suis bien comme ça. Je ne sais pas pourquoi on cherche à tout prix à rencontrer quelqu'un. C'est vraiment stupide.

— Si.

— Comment ça, si ?

— Ben si, on renonce pas parce que quand ça arrive, c'est juste extraordinaire. Soudain, on pèse vingt grammes. Il n'y a rien de plus beau que de tomber amoureux. Mais tu veux que je te dise ? Ces trucs-là, ça doit arriver naturellement. On veut forcer le destin, et tu crois que le destin, il va se laisser faire comme ça ? À qui tu t'adresses ? Moi, je te dis, le mec qui nous voudra, il nous trouvera. La vie, elle a tout prévu pour nous.

— Tu crois vraiment ?

— Bien sûr que oui. Prends ma mère, par exemple. Elle voulait que je me marie avant mes vingt-cinq ans, ensuite avant mes trente ans, puis avant mes trente-cinq ans. Maintenant, elle espère que je me marie avant mes quarante ans. Je la laisse croire. Elle dit qu'une femme seule, c'est une catastrophe. Moi, j'ai des clientes mariées qui s'emmerdent à cent sous de l'heure, et tout ce qu'elles me racontent!... Sur trois mecs, tu en as quand même deux qui prennent leur femme pour leur mère, et le troisième reluque tout ce qui bouge! Enfin, ce sont les statistiques de mon salon, ça vaut ce que ça vaut. Faut la trouver, la perle. Mais je te garantis que ça viendra. Tu crois que Dieu là-haut, il t'a pas repérée? Laisse-Lui le temps. En attendant, je t'assure, on est bien.

Valentine souriait. Jen avait toujours une énergie et un débit incroyables.

— Regarde-toi. C'est pas un canon, Valentine Dubois?

Valentine insista pour payer.

— Hors de question! lui rétorqua Jen, comme d'habitude, avant de la prendre dans ses bras.

Elle la serra fort, longtemps. Chaque fois, Jen le savait, cette chaleur humaine, cette tendresse sans paroles faisait à Valentine l'effet d'un abri. Pendant ces quelques minutes, la jeune femme ne craignait plus rien.

Requinquée et sereine, Valentine laissa son amie s'occuper d'autres clientes et remonta chez elle.

En attendant des nouvelles de la maison d'édition, elle se mit en quête du linge sale, vêtements, torchons et serviettes, et fit une machine – elle avait une de ces machines lavantes-séchantes qui prennent moins de place.

Puis elle reçut un coup de fil de Jana : il fallait mettre en page l'affiche d'une prochaine parution.

Heureusement qu'elle travaillait pour cette maison d'édition. Valentine se levait chaque matin et se couchait chaque soir en remerciant le ciel. Son métier était la clé de voûte de son indépendance – en vérité, de sa survie.

6

Il était un peu plus de 19 h 50. Valentine et Milo avaient terminé de dîner. Valentine avait allumé la télévision. Contrairement à Jen, elle ne la regardait pas souvent mais appréciait, de temps en temps, d'avoir des nouvelles du monde autrement que sur ses applis d'info. Sa mère lui téléphona, affolée.

— Tu as vu cet ouragan ? Ils auront réussi à dérégler complètement le climat.

— Qui ça, « ils » ?

— Les usines chinoises, les voitures aux États-Unis… Tu verras, d'ici quelques années, personne ne pourra plus vivre sur la Côte d'Azur, ce sera l'enfer. Même la Normandie, ce sera Dubaï !

Valentine baissa le volume de la télévision. Sa mère se montrait généralement assez négative, mais Valentine, elle, gardait son sang-froid. Fallait-il rappeler à sa mère qu'elle conduisait elle aussi, même pour de toutes petites distances, qu'elle était friande de son système de climatisation, et que depuis qu'elle était à la retraite elle prenait souvent l'avion ? Pour créer un clash et s'épuiser, voire se fâcher, comme cela arrivait fréquemment, même si cela ne durait que quelques jours ?

— Maman, je vais regarder les infos. Je te rappelle après, si tu veux.

— D'accord, ma chérie. À tout à l'heure.

La planche à repasser était installée au milieu du salon. Le bulletin météo venait de se terminer, cédant la place à la publicité. Valentine se dépêcha d'aller dans la cuisine chercher sa pile de linge propre. Elle prit le tout dans ses bras, une chaussette de sport de Milo s'en échappa, Valentine la ramassa et la replaça en haut de la pile. Dans le couloir, elle crut entendre quelque chose. Quelque chose d'inhabituel.

Une voix d'enfant. Implorante.

Dans le petit salon.

Elle lâcha le linge et se précipita pour rejoindre son fils.

Le visage collé à la télévision, les mains posées à plat sur l'écran, Milo parlait et pleurait en même temps, d'une manière déchirante. Des mots incompréhensibles sortaient de sa bouche dans un débit très rapide. Une langue inconnue. Une supplication. Valentine était tétanisée. Les mains de son fils glissaient de l'écran, mais remontaient aussitôt. Le corps entier de Milo exprimait la détresse, comme s'il essayait d'étreindre ou de retenir quelque chose. Ses paroles ressemblaient presque à des cris, tout était empreint de douleur. Que devait-elle faire ? Valentine eut tout juste le temps d'apercevoir la mention « Grèce ». Puis ce fut une publicité pour une compagnie d'assurances. L'enfant continuait de pleurer, mais plus doucement, le visage toujours collé à l'écran, puis il s'en détacha. Il ne parlait plus. Valentine s'agenouilla près de lui, essuya ses joues baignées de larmes.

— Tu as parlé ! Tu as parlé ! Qu'est-ce que tu as dit mon trésor, dans quelle langue as-tu parlé ?

Valentine serra son enfant contre elle. C'était elle qui pleurait maintenant, sous le choc.

— Dis-moi quelque chose, répète-moi ce que tu as dit. S'il te plaît.

L'enfant restait muet.

— Fais-le pour maman, je t'en prie, mon trésor. Parle-moi.

Mais Milo s'assit sur le tapis, comme à son habitude, comme si de rien n'était. Bien que ses joues fussent encore mouillées de larmes, il ne pleurait plus. Valentine, hagarde, éteignit la télévision et s'assit sur le tapis, à côté de lui, pour le regarder. Mille pensées s'entrechoquaient soudain dans son esprit. Il savait donc parler ? Et quelle était cette langue ? Et pourquoi tout était-il revenu à la normale, brusquement ? Pendant ce temps, Milo s'empara d'un crayon de couleur et reprit, sur son cahier, l'illustration d'une poésie.

Est-ce qu'elle avait rêvé ? Non.

Ce soir-là, mettant son fils au lit comme tous les soirs, elle lui demanda encore ce qu'il avait dit. Mais Milo fit une moue étrange, comme s'il ne comprenait pas ce qu'elle lui racontait. Elle resta allongée près de lui, longtemps. C'est lui qui demanda à éteindre la lumière. Il avait une évaluation le lendemain.

Serait-elle devenue folle, comme ça, d'un coup ?

Valentine retourna dans le salon, s'assit à son bureau.

Tapa dans la barre de recherche de son ordinateur « Muet qui retrouve la parole », mais ne trouva rien.

Puis elle tâcha de retrouver la publicité pour l'office du tourisme de Grèce. Elle en découvrit plusieurs, les regarda.

La mer, superbe, des îles, des vues d'ensemble montrant villes et monuments dans un montage rapide. Des gens qui nageaient, plongeaient, faisaient du bateau ou de la randonnée, mangeaient et souriaient. Elle visionna ces publicités plusieurs fois, appuyant sur pause presque à chaque image, mais ne comprenant rien. Rien qui lui semblât de nature à provoquer ce à quoi elle venait d'assister.

7

22 h 40. Valentine envoya un message à sa mère. « Tu dors ? » Pas de réponse. Pourquoi cette idée de se tourner vers elle, alors que sa mère ne manquait jamais une occasion de la critiquer ? Les deux femmes s'aimaient, mais d'un amour compliqué. Geneviève aurait voulu pour sa fille d'autres études, un autre métier, un autre mari, certainement pas de divorce, et pas cette vie-là, dans un trois-pièces selon elle « étriqué », où il n'y avait même pas la place de manger à quatre. Chaque fois qu'elles se voyaient, Geneviève trouvait toujours une remarque à faire. Sa fille était mal fagotée, elle avait mauvaise mine, elle ne possédait même pas de voiture – chose agaçante, parce que cela obligeait son père à aller la chercher à la gare lorsqu'elle venait à la campagne –, sans parler de la manière dont elle nourrissait ou élevait son fils. S'il était, selon elle, un peu « chétif », c'était parce que Valentine ne lui donnait pas suffisamment à manger et que ce qu'elle lui servait ne lui faisait pas envie.

Le mutisme de Milo n'était, lui, jamais évoqué. Geneviève ne serait pas allée si loin, et elle aimait beaucoup Milo, le répétait souvent, même si, les premiers temps, elle s'était sentie embarrassée vis-à-vis de son groupe d'amies du bridge.

En définitive, cela lui avait fourni un nouveau sujet de conversation – il faut bien pouvoir parler de quelque chose –, et valu une sympathie nouvelle, ce qui n'était pas pour lui déplaire. Tout le monde la plaignait : une fille pareille, et, comme si cela ne suffisait pas, un petit-fils muet.

Pourtant, téléphoner à Geneviève avait été le premier réflexe de Valentine. Il se passait une chose importante, Milo avait parlé, une langue étrangère qui plus est, ou un charabia, mais il avait prononcé ce qui ressemblait à des mots, à des phrases. Qui appelle-t-on lorsqu'il arrive un événement aussi sérieux ? Sa mère. Pourtant, à la première sonnerie, Valentine raccrocha, de peur de réveiller ses parents. Elle attendrait le lendemain matin.

Milo dormait tranquillement. Pas une ombre, pas le moindre cauchemar.

Elle se dit alors qu'il n'était pas trop tard pour appeler Thierry. Après tout, elle avait une bonne raison.

Elle commença par un SMS : « Salut, il se passe quelque chose avec Milo, est-ce que je peux t'appeler maintenant ? » Il répondit aussitôt : « Ça ne peut pas attendre demain ? » Valentine hésita. En vérité, oui, cela pouvait attendre le lendemain, sauf qu'elle en avait gros sur le cœur et ressentait l'urgence de partager avec quelqu'un ce dont elle avait été témoin. « Non. » Après tout, Thierry était le père de Milo.

Deux minutes après, le téléphone sonnait.

Valentine eut peur de répondre. Il se moquerait d'elle à coup sûr. Tant pis.

— Que se passe-t-il ?

— Milo a parlé. Il y a eu à la télé un spot sur la Grèce, une pub, et il s'est collé à l'écran en parlant. Je ne sais pas si c'était du grec, mais c'était une langue étrangère, un truc étrange. En tout cas, il a parlé.

— Tu as rêvé.

— Non, je t'assure que je l'ai entendu, je ne suis pas folle. Il prononçait des choses, enfin, des mots.

— Tu as dû confondre avec la voix de la pub.

— Non, ça sortait de lui ! Et aussi, il pleurait. C'était complètement fou.

— Tu sais ce que je crois ?

— Quoi ?

— Tu es fatiguée, et tu as entendu ce que tu voulais entendre. Ça s'appelle une hallucination auditive. C'est un truc psy bien connu, il faut faire gaffe. Ça peut être un signe de burn-out. Tu devrais consulter.

— Je n'ai pas rêvé, il a vraiment parlé.

À l'autre bout du fil, le père soupira.

— Tu devrais aller dormir.

— Mais pourquoi ce ne serait pas possible ? Personne n'arrive à expliquer que Milo soit muet sans être sourd, alors pourquoi ne se mettrait-il pas à parler ?

— Donc, soudain, il se met à parler, alors qu'il n'a jamais prononcé un mot de sa vie, et en plus une langue étrangère ? Qu'il aurait apprise où ?

— Je te jure que c'est vrai.

— Bon, si ça se reproduit, tu m'appelles.

Valentine raccrocha.

Elle se dit que son ex-mari avait quand même raison sur un point : elle était sans doute fatiguée.

Valentine éteignit la lumière, se coucha.

Puis ralluma l'instant d'après et saisit son téléphone. Après tout, tâcha-t-elle de se convaincre, les amis, c'est fait pour ça : pour qu'on les appelle quelle que soit l'heure. Elle écrivit à Jen : « Je peux t'appeler ? »

La réponse fut immédiate. « Évidemment, il se passe un truc ? »

Valentine ne se fit pas prier et composa le numéro de son amie.

Jen était fascinée par ce que racontait Valentine. Elle y croyait totalement. Selon elle, une visite chez sa voyante s'imposait afin de tirer tout cela au clair.

— Elle nous aidera.

— Tu crois ?

— Écoute, là, on est dans un truc irrationnel, donc pour nous aider, il nous faut des gens irrationnels. Il faut comprendre d'où ça vient.

Ce « nous » employé par Jen lui avait fait chaud au cœur. Son amie ne la décevait jamais. C'est toujours la même histoire : il suffit qu'une personne, une seule, nous comprenne et nous soutienne.

— Je ne suis pas prête à aller chez une voyante. Ça m'angoisse. Et puis, imagine qu'elle dise des choses terribles.

— C'est pas le genre de Chantal. Elle dit les choses, mais elle reste très positive.

— Je ne veux pas, je t'assure.

— Vraiment, qu'est-ce qu'on a à perdre ? Au moins, ça nous donnerait des indications. Moi, je la trouve quand même très bonne. Elle avait vu le souci de santé de ma tante, grâce à elle on a fait les examens, elle a été soignée, et maintenant elle est en pleine forme !

— Tu vois, elle annonce des trucs difficiles.

— Oui, mais ça t'évite que les trucs difficiles, comme tu dis, deviennent encore plus difficiles. C'est ton choix, je peux pas te forcer.

Juste avant de s'endormir, Valentine rédigea un mail à l'attention de la directrice du collège de Milo.

Chère Madame,

Je vous écris pour savoir si quelqu'un dans l'établissement aurait remarqué un comportement particulier chez mon fils, Milo Bailleul, en sixième 2 – ses professeurs, ou les personnes chargées de la vie scolaire.

Merci beaucoup,

Valentine Dubois

Pas question d'en dire plus, sous peine d'être prise pour une cinglée.

Elle regarda à nouveau les différentes publicités pour la Grèce, cherchant à comprendre ce qui avait pu tellement bouleverser son fils.

8

Le lendemain matin, une fois Milo parti au collège, Valentine se mit au travail. Jen arriverait au salon à 9 h 30, il lui fallait patienter jusque-là. Elle était en train d'avancer sur l'affichette que Jana lui avait demandée, à placarder sur les stands de libraires dans les salons du livre, lorsqu'elle reçut un appel de sa mère.

— Tu m'as téléphoné hier soir, tout va bien ?

— Oui maman, tout va bien.

— Heureusement que je mets sur silencieux, tu aurais pu réveiller ton père. Il s'est passé quelque chose ?

Il y eut un silence.

— Tout va bien avec Milo ?

Et là, ce qui n'était pas prévu, Valentine éclata en sanglots.

Toutes ces années à se débrouiller seule, à tout porter seule, à trouver seule des réponses et des solutions à la multitude de petits défis qui se présentaient à elle chaque jour, à être une bonne graphiste, une bonne mère, à gérer son budget au cordeau, à s'occuper de la maison, de la cuisine, à essayer jour après jour de mettre de la beauté dans la vie de son fils, lui créer un cocon, envers et contre tout, malgré ce que l'enfant avait compris : qu'on le regarderait toujours différemment, que la communication avec les autres ne serait jamais simple. Elle mettait un point d'honneur à l'entourer de musique, de joie, de fantaisie, à lui offrir des sorties, des promenades, des loisirs. Peut-être que oui, dans tout ça, elle s'était oubliée, mais comment faire autrement ? Sa vie, ce serait s'occuper de cet enfant, qu'elle adorait, mais seule. Sans soutien, sans répit, jamais.

Elle se reprit, se convainquant que cela aurait pu être bien pire : elle avait un travail, des revenus, elle avait la chance de vivre dans ce HLM, d'être en bonne santé, et elle avait de la chance d'avoir Jen, et juste en face.

— Il y a un problème avec Milo ? Il s'est passé quelque chose ?

— Le problème, c'est moi, balbutia-t-elle enfin dans le combiné.

Sa mère, pour une fois, s'abstint de tout commentaire désobligeant.

— Ne dis pas ça.

Le ton de sa voix était plutôt bienveillant. Valentine hésitait maintenant. Lui en parler, ou pas ?

— Maman ?

— Oui ?

— Hier, Milo a parlé.

— Comment ça, parlé ?

— Il a dit quelques mots, enfin, des phrases, même.

— Mon Dieu, qu'a-t-il dit ?

— C'était dans une langue étrangère.

— Comment ? Si c'est pour me faire ce genre de blagues, c'est de très mauvais goût.

— Ce n'est pas une blague.

— Je n'ai pas de temps à perdre avec ces sornettes.

Sa mère raccrocha.

Valentine était glacée.

Elle se fit un café et jeta un œil à sa montre : 9 h 30. Elle but son café, vérifia ses mails – rien. Puis elle attrapa sa veste, ses clés, et descendit. Il faisait un temps de rêve, le ciel était d'un bleu éclatant. Valentine aperçut Jen en train de remonter le rideau de fer de sa vitrine.

— Ah, ma chérie. Je t'attendais.

Jen remarqua la petite mine de Valentine, silencieuse.

— Ton carré te va très bien, à part ça, tu as une mine de déterrée, si tu veux mon avis. Allez, viens, je vais te faire les ongles, ça te remontera le moral.

Elles entrèrent dans le salon de coiffure. Valentine s'assit sur l'un des fauteuils dédiés à la manucure.

— Montre-moi tes mains.

Valentine s'exécuta. Jen arrêta son regard sur l'auriculaire de la main droite de son amie.

— Mais qu'est-ce qu'il t'a fait, celui-là, pour que tu le martyrises comme ça ? C'est pas possible. Quatre millimètres, il te reste, je peux même pas te poser un faux ongle, ça va pas tenir. Tu peux pas lui foutre la paix ?

— C'est ma soupape.

— T'arracher l'ongle du petit doigt, c'est ta soupape ? Je croyais que c'était le longboard ? Tu devrais venir à la boxe avec moi.

— De toute façon, si j'ai des rendez-vous je mets un pansement, personne ne remarque.

— Je vois. Et si le pansement se barre, tu dis quoi ?

— J'ai toujours des pansements dans mon sac.

— Allez. J'te mets du rouge, ça va te faire du bien. Je mets du rouge sur le petit ongle, et tu n'y touches plus, compris ? Ton ongle, c'est toi, c'est toi que tu maltraites, là.

— Je sais, rétorqua Valentine dans un sourire.

— Quoi ? la dévisagea Jen.

— T'aurais pu être ma grand-mère.

— C'est sympa, j'ai l'air si vieille que ça ?

— Non, tu comprends pas.

— Bien sûr que je comprends.

Jen s'empara d'une base transparente et commença à l'appliquer sur les ongles de la main droite de son amie.

Valentine laissa s'échapper un soupir.

— Ton môme, il a peut-être reconnu quelque chose, poursuivit Jen. Quelque chose d'important pour lui. Un souvenir.

— Quel souvenir ? On n'est jamais allés en Grèce.

— Je sais pas, quelque chose en rapport avec sa vie ? T'as jamais fait un voyage là-bas, où il se serait passé un truc particulier ?

— Je suis allée à Corfou quand j'avais vingt ans, avec des amis, j'avais trouvé ça joli, mais ça n'a pas non plus marqué un tournant dans mon existence.

— OK. Donc aucun lien entre Milo et la Grèce.

— Aucun.

— Et ce prénom que vous lui avez donné, Milo, ce serait pas grec ?

— Je ne crois pas.

Jen tapota sur son téléphone.

— Vénus de Milo : statue en marbre représentant la déesse Aphrodite retrouvée sans bras dans l'île grecque de Milo. Voilà, j'ai raison.

— Il y a plein d'enfants qui ont des prénoms étrangers, ils ne se mettent pas à parler la langue d'origine du prénom pour autant. Tu t'appelles Jenifer et tu parles pas anglais.

— Enfin, le môme, vous lui avez donné un prénom grec, je l'invente pas.

Valentine soupira.

— Bon. On trouvera, dit Jen. Tu t'en fais pas, d'accord ?

Le vernis était posé.

— Et puis, c'est pas vrai que je parle pas anglais. J'ai des notions quand même.

9

À l'heure du déjeuner, Valentine se rendit à la bibliothèque Edmond-Rostand, qu'elle connaissait bien pour y avoir emprunté des livres pour enfants quand Milo était petit. Et lorsqu'elle était à sept ou dix euros près, elle allait encore y prendre des livres pour elle ou son fils.

Ses parents proposaient régulièrement de l'aider, mais, chaque fois qu'elle avait accepté, sa mère en avait usé contre elle : « Il a fallu que ce soit ton père qui t'offre ta machine à laver », et autres délicatesses. Désormais, Valentine faisait semblant de ne jamais manquer de rien. De temps en temps – elle ne pouvait pas s'en empêcher –, elle flânait dans le rayon vêtements du supermarché, où elle s'achetait un petit haut, un rouge à lèvres, rien de cher, jamais. La plupart du temps, elle se contentait de regarder. Ça et les ongles chez Jen, et elle se souvenait qu'elle était encore une femme, cela lui était terriblement essentiel.

Elle se promenait à présent dans les allées de la bibliothèque en quête du rayon tourisme. Elle y était. De grands livres de photos, pays et capitales, et une multitude de guides de voyage, sur à peu près tous les pays du monde. Afghanistan, Afrique du Sud, Allemagne, Antigua, Argentine, Australie,

Autriche, Belize, Bhoutan, et cela continuait. Valentine passa en revue la France et ses régions. Tous ces endroits où elle n'était jamais allée. À quoi ressemblait l'Auvergne ? Et le Jura ? Elle en était à la lettre G. Gabon, Géorgie, Grèce. Athènes, le Péloponnèse, Rhodes, la Céphalonie, les Cyclades, la Crète. Valentine avait le droit d'emprunter une dizaine d'ouvrages. Elle sélectionna un grand livre de photos sur la Grèce, un autre sur les Cyclades, un autre encore intitulé *Merveilles de la Grèce continentale*, ainsi que *Paysages de la Grèce du Nord, Thrace et Macédoine*, et enfin un ouvrage sur Athènes et ses environs. Son butin pesait lourd, mais pas plus que les courses quand elle décidait de remplir le réfrigérateur ou le congélateur.

Elle présenta ses livres au comptoir, sortit de son sac sa carte de membre. Puis mit le tout dans deux sacs en tissu : elle avait tout prévu.

Arrivée chez elle, elle se mit à scruter les images. Tout avait l'air très beau, magique même : ces îles, Naxos, Hydra, Patmos, Santorin, la Crète, cette mer sublime, la Chalcidique. Mais quoi ?

Valentine sortit de ses pensées pour se remettre à son bureau. Dans sa boîte mail, elle trouva enfin la réponse de la directrice du collège : non, aucun de ses professeurs n'avait remarqué quoi que ce soit d'inhabituel chez le garçon. Valentine la remercia.

Deux manuscrits l'attendaient. Généralement, on lui confiait, bien en amont, les épreuves des romans à illustrer. Selon les collections de la maison d'édition, elle illustrait les textes par des tableaux dont elle négociait les droits de reproduction, par des photos achetées dans une banque d'images, ou bien par des dessins ou collages qu'elle réalisait elle-même. Ensuite, Valentine procédait à la mise en page : titre et nom de l'auteur disposés en conformité avec la charte graphique, qu'elle avait elle-même définie. Ce qu'elle préférait, c'était lorsqu'on lui laissait libre cours pour imaginer les couvertures.

À 17 heures, Milo rentra du collège. Elle lui prépara son goûter et s'assit face à lui.

— Trésor ?

Son fils la regardait, attentif.

— Hier, quand tu as parlé, tu as dit quoi ?

L'enfant fronça les sourcils, puis, en langue des signes, lui répondit qu'il ne comprenait pas la question.

Valentine n'insista pas et l'embrassa sur le front. Le goûter terminé, il s'installa dans le salon pour faire ses devoirs.

Son cœur se serrait. Un enfant si plein d'intelligence, de bonne volonté, de sérieux, et la vie ne pourrait sans doute pas lui offrir tout ce qu'il était en droit d'espérer. Il trouverait certes un travail, la plupart des entreprises devaient employer un certain quota de travailleurs handicapés, mais quel métier pourrait-il exercer ? Milo rêvait de devenir chercheur en biologie marine, il aimait beaucoup aussi l'idée de faire de la médecine. Il avait gardé un bon souvenir de la gentillesse des médecins et des infirmières, à l'hôpital.

Est-ce qu'une jeune fille s'intéresserait à lui, quand il aurait quinze, dix-huit ou vingt ans ?

Valentine ne l'avait pas mis dans une école spécialisée, préférant qu'il s'adapte aux établissements pour « tout le monde », malgré les difficultés. Cela le préparerait mieux à la vie, avait-elle décrété. Et elle avait eu raison. Après des débuts compliqués, Milo était maintenant plutôt bien intégré. Il ne connaissait que des gens doués de parole.

Dans le minuscule salon, elle proposa à Milo de s'installer près d'elle, sur le canapé. Elle avait des choses à lui montrer. Il s'exécuta de bonne grâce.

Valentine ouvrit le premier livre. L'enfant découvrait, avec curiosité, les images d'Athènes et l'Acropole, pendant qu'elle tournait les pages en scrutant son visage. Rien. Elle prit ensuite le deuxième livre, les Cyclades. Milo lui fit comprendre que c'était beau, la nature, les couleurs, les reliefs, surtout la mer. Mais aussi les toutes petites maisons blanches.

Bientôt, il commença à tourner lui-même les pages. Mais l'expérience ne donnait rien.

Saisissant le troisième ouvrage, consacré aux merveilles de la Grèce continentale, son fils lui demanda pourquoi elle avait emprunté autant de livres sur ce pays.

Pour toute réponse, Valentine tourna une page. La trente-six.

Milo ne bougeait plus. Valentine vit le visage de son fils se déformer dans une expression de désarroi absolu. En quelques instants, l'enfant se retrouva dans un état proche de la transe, comme devant la télévision, la veille au soir. Elle n'avait donc pas rêvé : voilà qu'il recommençait, qu'il collait ses mains sur la double page et qu'il parlait. Elle n'était pas folle : il prononçait à nouveau ces mots aux sonorités étranges. Valentine saisit son téléphone posé sur la table basse, appuya sur la touche « dictaphone » – pas le cœur à filmer son enfant en crise. Elle le laissait parler et pleurer, dans une détresse totale, pourvu qu'elle ait l'enregistrement.

Le téléphone continuait de fixer les sons. Elle reconnaissait certains mots, comme de l'espagnol. Elle identifia la double page pour pouvoir la retrouver plus tard. Milo semblait supplier. C'était effroyable. Valentine était désemparée de le voir à nouveau dans cet état second, et de devoir le laisser souffrir ainsi, mais elle avait besoin de garder une trace, et de comprendre.

— Dis-moi, mon trésor, dis-moi ce qui se passe.

Les larmes de l'enfant tombaient les unes après les autres sur la photo d'illustration de la page.

Qu'arrivait-il à son fils ?

Elle referma brusquement le livre, prit le garçonnet dans ses bras.

En un rien de temps, Milo retrouva un air impassible. Il regardait maintenant sa mère, intrigué par l'expression d'inquiétude qui se lisait sur son visage. Il lui demanda, par signes, si tout allait bien. Sidérée, autant que la première fois, Valentine acquiesça. Que devait-elle faire ? Lui raconter l'état dans lequel il venait de se trouver, pendant plusieurs longues minutes ?

Milo demanda à sa mère s'il pouvait regarder des dessins animés, comme si de rien n'était. Elle lui tendit la télécommande. C'était Valentine qui avait du mal à surmonter le moment. Elle afficha tout de même un sourire vaguement paisible, pour lui.

Elle quitta la pièce pour se rendre dans la salle de bains. Là, elle s'assit sur le carrelage marron, les jambes repliées contre sa poitrine. Milo était-il atteint d'une forme de somnambulisme verbal, si une telle chose existait ? Était-ce une forme de schizophrénie ? Il faudrait aller voir un psychiatre, mais où trouver un bon psychiatre, quelqu'un qui écouterait son enfant sans l'assommer de médicaments inadaptés à son âge ? Cette langue qu'il parlait, d'où lui venait-elle, et d'abord, était-ce une langue existante, ou quelque chose qu'il avait inventé ? Était-ce un mélange bizarre d'idiomes qu'il avait entendus quelque part ? Mais où ? Valentine connaissait très vaguement ces histoires de marabouts africains, ou encore d'exorcisme. La perspective de devoir se confronter à l'occulte lui semblait insoutenable. Elle se sentait complètement dépassée. Un parent seul, c'est une loi, doit savoir trouver les réponses à toutes les situations et défis qui surviennent. Les mathématiques ici ne s'appliquent pas : le poids des arbitrages pèse beaucoup plus lourd sur deux épaules seules que sur la moitié de quatre.

Valentine prit son téléphone, régla le volume le plus bas possible, et écouta l'enregistrement. Cela ressemblait en effet, par moments, à de l'espagnol, mais d'autres mots prononcés par son fils n'avaient rien de cette langue, et la surprenaient par leur prononciation : des « r » étrangement roulés, beaucoup de « s », de « k », de « g », de « u » et de « eu » traînants. Les sanglots de l'enfant achevaient de brouiller la compréhension. La voix de son fils. Dont le timbre s'apparentait, par instants, à une voix de fille. Cela ne lui échappa pas, mais elle n'y accorda aucune importance. La moindre de ses préoccupations.

Elle envoya l'enregistrement à Jen, accompagné d'un message.

« Écoute ça. Je l'ai enregistré. Surtout ne m'appelle pas, je suis avec lui. J'ai regardé, c'est la ville de Thessalonique qui le fait réagir. Tu connais ? »

Jen répondit aussitôt.

« Non, jamais fichu les pieds là-bas, c'est en Grèce ? S'il faut y aller, on ira. »

Puis Valentine écrivit au père de son fils.

« Il a reparlé. Je lui ai montré un livre et il a reparlé. »

Le téléphone sonna l'instant d'après.

Thierry lui suggéra de prendre rendez-vous chez un orthophoniste. En connaissait-il un ? Celui qui avait suivi Milo dans sa petite enfance, tenté de le faire parler, et qui était si gentil, avait pris sa retraite. Thierry lui enverrait un nom dans la soirée.

« Tu viendras ? »

« Bien sûr que je viendrai. C'est mon fils. »

Les jours suivants, Valentine s'essaya à la cuisine grecque : tzatziki, feuilles de vigne farcies au riz, elle confectionna même une sorte de moussaka. Juste pour voir.

Milo détesta le tzatziki, comme les feuilles de vigne farcies, la moussaka était trop riche et lourde à son goût, il n'aimait ni les aubergines ni les fèves à la tomate, et encore moins la consistance de la feta – lui qui n'était habitué qu'au Kiri et au Caprice des Dieux. Il finit par demander à sa mère pourquoi elle faisait cette cuisine-là. Valentine lui répondit qu'elle avait eu envie d'essayer autre chose, pour changer. Le garçon voulut savoir si elle pourrait lui faire aussi de la cuisine chinoise. Valentine lui promit de s'y essayer, un jour prochain.

10

Valentine et Milo étaient assis dans une salle d'attente au décor bigarré : des fauteuils de styles disparates, du moderne blanc tapissé de rouge évoquant un bureau des années soixante au Louis XVI bien abîmé, conjugués à une table basse en rotin jonchée de magazines plus anciens les uns que les autres, datant tous d'il y a au moins deux ans, certains même de cinq. Ici il manquait une couverture, là les mots croisés avaient été complétés au stylo bille. Au mur, des aquarelles fanées, et le poster, jauni malgré son cadre, d'une exposition à Saint-Rémy-de-Provence de 1982. Valentine avait prévenu Milo que la visite faisait suite à des mots qu'elle l'avait entendu prononcer, même si lui ne s'en souvenait pas.

Le cabinet était partagé par plusieurs médecins. Assis en face de Valentine, un homme, les tempes grises, âgé de soixante-cinq ans environ, regardait le sol avec lassitude. Une femme, la cinquantaine, de hautes bottes rouges vernies, les cheveux noirs brillants coupés très court, le visage presque buriné par le soleil et recouvert d'un fond de teint orangé, tapotait frénétiquement sur son téléphone. Ici officiaient, en plus de l'orthophoniste, un dermatologue – proposant des « soins » esthétiques – et un cardiologue. Valentine n'en doutait pas : l'homme était là pour le cardiologue, et la femme pour le dermatologue. Une injection peut-être, ou un peeling.

Le père de Milo arriva, en pleine forme, hâlé. Milo lui sauta au cou, ne l'ayant pas vu depuis un bon mois. Thierry salua son ex-femme, embrassa son fils. Le cardiologue apparut et fit signe à la femme aux bottes rouges. Puis ce fut la dermatologue, et l'homme fatigué la suivit. Enfin, l'orthophoniste apparut : une femme d'une soixantaine d'années, vêtue d'une robe prune à imprimé géométrique, de lourds bracelets de bakélite rouge à chaque poignet. Après avoir raccompagné une mère et sa fille de six ans à la porte, elle invita Milo et ses parents à prendre place dans son bureau.

Le père prit la parole le premier et la remercia de les recevoir si vite, puis Valentine relata les événements.

L'épisode devant la télévision, et la double page du livre. Milo fronçait les sourcils, comme si sa mère racontait n'importe quoi. Le père remarqua les expressions du visage de Milo.

— Vous avez apporté le livre ? demanda l'orthophoniste.

Valentine n'y avait pas songé un seul instant.

Le père et l'orthophoniste échangèrent un regard plein de sous-entendus.

— Il arrive parfois que des parents se convainquent d'avoir entendu leur enfant parler, poursuivit la thérapeute. C'est un phénomène connu.

Thierry abonda immédiatement dans son sens : c'est ce qu'il lui avait dit, après la première fois. Valentine se défendit, elle n'avait pas rêvé, Milo avait vraiment parlé. Le père demanda à son fils si c'était bien exact. Milo fit non de la tête. À nouveau, un échange de regard entre l'orthophoniste et le père, que Valentine vit, cette fois.

Excédée, elle sortit son téléphone de son sac, leur proposant d'écouter l'enregistrement qu'elle avait fait. Elle observa un instant son fils, soudain inquiète de ce que cela pourrait déclencher, puis interrogea l'orthophoniste du regard. Sans réaction de sa part, elle lança le fichier audio.

— C'est une voix de fille, coupa le médecin au bout de dix secondes.

— Oui, par moments, on dirait une voix de fille, acquiesça Valentine, mais c'est bien sa voix.

— Ce n'est pas la voix de Milo, ça, je te le garantis, déclara le père.

— Comment tu peux affirmer une chose pareille ? rétorqua Valentine. Puisqu'il n'avait jamais parlé avant ?

L'atmosphère se tendit brusquement. Thierry accusait maintenant Valentine d'avoir un point de vue toujours très dramatique sur tout, proche de l'affabulation, est-ce que ce n'était pas elle qui créait des problèmes qui n'existaient pas ? Valentine lui répondit que si quelqu'un dans cette pièce connaissait bien leur fils, c'était elle, parce qu'elle vivait avec lui, année après année, trois cent cinquante jours sur trois cent soixante-cinq. L'orthophoniste les rappela à l'ordre et Valentine comme son ex-mari se calmèrent aussitôt puis s'excusèrent, l'un et l'autre. Milo regardait ses pieds.

— Écoutez, madame, je ne sais pas d'où vous tenez cet enregistrement, mais il n'est pas convaincant. Et puis un enfant muet qui se met soudainement à parler, je crains que cela n'existe pas. Encore moins s'il s'exprime dans une espèce de charabia incompréhensible. Si vous permettez… peut-être est-ce vous qui devriez consulter ?

C'était une gifle. Lui dire ça, et devant son ex-mari, et son fils.

— Parfois, on est prêt à beaucoup de choses pour susciter l'attention de son ex-conjoint. C'est classique, hélas, et rarement la meilleure manière de faire.

Valentine n'en revenait pas. Cette sorte d'hypersensibilité qui la laissait complètement désemparée devant la méchanceté gratuite, ou les remarques désobligeantes, elle la partageait avec son fils. En l'espèce, elle était effarée.

Sans un mot de plus, elle sortit sa carte Vitale pour régler la consultation.

— Vous avez une mutuelle ? demanda l'orthophoniste.

Elle fit non de la tête, un peu honteuse de ne pas disposer de ce confort élémentaire. L'orthophoniste annonça un tarif de soixante-deux euros, et tandis que Valentine fouillait dans son sac à la recherche de son chéquier, Thierry brandit sa carte de crédit, rutilante.

En bas de l'immeuble, le père embrassa son fils. Et remonta dans sa voiture sans tarder. Valentine prit la main de Milo, et tous deux s'engouffrèrent dans une bouche de métro.

À la station Villiers, Milo se tourna soudain vers sa mère.

« Maman, tu sais bien que je ne parle pas », exprima-t-il en langue des signes.

Elle fit oui de la tête. Le prit contre elle. Des larmes perlaient dans ses yeux. Elle fit un effort colossal pour se tenir.

Même si un enfant muet qui retrouve la parole, cela n'arrivait jamais, il devait exister, comme pour tout, des exceptions. Pourquoi, à part Jen, personne ne voulait-il ou ne pouvait-il la croire ? En quoi cela dérangeait-il tellement ? Pourquoi les choses qui sortaient de l'ordinaire étaient-elles tellement insupportables ? Pourquoi certains n'arrivaient-ils pas à sortir de leurs certitudes ? Étroitesse d'esprit ? Paresse ? Peur ? Et si c'était le cas, peur de quoi ? Les exceptions menaçaient-elles à ce point l'ordre établi, les connaissances acquises ?

11

Valentine commença à s'intéresser à Thessalonique, également appelée Salonique, dont elle ignorait tout. Elle consulta de très nombreux sites internet, s'y plongea, s'attardant sur les photographies, tentant de comprendre cette ville, son histoire, sa topographie, de sorte qu'après quelques jours s'en dessinaient déjà, dans son esprit, les contours. Deuxième ville de Grèce après Athènes, capitale gastronomique réputée, Thessalonique avait été successivement macédonienne, romaine, byzantine, ottomane pendant plus de quatre cents ans, puis, au XXe siècle seulement, grecque.

Valentine lisait au gré de ses trouvailles, sans chronologie, assemblant de manière désordonnée quelques pièces d'un puzzle dont elle n'avait pas le modèle. Elle apprit ainsi qu'en 1912, en pleine guerre des Balkans, les Turcs avaient dû abandonner aux Grecs leur belle Selanik, aussitôt renommée Thessaloníki. En 1923, des Grecs d'Asie Mineure, à leur tour chassés par les Turcs, avaient trouvé refuge dans la ville portuaire. Le dénuement de ces nouveaux exilés découvrant une ville vibrante et prospère avait nourri un ressentiment intense envers ceux qui y étaient chez eux, en nombre, et depuis longtemps. Valentine découvrit que depuis la fin du

XVe siècle jusqu'à la Seconde Guerre mondiale, la population de Salonique avait été majoritairement juive, jusqu'à quatre-vingts pour cent sous le règne ottoman. Le reste étant constitué de Turcs, Bulgares, Arméniens, Albanais, Kurdes, Circassiens, Perses, entre autres nationalités. C'était ainsi que la région où se trouve la ville de Salonique – la Macédoine – avait donné son nom à une salade.

Les Juifs de la ville étaient eux-mêmes d'origines très variées. Les Romaniotes, hellénophones, installés là depuis vingt-trois siècles, avaient vu arriver, au Moyen Âge, des Allemands puis des Hongrois. En Espagne, le décret royal de l'Alhambra, en 1492, laissant aux Juifs le choix entre la conversion au catholicisme et le bûcher, avait déclenché un exode massif, notamment vers l'Empire ottoman. Le sultan Bayezid II avait envoyé à leur secours toute la flotte turque, sauvant bon nombre d'une mort certaine. Selanik, alors très peu peuplée, avait ainsi accueilli par dizaines de milliers des réfugiés venus de Castille, de Catalogne, d'Aragon, de Majorque, mais aussi des Provençaux, des Siciliens, des habitants d'Otrante, des Pouilles, de Calabre, de Corfu alors vénitienne. Au XVIIe siècle, des Juifs polonais fuyant les pogroms les y avaient rejoints. D'autres encore – livournais ou vénitiens – étaient arrivés plus tard, mais, contrairement aux précédents, par choix d'y faire commerce : Salonique occupait une place stratégique, au carrefour des routes maritimes.

Valentine était surprise d'apprendre que Salonique avait longtemps porté le surnom de « Jérusalem des Balkans ». C'était une sorte de ville diasporique absolue. Une ville vibrante et cosmopolite. Certains des auteurs dont elle avait illustré les livres étaient eux aussi des exilés – du Rwanda, d'Éthiopie –, et elle était sensible, très sensible même, à l'idée de ces départs forcés, comme à tout ce que cela impliquait, tant de douleur que de force de rebond, de capacité à se réinventer. Elle admirait cela. Partir et perdre, ou perdre et partir, et tout recommencer.

Sur des sites culturels ou historiques, Valentine puisa des informations sur le grand incendie de 1917, qui avait réduit en fumée deux bons tiers de la ville. Une photo montrant des carcasses d'immeubles anciens, ventre ouvert sur le ciel noir, lui fit forte impression. En une journée et demie, près de dix mille bâtiments du centre-ville avaient été détruits – en vérité, surtout les quartiers juifs. L'embrasement s'était étendu à la faveur d'un vent féroce, avant de prendre un tour incontrôlable. Il avait fallu trois jours pour éteindre le feu. Cinquante mille personnes avaient tout perdu. Trente-deux synagogues avaient été détruites. Seulement une trentaine de personnes avaient perdu la vie, ce qui, dans le désastre général, relevait du miracle. Des soldats britanniques et français appartenant au corps de l'armée d'Orient, ainsi que la Croix-Rouge, s'étaient hâtés de créer pour les rescapés, à la périphérie de la ville, des campements de fortune, à la merci de la pluie et du vent.

La ville, que Valentine regardait maintenant en faisant défiler sur son écran des images plus récentes, lui paraissait particulièrement laide, avec ses rangées d'immeubles des années soixante et soixante-dix, sans âme. Elle repéra néanmoins quelques bâtisses spectaculaires, datant des années vingt ou trente, évocatrices d'une époque élégante et prospère, et quelques demeures bien plus anciennes, somptueuses, rares rescapées d'une splendeur évanouie. Les vestiges byzantins ou ottomans, eux, avaient l'air de surgir d'entre plusieurs immeubles, comme parfois les fleurs et herbes défient le bitume pour créer une brèche, et le soulever.

Enfin, Valentine lut que, après l'incendie, le gouvernement grec avait vu dans le drame l'occasion de transformer une ville encore trop ottomane, et surtout bien trop juive à son goût, en une cité seulement grecque. Ainsi la ville avait-elle été présentée comme une « page blanche » aux urbanistes chargés de la réinventer, le Français Ernest Hébrard, et un Britannique. Tout devait changer ! L'Anglais, Thomas Mawson, s'était étonné de l'enthousiasme du Premier ministre, qui semblait presque se réjouir des conséquences de l'incendie. Les journaux d'Athènes n'avaient quant à eux pas hésité à célébrer l'événement. Du point de vue grec, c'était une aubaine. La ville avait été repensée, restructurée et reconstruite tout à fait différemment, sans affect ni respect pour ce qu'elle avait été des siècles durant. Valentine comprenait maintenant quelque chose, qui la troublait. Ainsi, l'identité composite de Salonique avait été comme gommée, par volonté politique.

Elle compléta ses recherches en visionnant plusieurs reportages sur l'agriculture locale : la culture du sésame, la récolte des olives et même des cacahuètes – en réalité des racines enfouies dans le sol –, ou bien les vignobles situés à une heure de la ville. Puis elle tomba sur un article évoquant l'occupation nazie. Quasiment toute la population juive – dont dix mille enfants – avait été arrêtée, envoyée à Auschwitz, et assassinée. La vie avait ensuite repris son cours, une vie strictement grecque, à peine mâtinée de Bulgares et d'Arméniens.

Quel lien Milo pouvait-il entretenir, malgré lui, avec ces lieux macédoniens, byzantins, ottomans et juifs, désormais entièrement grecs ? Toutes ces histoires, cette ville, qu'elle ne trouvait même pas belle malgré son bord de mer, ces guerres lui semblaient étrangères. Ces péripéties comme cette ethnographie ne la concernaient pas. Ce n'était pas son histoire, ce n'était pas sa vie. Et encore moins celle de Milo.

12

Un jour, pourtant, un vague souvenir lui revint en mémoire. Quelque chose de très, très lointain. Du côté de son père, elle en était sûre, quelqu'un avait vécu quelques années en Grèce. Cela avait été un jour évoqué devant elle, mais elle ne se remémorait rien de plus que ça.

Valentine téléphona à son père.

— Papa, il n'y avait pas une histoire grecque dans notre famille ?

— Sans intérêt, ma chérie.

— Tu pourrais me raconter ? C'était qui ?

— Mon grand-père maternel. Ton arrière-grand-père.

— Alors nous avons des origines grecques ?

Le père soupira.

— C'est une longue histoire.

— Raconte-moi.

Valentine écoutait très attentivement. Si elle avait des origines grecques, cela changeait tout. Et cela signifiait que, peut-être, Milo en était le dépositaire.

— Mon grand-père était ingénieur. C'était un Breton, né à Morlaix, qui, après avoir fait ses classes dans l'armée, notamment en Indochine, a été envoyé en Grèce.

— Où ça, en Grèce ?

— Salonique.

Valentine sentit un frisson lui parcourir l'échine. Elle avait donc un lien, si ténu fût-il, avec cette ville.

— Continue.

— Après l'incendie de 1917, il a travaillé sur le plan d'urbanisme de la ville auprès d'un certain Hébrard, qui était son supérieur. Il s'est marié, là-bas, avec une femme dont il était tombé très amoureux.

— Tu sais qui était cette femme ?

— Je sais seulement qu'elle était beaucoup plus jeune que lui. Ils ont eu deux enfants. Dont ma mère.

— Mamie Marie ?

— Oui, puis mon oncle Joseph. Mais mon grand-père a découvert que sa femme avait une liaison. Il en a été dévasté. Il a divorcé et demandé à rentrer en France.

— Avec ses enfants ?

— Qui n'étaient peut-être pas ses enfants.

— Ah bon ?

— On ne saura jamais. C'est une mauvaise histoire.

— Et qu'est devenue cette femme ?

— Aucune idée. En tout cas, un homme seul arrivant à Paris avec deux enfants, dans les années trente… Il a dû faire face aux commérages, et s'organiser. Il a pris une gouvernante, avec laquelle il a fini par se remarier. Pas la peine de te dire qu'entre le divorce et la gouvernante épousée, sa famille, malgré les grands mérites de cet homme remarquable, l'a définitivement écarté, tout comme ses relations. Il en a beaucoup souffert. Il écrivait à ses parents mais ne recevait jamais de réponse.

— Tu l'as connu ?

— Il est mort quand j'avais cinq ans.

— Donc nous sommes un peu grecs.

— Nous sommes bretons et bourguignons pour moi, charentais pour ta mère.

— Si cette femme était grecque, papa, nous sommes un peu grecs.

Valentine était consciente d'entraîner son père trop loin. Mais l'idée d'être grecque, même un tout petit peu, la bouleversait profondément. Elle ne s'était jamais imaginé une origine étrangère. À l'autre bout du fil, son père s'était tu. Elle attendait. Ne pas le brusquer.

— Cette femme n'était pas exactement grecque.

— Mais elle était quoi, alors ?

— Tu peux me dire pourquoi tu me poses soudain toutes ces questions ?

Mentir. Valentine prétendit que sa maison d'édition lui avait demandé d'illustrer un livre sur la Grèce, et qu'elle s'était vaguement rappelé une histoire familiale liée à ce pays.

— Je trouve ça important que tu me racontes, c'est bien de savoir, je trouve.

Il soupira, elle l'entendit.

— Et donc cette femme n'a jamais revu mamie Marie ou ton oncle Joseph ?

— Si. Une fois. Elle a fait le trajet en train, de Salonique jusqu'à Paris. Mon grand-père a accepté qu'elle les rencontre. Une catastrophe. Elle pleurait toutes les larmes de son corps, disait qu'elle les aimait alors qu'eux ne se souvenaient pas d'elle. Elle avait apporté des loukoums, elle leur a donné une adresse pour qu'ils lui écrivent, mais ils s'en fichaient, comme des loukoums. Elle n'était plus personne pour eux, mais elle l'avait bien cherché ! Cette femme a été effacée de notre famille. Crois-moi, c'est mieux comme ça.

Valentine était choquée par les mots de son père. Effacée, il avait dit « effacée ».

— Mais ton grand-père, insista-t-elle, si je comprends bien, il a… volé les enfants de cette femme ?

Son père coupa court à la discussion : il ne voulait plus rien entendre. Après quelques questions sur les succès scolaires de Milo, il s'apprêtait à raccrocher lorsque Valentine revint à la charge.

— Il s'appelait comment, ton grand-père ?

— Félix. Félix Buissonnier. Un nom prédestiné à une carrière à l'étranger. Quand il est arrivé en France, je sais qu'il a fait changer les prénoms de ses enfants. Ça te va ?

— Ils ne s'appelaient pas Marie et Joseph ?

— Non.

— C'était quoi, leurs prénoms, alors ?

— Je n'en sais rien. D'ailleurs il n'y a rien de plus à savoir. Je t'ai tout dit.

Ils raccrochèrent.

Milo rentra peu de temps après. Le garçon avait un poème à apprendre. Anna de Noailles. « Il fera longtemps clair ce soir ».

Il fera longtemps clair ce soir, les jours allongent,
La rumeur du jour vif se disperse et s'enfuit,
Et les arbres, surpris de ne pas voir la nuit,
Demeurent éveillés dans le soir blanc, et songent…

Les marronniers, sur l'air plein d'or et de lourdeur,
Répandent leurs parfums et semblent les étendre ;
On n'ose pas marcher ni remuer l'air tendre
De peur de déranger le sommeil des odeurs.

De lointains roulements arrivent de la ville…
La poussière, qu'un peu de brise soulevait,
Quittant l'arbre mouvant et las qu'elle revêt,
Redescend doucement sur les chemins tranquilles.

Nous avons tous les jours l'habitude de voir
Cette route si simple et si souvent suivie,
Et pourtant quelque chose est changé dans la vie,
Nous n'aurons plus jamais notre âme de ce soir…

Lorsque Milo était interrogé sur une récitation, la maîtresse l'invitait à venir au tableau, et il l'écrivait par cœur, à la craie. C'est ainsi qu'il parvenait à avoir une vie d'écolier à peu près normale. Les enseignants, tous extrêmement bienveillants, s'étaient adaptés à lui, pour lui.

Pendant que son fils révisait les vers, Valentine ne pouvait s'empêcher de penser à cette femme mystérieuse restée à Salonique, son arrière-grand-mère, éjectée de l'histoire familiale. Il n'en restait pas même un prénom. Comme si le divorce et l'éloignement – et, forcément, la mort, tout cela remontait à bien longtemps – n'avaient pas suffi. Il fallait encore cacher l'identité. Et ces prénoms d'enfants qui avaient été changés. Elle réalisait aussi que si elle n'avait pas posé ces questions, son père n'en aurait probablement jamais parlé ; l'histoire se serait perdue à jamais.

Salonique. De toutes les villes du monde. Quelque chose s'était transmis. Mais quoi ? Et comment ? Cela lui paraissait, pour reprendre les mots de Jen, complètement irrationnel.

13

Valentine s'était rendue à l'Inalco, rattaché à la Sorbonne, autrefois appelé Langues O, comme « Langues orientales ». L'école était réputée pour proposer des cours et même des cursus complets autour de langues et de cultures dont l'enseignement n'était pas disponible ailleurs. On y apprenait l'ourdou, le swahili, le tibétain, le finnois, le tchèque ou l'ukrainien… Le choix était considérable. On pouvait y suivre plusieurs types de formation, du parcours étudiant classique, licence et maîtrise, aux simples cours du soir destinés à des amateurs.

Valentine y avait obtenu un rendez-vous avec une personne de l'administration. Elle se présenta donc, en fin de matinée, le vendredi suivant. Un peu intimidée, elle remercia son interlocutrice pour sa disponibilité, et expliqua qu'elle avait en sa possession un enregistrement dans une langue qu'elle ne parvenait pas à identifier. Après l'avoir gentiment accueillie, la femme la conduisit à la bibliothèque : le personnel chargé des ouvrages serait plus à même de l'aider.

La bibliothèque était impressionnante. Valentine se rendit compte à quel point elle ignorait l'histoire des peuples. Elle se sentait toute petite face aux immenses rayonnages.

Un bibliothécaire qui semblait aussi âgé que certains des volumes posés sur les étagères lui proposa de s'asseoir. Il écouta sa requête et l'assura qu'il ferait de son mieux, mais sans garantie. Tout bibliothécaire qu'il était, il ne connaissait hélas pas toutes les langues du monde, contemporaines comme anciennes – il lui aurait fallu plusieurs vies.

Valentine extirpa son téléphone de son sac, activa l'application « Dictaphone », et appuya sur « Lecture ». L'homme fut immédiatement saisi par la voix de l'enfant, le ton de supplication, la douleur. Il porta une main à sa bouche. Le bibliothécaire semblait ému, concerné, Valentine le voyait sur son visage. Elle se sentit soudain moins seule. Il demanda à réécouter l'enregistrement plusieurs fois, le débit était rapide. Valentine le regardait prendre des notes, impatiente de savoir ce qu'il allait dire.

— C'est un drôle de mélange, lança enfin le bibliothécaire. Je détecte un peu d'italien, des mots espagnols, surtout des mots espagnols, mais attention, pas l'espagnol que nous connaissons, vous et moi. Un espagnol très ancien. Voyez-vous, dans l'espagnol d'aujourd'hui, le « j » se dit « rh », la « jota ». Là, le « j » reste un « j » disons… à la française, comme « jujube », « jubilé ». Les seules personnes qui ont continué de prononcer le « j » de cette manière sont les Juifs ayant fui l'Espagne au XVe siècle. Ils y vivaient depuis mille cinq cents ans. C'était devenu leur terre. Ils sont partis avec leur langue, y sont restés très attachés. J'entends aussi des mots en turc, et, plus surprenant, j'ai un mot grec. Je ne connais qu'un seul endroit au monde où tous ces idiomes seraient mélangés dans une même phrase.

— Salonique, dit Valentine, solennelle.

Le vieil homme lui sourit.

— Exactement. Salonique, ou Thessalonique.

— Peut-on dater cette manière de parler ?

— Puisqu'il y a un mot grec, je dirais que c'est postérieur à 1912, une fois que les Grecs ont repris la ville.

— Et comment s'appelle cette langue, enfin, si c'en est une ?

— Cette langue, merveilleusement composite, devenue rare, et même hélas en péril, c'est le ladino, dont le nom exact est le judéo-espagnol, car le ladino est en vérité le nom de la langue liturgique. Je ne sais pas comment vous avez eu cet enregistrement, mais nous avons écouté du ladino… parlé par un enfant juif de Salonique.

Valentine était stupéfaite, et troublée.

— Mais c'est la voix de mon fils, et nous ne sommes pas juifs. Enfin mes parents sont catholiques, je suis baptisée, mon fils est baptisé, tout le monde est catholique dans ma famille. Il n'y a pas la moindre possibilité que nous soyons juifs. Comment mon fils peut-il connaître le ladino ? Il n'a jamais été exposé à cette langue. Je ne la connaissais même pas moi-même.

— Parfois il y a des choses qui nous échappent.

Valentine était suspendue à ses lèvres.

— Qu'est-ce que je dois faire ?

— L'accepter ? Ou alors…

— Ou alors ?

— Ou alors, il faut vous préparer à aller fouiller. Vraiment fouiller. C'est toujours un risque.

— Mais fouiller où ?

— À Salonique, par exemple. Enfin, Thessalonique.

— Vous y êtes déjà allé ? demanda-t-elle.

— Non, mais nous avons ici un cours de judéo-espagnol, une femme charmante l'enseigne, notre chère Marie-Christine. Elle n'a que peu d'élèves, mais ils sont passionnés et assidus. Il m'est arrivé d'assister à une séance. Parfois, lorsque mon jeune collègue prend la relève, je me fais discret et je m'installe dans les classes. C'est ma manière à moi de poursuivre mes études. J'aime apprendre. C'est la plus belle chose au monde. Ils sont gentils ici, je devrais être à la retraite depuis un moment, et pourtant la direction me garde. Il faut dire que je connais chaque rayon sur le bout des doigts. J'ai ma vie ici. Depuis quarante-deux ans.

Le bibliothécaire marqua un temps d'arrêt, comme pour retrouver le fil de sa pensée.

— Salonique. Avant l'incendie, c'était l'un des lieux les plus enchanteurs qui soient. Nous avons quelque part des gravures magnifiques. Si je me souviens bien, dans les années vingt, les tensions ont commencé entre les Grecs, démunis pour la plupart, qui s'installaient dans la ville en masse, et les Juifs qui y étaient chez eux depuis des siècles. Il y a eu beaucoup de jalousie envers ces derniers. Je pense que cela a contribué à ce qui s'est passé ensuite.

Valentine le pria de continuer.

— Qu'est-ce qui s'est passé ensuite ?

— La fin d'un monde. Des gens assassinés, avec leur langue, leur culture. Pardonnez-moi, je suis bavard et je vous embrouille la tête. Je suis un bibliothécaire ! Interrogez-moi sur la Perse, la Birmanie, les langues bantoues, je serai également intarissable.

Valentine le remercia de sa grande gentillesse. Il avait pris le temps, pour elle.

— Comment va-t-il, alors, ce petit garçon ? demanda-t-il.

Valentine sentit les larmes monter, elle les essuya à temps d'un revers de sa manche.

— Ça va, dit-elle, peu convaincue.

— Avec une maman aussi formidable que vous, je sais que tout se passera bien. Bonne chance pour vos recherches. Vous trouverez quelque chose. Je le sais.

— Vous croyez ?

— On ne découvre pas forcément ce que l'on cherche, mais on trouve toujours quelque chose. Vous reviendrez me raconter ?

Elle lui sourit.

— Je compte sur vous.

Quelle belle rencontre, pensa-t-elle.

Dans le métro, Valentine tapa « Ladino » dans la barre de recherche de son téléphone. D'après le Larousse, c'était la langue parlée par les descendants de Juifs expulsés d'Espagne en 1492 et ayant trouvé refuge dans les Balkans, au Moyen-Orient, en Afrique du Nord, en Grèce, en Turquie. À l'origine, l'idiome était une forme d'espagnol, mais doté d'une syntaxe, d'une sémantique, de tournures hébraïques, servant à la traduction, mot à mot, de textes religieux. Le ladino était la langue liturgique, tandis que le judéo-espagnol était la langue parlée, enrichie selon le lieu où s'étaient installés ces *Séfarades* – « Espagne » en hébreu – par les particularités de la langue locale. Valentine tomba ensuite sur plusieurs articles présentant cette langue comme menacée. Des initiatives se multipliaient pour la maintenir vivante, lisait-elle. Cette langue plus que rare, presque perdue, son fils la parlait, et couramment. D'où lui venait-elle ?

Ce soir-là, elle emmena Milo pour leur rituel, la traversée de Paris à roller. Elle ne pensait déjà plus qu'à Salonique.

14

Le lendemain, Milo paraissait mélancolique, et Valentine le remarqua immédiatement. Elle était constamment sur le qui-vive dès qu'il s'agissait du bien-être de son fils. Elle lui demanda ce qui le contrariait, et Milo lui répondit par signes qu'il n'était pas invité à l'anniversaire d'un camarade de classe. Pourtant, presque tous les autres l'étaient.

Cela arrivait plus souvent que Valentine ne voulait l'admettre. Oui, son fils était bien intégré dans sa classe de sixième, mais il n'échappait pas, au collège comme à l'extérieur, à certaines moqueries ou mises à l'écart. Elle avait tant redouté ce passage de l'école primaire au collège : la multitude de classes, tous ces enfants qu'il ne connaîtrait pas, et le harcèlement possible. Milo gardait toujours dans sa poche un petit carnet et un crayon, pour pouvoir communiquer en toutes circonstances. Cela pouvait déclencher des rires, ou une forme d'agressivité gratuite. Il arrivait que Milo soit poussé, qu'on lui fasse un croche-patte, il était même advenu, rien qu'une fois, heureusement, qu'on lui crache dessus, en plein visage. Le lendemain matin, Valentine avait débarqué dans l'établissement et exigé que les parents de l'élève soient convoqués et mis au courant du comportement de leur enfant. L'élève s'était excusé auprès de Milo, dans le bureau de la directrice. Ensuite, un cours avait été donné par le professeur principal sur le respect de l'autre dans toute sa différence.

Chaque fois, Valentine avait récupéré son fils profondément malheureux, mais surtout stupéfait. Pourquoi lui voulait-on du mal ? Elle lui avait expliqué que certaines personnes, pour se sentir au-dessus des autres, pour asseoir une forme de supériorité, ne serait-ce que dans leur tête ou vis-à-vis de leur bande, clan ou groupe, éprouvaient le besoin de faire une démonstration de leur force, de préférence en public, et que c'était toujours plus facile de s'en prendre à quelqu'un qui ne possédait pas les mêmes armes, la même brutalité. Fallait-il que Milo devienne une brute pour répondre à ces attaques ? Est-ce que c'était ça, la solution ? demandait-il à sa mère. Ou devait-il tenter d'intégrer une bande, pour s'abriter derrière l'effet de groupe ? Tout cela était si loin de son caractère. Sa mère avait répondu à chacune de ces questions par la négative. Non, il fallait rester soi-même, trouver les quelques personnes avec qui développer des liens d'amitié, sincères, forts, et quant aux autres, il fallait les ignorer, bien que ce ne soit pas toujours facile. Et peut-être, oui, se mettre aux arts martiaux.

À la suite de cet événement, Valentine avait inscrit Milo à des cours de krav-maga, mais Milo n'avait pas accroché, et il avait arrêté après trois séances. Tout ce qui l'avait intéressé, c'était la manière dont on doit ramper au sol très lentement pour se sortir d'une prise d'otages sans se faire remarquer, et cette recommandation du professeur : dans une situation de danger ou d'attaque, prendre ses jambes à son cou et détaler le plus vite possible pour sauver sa peau. Valentine ne pouvait pas changer le monde, ni les bas instincts de certains ; tout ce qu'elle pouvait faire, c'était rendre son fils le plus autonome possible et lui donner confiance en lui en l'encourageant, en le valorisant, sans jamais l'étouffer. La jeune femme savait que, souvent, les enfants harcelés ne parlent pas à leurs parents de peur de les inquiéter, et elle demeurait à l'affût du moindre signe. C'est pour cela qu'elle tenait à travailler de chez elle, pour être là, toujours là pour son fils. Ces temps-ci, Milo allait bien. Mais il fallait rester prudent. Il ne pouvait pas aller n'importe où, et jamais sortir une fois la nuit tombée. Milo était incapable de crier, d'appeler, il pouvait seulement courir vite. Sa mère lui avait néanmoins acheté un sifflet, qu'il gardait dans la poche de son blouson. Au moindre danger, qu'il siffle de toutes ses forces.

L'anniversaire auquel Milo n'était pas convié devait avoir lieu dans un parc. Les enfants joueraient tous au foot après avoir partagé un pique-nique. Valentine rappela à son fils qu'il avait de bons amis dans sa classe, dont Aurélien et Romain qui, eux, l'avaient invité à leur anniversaire en début d'année. Oui, mais là, lui fit comprendre Milo, ce serait un match de foot. Milo était très bon au foot. C'était un attaquant redoutable, et un gardien de but efficace, ce qui lui valait auprès de ses coéquipiers une certaine popularité. Valentine devait à tout prix trouver le moyen de compenser la déception de son enfant. Quelque chose de grand, quelque chose de beau. Elle regarda ce qui se jouait à la Géode, une grande salle de cinéma panoramique à la Villette. La Géode, c'était toujours un émerveillement, et une ouverture sur le monde, rien de tel pour se changer les idées.

Voyage au fond des cavernes extraordinaires. Voilà qui le divertirait. Valentine adorait lui ouvrir des horizons nouveaux. À défaut de voyages, elle l'emmenait voir des expositions ou des films.

Le film américain en IMAX qu'ils finirent par sélectionner racontait l'exploration par deux scientifiques des profondeurs de la Terre, des caves du Groenland à celles du Yucatán, en passant par celles du Grand Canyon, parcourues à la recherche de micro-organismes vivants. Une plongée courageuse, et dangereuse parce que souterraine, parfois sans air, toujours sans lumière. Dans la salle de cinéma ronde, Milo écarquillait les yeux, surpris et émerveillé par tous ces mondes insoupçonnés, jusqu'à ce que d'intrépides explorateurs s'y engagent, et les découvrent. Un univers caché mais bien vivant, mouvant, parfois splendide, toujours fascinant. Milo aimait l'idée que tout ne soit pas visible. Cela donnait encore plus de mystère au monde. Comme il était mature, cet enfant. C'est souvent le cas, quand les parents divorcent.

Après le film, Milo s'aventura dans l'aire de jeux. Il se précipita sur un toboggan de métal extra-long, en forme de dragon. Il fit un tour de manège, bien arrimé à une balançoire géante, et s'amusa encore à escalader une sorte de toile d'araignée de métal. Puis Valentine et lui dévorèrent des gaufres et marchèrent le long du canal de l'Ourcq. Il faisait beau, une foule de gens lézardaient au bord de l'eau. À 17 heures passées, il était enfin temps de rentrer. Milo était joyeux. Valentine avait réussi.

Ce soir-là, au moment de se coucher, la jeune femme ne put s'empêcher de penser à ce que lui avait raconté son père. Elle essayait d'imaginer cette femme, et sa visite à Paris, pour faire face à des enfants indifférents ayant, de surcroît, changé de prénom. Ce qu'elle trouvait le plus terrible, c'était cette histoire de loukoums. Elle voyait bien la scène : la mère sortant les loukoums, qu'elle avait dû acheter avec amour, emballés dans un pauvre sac de papier tout froissé, les loukoums informes, collés les uns aux autres, et les deux enfants, gênés, fuyant son regard. Valentine pensait aussi au contraste entre une femme de la bonne société parisienne de l'époque, la mode des années trente, dont elle se faisait une idée assez précise – les tailleurs, les pantalons, les chapeaux cloche –, et une Grecque débarquant d'un long voyage, vêtue dans un style sans doute détonnant, peut-être même pas adapté à la saison. Est-ce que ses enfants avaient éprouvé de la honte à la voir dans un tel accoutrement ? Comme cette femme avait dû pleurer. D'une certaine manière, elle perdait ses enfants une deuxième fois. Elle s'interrogea aussi sur la culpabilité de ces derniers, plus tard, peut-être. Marie et Joseph avaient-ils à un moment donné de leur existence éprouvé quelque remords ? Quels étaient leurs véritables prénoms ?

Ce trajet de Thessalonique à Paris, combien de temps avait-il duré ? Plusieurs jours ? Une semaine ? Plus longtemps encore ? La Grecque avait-elle voyagé en première, deuxième ou troisième classe ? Dans un wagon-lit ? Où avait-elle trouvé à se loger, à Paris ? Dans un hôtel ? Chez des gens qu'elle connaissait ? Non, elle ne connaissait certainement personne. Comment s'était-elle repérée, à la gare, sans parler ni probablement lire le français ? Et que s'était-il passé lorsqu'elle avait prononcé leurs prénoms, eux qui ne les portaient plus ? Avait-elle cherché à revoir ses enfants, le lendemain de leur rencontre ? S'était-elle postée, cachée sous un porche, devant l'immeuble de leur père, pour les apercevoir encore et admirer leur mise – une jolie robe chasuble pour sa fille, un beau costume de marin pour son fils ? Et comment s'était passé, ensuite, le retour vers la Grèce ?

Un périple, une épopée, un crève-cœur. Valentine alluma son ordinateur et regarda des photos de femmes grecques. Elle n'y avait, lors de ses recherches précédentes, pas prêté particulièrement attention. Des cheveux noirs, dissimulés sous une coiffe de coton blanc. Dans le Paris des années trente, ç'aurait été un personnage pour le moins exotique, complètement décalé.

Elle se demanda enfin s'il restait quelque part une trace de cette femme. Une photo peut-être, une lettre. Un nom.

Sans pouvoir se l'expliquer, Valentine ne croyait pas un instant à sa nature volage. Quelque chose avait dû advenir pour que cette femme en arrive là. Mais comment explorer un passé dont on ne sait rien ? Si ce qui était arrivé à Milo devant la télévision et les pages d'un livre pouvait avoir, d'une manière ou d'une autre, un lien avec son arrière-grand-mère, il lui fallait trouver le moyen d'en savoir plus.

15

Une maison plutôt cossue, dans une avenue élégante. Devant la façade, un tramway glisse sur les rails puis s'arrête. Une femme en descend. Elle porte une sorte de manteau, ou de cape, avec un col en fourrure. C'est l'hiver. La femme est gantée. Il doit être 16 ou 17 heures, le ciel déjà abandonne sa lumière. Des gens se pressent tout autour, l'avenue est animée. Des voitures passent en trombe, des vendeurs ambulants crient la bonne affaire avant de remballer. Les hommes portent des chapeaux, ils sont tous en costume, sauf quelques-uns, comme ce vendeur de balais qui se hâte lui aussi de rentrer chez lui. Une douce lumière filtre depuis les fenêtres des maisons environnantes, tandis que dehors les lampadaires s'allument. Un parfum d'huile chaude et d'oignon s'échappe de certaines maisons, les cuisinières se sont mises aux fourneaux. Le vendeur de journaux, âgé d'à peine douze ans, a le sourire aux lèvres, il a bien travaillé mais continue d'annoncer aux passants les nouvelles du jour. Il achète du pain qu'il apportera à ses petits frères et sœurs.

La femme à la fourrure, tête coiffée d'un chapeau de lainage couleur brique, une fleur crochetée sur le côté gauche lui donnant un style coquet, avance vers la maison aux nombreuses et grandes fenêtres. Elle semble sereine, son sac à la main, elle revient d'une course en ville qui lui aura pris l'après-midi, ou d'un thé avec une amie, dans l'un des lieux appréciés des élégantes de la ville. Elle paraît jeune. Son visage est ovale, sa peau claire. Ses yeux bleus, ourlés de cils noirs fournis, contrastent avec sa chevelure, presque rousse. Son corps est longiligne, sa démarche délicate. Elle est belle, et ce je-ne-sais-quoi de si fragile la rend émouvante. Sans doute son regard, qui n'exprime que la discrétion, la modestie.

Elle remarque, devant la maison, une voiture noire. Sans doute une visite. Elle ignore de qui il peut s'agir. Plus loin, un homme fume une cigarette. Elle sonne. Une vieille servante en tablier vient lui ouvrir, la femme est chez elle. La vieille, cheveux ramassés et couverts d'un fichu blanc, l'aide à ôter son manteau. La femme porte une jupe droite lui couvrant le genou et un corsage de soie ivoire, qui soulignent sa silhouette. La taille est haute, les jambes interminables. À peine entrée, elle s'enquiert des enfants, sont-ils dans leur chambre ? Elle a quelque chose pour eux, une surprise. La vieille lui répond qu'ils sont avec Monsieur. Monsieur est rentré tôt, s'étonne la femme. La vieille retourne à la cuisine, elle doit préparer le dîner. La femme s'avance jusqu'au salon, ne trouve personne, monte un escalier, un escalier carré, tandis que sur les murs on peut apercevoir, parfaitement encadrées, des gravures anciennes de paysages exotiques. Elle s'engage dans le couloir et pousse la première porte.

Le mari est là, le visage grave. Il termine, avec l'aide d'une gouvernante, de boutonner le manteau d'une petite fille. Des rubans maintiennent en ordre relatif la cascade de ses boucles blondes. Elle n'a pas plus de cinq ans. À côté d'elle, un petit garçon adorable, trois ans peut-être, les cheveux plus foncés que sa sœur, s'amuse à grimper sur son cheval à bascule en bois peint. Apercevant sa mère, le petit garçon se précipite dans ses bras, tandis que la petite fille, dont le père continue de boutonner le manteau, ne peut que s'écrier « Maman ! ».

La femme remarque soudain les deux valises, sur le lit de la petite fille. Le père ne dit rien. La mère ouvre la première valise, y trouve les affaires de sa fille, puis la seconde, où elle reconnaît un chandail de son fils. Elle se tourne vers son mari. Où partent-ils ?

Ils partent, c'est tout, répond-il. La jeune mère demande des explications. Sa gorge est nouée, elle s'étrangle et peine à articuler chaque mot. Son mari lui répond que la garde des enfants lui a été accordée, et qu'il quitte la ville, et même le pays, avec eux, maintenant.

La femme sent ses jambes se dérober, elle s'approche de sa fille, qui lui saute dans les bras, elle tient toujours fermement son fils. Le mari boucle les bagages, les pose maintenant sur le parquet. La femme dit qu'il ne peut pas faire ça, il n'a pas le droit de lui prendre ses enfants.

Sa fille lui demande ce qu'il y a dans le joli sac. Le petit garçon commence à pleurer. Le mari reproche à sa femme de faire pleurer les enfants, il n'y a rien à dire, le divorce est prononcé, et la garde lui revient, à lui, elle recevra un papier dès le lendemain. Où les emmènes-tu ? balbutie-t-elle. En France, à Paris, dit-il. Elle ne veut ou ne peut pas comprendre ce qui est en train de lui arriver, elle lui dit qu'un père ne peut pas enlever ses enfants à une mère. La petite fille insiste pour savoir ce que contient le sac. Machinalement, la mère lui caresse la tête, comme celle de son petit garçon, qui crie à présent. Elle le prend dans ses bras lui aussi. Le père lui demande de poser les enfants, un train les attend, il ne veut pas le rater. La mère répond que ça ne peut pas se passer de cette manière-là, que divorcer ne signifie pas ravir les petits à l'autre parent. La réponse du père, factuelle, est sans appel : c'est la décision du juge, qui a accédé à sa requête. Mais comment fera-t-elle pour les voir ? Le père reste silencieux. La jeune femme est prise de terreur, elle ne veut pas lâcher ses enfants. Le père lui intime de les poser par terre. Contenant son impatience à grand-peine, le père explique aux enfants qu'ils vont faire un grand voyage ensemble. La petite fille semble contente de la nouvelle, le petit garçon veut rester avec sa mère. La gouvernante n'a pas pris parti, elle est sortie de la pièce il y a un moment déjà. Voici que le mari la rappelle, il faut descendre les enfants. La gouvernante réapparaît aussitôt, prend les enfants des bras de la mère, sidérée, pendant que l'homme s'empare des deux valises et descend l'escalier. La femme tente de reprendre les enfants des bras de la gouvernante, qui marque une brève hésitation, le mari dit à la gouvernante que c'est lui qui la paye. Sans regarder sa femme, il lui annonce qu'elle pourra occuper la maison jusqu'à la fin du mois suivant, après quoi elle devra libérer les lieux. Mais la femme n'entend pas, tout ce qu'elle voit, ce sont ses petits qu'on lui enlève.

Dans le salon, l'homme récupère une autre valise, la sienne. On sonne à la porte, un autre homme vient pour l'aider, un Français, comme lui. C'est l'homme qui fumait une cigarette dehors. Le mari précise à la femme que des transporteurs viendront chercher les meubles pour les lui envoyer par bateau, qu'elle leur ouvre. La femme reprend ses enfants contre elle, elle veut retourner avec eux là-haut, dans une chambre, et fermer la porte à clé. Mais l'homme à la cigarette s'étant chargé des bagages, le père a les mains libres, et il tente d'attraper les enfants des bras de sa femme, l'un après l'autre. La femme ne veut pas les lâcher, ce sont des cris, des pleurs, des supplications, ne m'enlève pas mes enfants, s'il te plaît ne m'enlève pas mes enfants ils sont ma vie, mais il est trop tard : l'homme reprend le dessus. La petite fille ne comprend rien, son frère hurle qu'il veut sa maman, tend les bras vers elle, la mère s'accroche aux vêtements de ses enfants. La gouvernante enfile son manteau et sort, combien la paiera-t-il pour avoir permis cela ? Le mari et les enfants passent le pas de la porte, avec à leur suite la vieille qui a entendu les cris et a quitté la cuisine, les mains pleines du sang d'un poisson qu'elle était en train d'éviscérer, elle non plus ne comprend pas ce qui se passe, puis si, elle comprend, elle a les larmes aux yeux, sa bouche est entrouverte, comme celle d'un poisson, justement, quel malheur, le mari dévale les marches jusqu'à la voiture, la mère, en corsage ivoire, s'accroche maintenant à lui, manque une marche, se blesse mais ne lâche pas le manteau de l'homme, ce sont ses enfants, ses enfants, elle est pathétique, pitoyable, son chemisier semble si léger dans ce froid mordant de décembre, la petite fille est installée à l'arrière de la voiture, les bagages sont déjà dans le coffre, une valise a été attachée sur le toit de l'automobile, le mari fait asseoir le petit garçon à côté de sa sœur, la mère essaie d'empêcher que la portière se ferme, elle se glisse à l'intérieur de l'habitacle et se penche sur ses enfants, elle veut les reprendre, mais ses forces la quittent, elle n'y parvient pas, elle embrasse leurs joues et leurs mains, leurs chevilles, leurs souliers, elle les aime tellement, le petit garçon continue de hurler qu'il veut rester avec sa mère, la petite fille ne comprend pas la raison de tout ce drame, c'est beau un voyage, pense-t-elle, la petite fille adore son père, le mari attrape la femme par les épaules, lui demande d'être raisonnable, la mère ne veut pas lâcher les manteaux de ses enfants, le père la tire par les pieds, un coup sec, la femme se retrouve soudain la tête dans la neige, ensanglantée, il ne neigeait pourtant pas tout à l'heure, et lorsque la vieille s'approche de la femme et la retourne, elle pousse un hurlement qui se mêle aux cris des mouettes et aux sonars de poissons, dans un vacarme épouvantable, et Valentine hurle, elle hurle de son cauchemar, elle hurle en sueur, elle hurle et elle sanglote en appelant Maman ! Maman ! et Milo est là, qui essaie de la calmer, mais il ne peut pas parler, il ne peut rien dire, il n'a pas de voix, pas de voix pour consoler sa mère de son cauchemar, comme elle le fait si bien avec lui, tout ce dont il dispose, c'est de ses bras, alors il serre sa mère comme il peut et il pleure, parce qu'il voudrait faire tellement plus pour la libérer de ce cauchemar. Et Valentine se reprend, doucement, Milo allume la lumière, elle regarde autour d'elle, il lui faut un temps pour prendre conscience qu'elle est chez elle, à Paris, à son époque, dans son appartement, avec son fils, que tout va bien, il n'y a pas de neige, ce n'était qu'un mauvais rêve, et cette vieille avec les mains pleines de sang, ce poisson pour le dîner qui n'aura jamais lieu, et le visage de cette femme qui lui ressemblait tant. Valentine pleure, pleure, pleure. Le petit garçon alors s'écarte légèrement et lui fait quelques signes. Maman, je t'aime, je suis là, tout va bien.

16

Thierry prenait quelquefois Milo avec lui, mais ces occasions étaient rares. Sa nouvelle femme, Clarisse, bien que capable de concéder quelques efforts, n'était pas à l'aise avec l'enfant. Le mutisme lui fournissait l'excuse idéale pour ne pas essayer de se lier véritablement à lui. Elle avait ses propres enfants, son couple était heureux, et si elle acceptait la présence de Milo chez eux ou, parfois, en vacances, c'était seulement pour cultiver son image de gentille belle-mère et donc de femme parfaite. Quant à Thierry, il se fichait bien de créer quelque harmonie entre ses nouveaux enfants, sa femme et son fils. Un peu embarrassé par Milo, bien qu'il s'en défendît, il avait, en quelque sorte, jeté l'éponge. Il le voyait sans être véritablement investi, ni dans son éducation ni dans ses loisirs. L'argent qu'il envoyait chaque mois à Valentine lui paraissait suffisant, c'était une participation au bien-être de son enfant. Valentine avait intégré cela depuis longtemps, et elle se faisait, au quotidien, à la fois mère et père, si tant est que cela veuille dire quelque chose.

Les vacances de Pâques approchaient. Dans quelques semaines, Milo serait en congé pour deux semaines. Valentine téléphona à son ex-mari, par correction, pour lui demander s'il avait l'intention de l'emmener à Draguignan – là où, avec Clarisse et leurs enfants, ils passaient toutes leurs vacances, dans la maison des parents de celle-ci, une sorte de grand pavillon de plain-pied, avec une piscine en forme de haricot blanc. Milo y était déjà allé deux fois. Thierry lui répondit que Clarisse emmènerait les deux petits tandis que lui resterait travailler à Paris. Il avait maintenant une belle clientèle de personnes âgées et de jeunes sportifs, ça marchait très bien, entre ceux qui souffraient de douleurs articulaires et les autres, qui se blessaient à trop courir ou à mal faire leurs exercices en salle.

— Si tu veux, je peux essayer de demander à Clarisse si elle est d'accord pour le prendre.

« Essayer de demander ». Ce manque d'enthousiasme heurtait toujours Valentine, mais cette fois, c'était une chance.

— Je vais peut-être l'emmener quelque part, alors.

— Oui, si tu peux, ce serait mieux.

Elle raccrocha après une formule de politesse. Ces gens n'avaient donc rien compris à qui était Milo.

Valentine disposait en tout et pour tout de mille huit cent trente-sept euros d'économies. C'était son matelas. Après tout, son matelas devait servir aux situations d'urgence, et c'en était une.

Elle étudia l'itinéraire jusqu'à Thessalonique. En avion, moins de trois heures. Des compagnies à bas prix assuraient la liaison, certaines plusieurs fois par semaine, et plus souvent encore avec escale. En train puis autocar, via Venise, Milan, Sofia ou Munich, le trajet durerait à peu près quarante heures. L'avion s'imposait. Pourtant Valentine ressentait le besoin de faire le voyage comme la Grecque l'avait fait autrefois, par le train. Elle avait envie, étrangement, d'entrer en empathie presque physique avec cette ancêtre, avec sa souffrance, pour se rapprocher de ces racines perdues, cachées, qu'elle venait de se découvrir. Comme dans ce documentaire vu à la Géode, elle devait plonger.

Après avoir arrêté son itinéraire, Valentine descendit voir Jen. Lorsque son amie l'aperçut, elle confia immédiatement sa cliente à Nora, qui prit le relais sur les mèches.

— Je voulais t'appeler. Les journées sont dingues ici, je touche pas terre, je rentre le soir, je suis HS. Je me fais un surgelé, c'est nul je sais, et je me couche. Je ne vais pas à la boxe, je ne vais même pas chez ma grand-mère. Heureusement que j'ai pas de mec, le pauvre, avec moi il aurait une de ces vies… Bon, comment ça va, toi ? Et comment va Milo ?

— Jen, je vais aller là-bas.

— Là-bas où ?

— À Salonique. Tu sais, c'est bizarre, je dois me forcer à dire « Thessalonique », je veux toujours dire « Salonique ».

— C'est la même ville, non ?

— Salonique, c'était le nom d'avant.

— C'est sûr que c'est plus facile à prononcer. Thessalonique, c'est un bordel. Tu vas y aller quand ?

— Dans dix jours. Vacances scolaires, zone C.

— Je sais bien, la moitié de mes clientes se barrent. C'est pour ça que là c'est le rush. Je t'ai rien proposé, je te fais un petit café ?

— Non, non, merci.

— T'as l'air sacrément à côté de tes pompes, dis-moi ce qui se passe.

— Non, c'est rien, je veux juste aller là-bas, et essayer de comprendre, enfin, de voir, avec lui, s'il se passe quelque chose, sur place.

Jen regarda son amie.

— Si tu veux, je peux venir avec vous. Et puis, la Grèce, c'est quoi, trois heures d'avion ?

— Je voudrais y aller en train.

— En train ? Si c'est une question d'argent, je te les avance, les billets. En train ! Y en a pour au moins trois jours !

— J'ai regardé. Environ quarante heures. C'est un train puis un autocar.

— Un autocar ? Mais moi, je vomis direct, et on arrive crevées, avec mal au dos, et dans le train ça pue les œufs durs, et la cigarette, même si les gens fument pas, ils viennent avec leur odeur de cigarette, et je te parle pas des toilettes, surtout pour un long trajet, quel enfer.

— Je veux y aller en train.

— Tu m'expliqueras pourquoi ?

Valentine haussa les épaules. Elle n'avait pas envie de raconter ça, en plus du reste.

— Faut vraiment que j't'aime, toi. Tu m'emmerdes ! OK, va pour le train. Mais on fait un pacte : retour en avion.

Valentine afficha un grand sourire. Jen la prit dans ses bras.

— Tu ronges pas ton petit ongle, j'espère ?

Valentine le lui montra.

— Je ne commente pas mais je n'en pense pas moins, faut que je retourne à ma cliente. Attention, dans le train, je veux des places en première. Grand style. Greta Garbo. On s'écrit ce soir. Et arrête de martyriser ton petit ongle.

Et Valentine repartit comme elle était venue. Elle s'arrêta à la boulangerie pour acheter du pain et un éclair au chocolat pour son fils, et dans la supérette du coin de la rue pour prendre une bouteille de lait frais, trois tomates et un paquet de riz. Le sourire aux lèvres.

Ce soir-là, au dîner, elle annonça à Milo qu'ils partiraient en Grèce. L'enfant était fou de joie, et très curieux. Il demanda s'ils iraient sur une île, avec la mer tout autour, et des dauphins. Valentine lui confirma qu'ils verraient la mer, mais elle n'était pas sûre, pour les dauphins. Lorsqu'elle prononça le nom de Salonique, Milo n'eut aucune réaction particulière. Et quand elle ajouta que Jen serait du voyage, l'enfant se montra encore plus heureux. Il adorait Jen.

17

Les bagages étaient faits. Une petite valise pour Milo, une autre pour Valentine. Jen les attendait déjà en bas de l'immeuble, dans un taxi. La ville se réveillait à peine. Milo avait tenu à prendre son sac à dos, avec des bandes dessinées et des mangas, et Valentine avait mis dans un cabas de quoi manger pour deux jours. Des biscuits, quatre briques de jus de pomme pour Milo, des sandwichs qu'elle avait faits elle-même, sans mayonnaise qui puisse tourner – elle pensait toujours à tout. Des galettes de riz, des tomates cerises, six compotes en tube pour son fils, trois pommes. Elle n'avait pas pris d'œufs durs pour ne pas incommoder Jen.

Le chauffeur sortit de la voiture pour mettre les valises dans le coffre. Les amies avaient finalement opté pour un itinéraire passant par Sofia. Cela leur avait paru plus doux que Munich, ville dont la sonorité leur évoquait quelque chose de désagréable. Venise, la ville des amoureux, était exclue, Jen refusait catégoriquement d'y mettre les pieds, elles étaient d'accord là-dessus. La Bulgarie, ça leur plaisait à toutes les deux.

Jen s'était chargée de réserver des billets en première. En voyant Valentine sortir une bouteille d'eau et une brique de jus de pomme du sac à dos de Milo, Jen éclata de rire. Il y avait toujours un wagon-bar dans les trains !

Puis elle changea de sujet, rapidement. Valentine n'achetait rien dans le train, quand elle le prenait. Tout était compté, elle préférait préparer un en-cas chez elle et l'emporter.

Jen avait acheté à la gare toutes sortes de magazines. Valentine s'en étonna. Ne les recevait-elle pas tous au salon ? Si, mais là-bas, elle n'avait jamais, absolument jamais, le temps de les lire.

Leur wagon-lit comportait quatre places. Bien qu'en première, les amies ne bénéficiaient pas d'un confort total : la quatrième place avait été vendue à un autre passager. Alors que Valentine, Jen et Milo commençaient à prendre leur aise, que le train s'était mis en marche, le quatrième passager ouvrit la porte de leur « suite royale », comme l'avait baptisée Jen. Valentine leva les yeux, tout comme Jen, surprise.

C'était un homme d'une trentaine d'années. Châtain, les cheveux un peu longs, un brin en pagaille, encadrant un visage ovale, aux yeux profonds. Il tirait une petite valise, et portait une sacoche pour ordinateur en cuir noir. Après avoir fait irruption dans le compartiment, l'inconnu salua poliment les deux femmes, espérant, à voix haute, qu'il ne les dérangeait pas. Jen répondit qu'il n'en était rien, se présenta, présenta Valentine et Milo.

— Puisque nous allons faire un bout de chemin ensemble, ajouta-t-elle, espiègle.

Valentine lui fit les gros yeux. Mais d'où lui était sortie cette phrase ? Jen manqua pouffer de rire.

— Bonjour Valentine, bonjour Milo, lança l'inconnu.

— Bonjour, répondit Valentine, timidement.

— Nathan, se présenta-t-il à son tour. Vous allez jusqu'à Sofia ?

— Oui, et même plus loin, dit Jen. Nous avons la folie de prendre un autocar à Sofia pour aller à Thessalonique en sept heures supplémentaires. Et vous ?

— Je m'arrête à Sofia, précisa-t-il en souriant.

— Alors, vous aussi, vous préférez le train ? Mais vous êtes tous cinglés ! s'exclama Jen.

Valentine lui fit à nouveau les gros yeux.

Nathan sourit.

— Les longs trajets nous rappellent ce qu'est le temps. Ils nous ramènent à notre condition d'humains. On peut toujours croire que l'on va plus vite que le temps, mais tôt ou tard il nous rattrape. Je préfère aller à son rythme.

Jen était décontenancée de la réponse, quant à Valentine, elle était surprise par le personnage.

— Vous êtes philosophe, lança Jen. Ou prof. Tiens, prof de latin, je parie. Un intello dans notre compartiment, il nous manquait plus que ça !

La remarque fit sourire Nathan.

— Non. Je suis une sorte de chercheur.

— Une sorte ? Et vous cherchez quoi ? demanda Jen.

Il sourit à nouveau.

— Disons que je cherche des objets.

— Brocanteur ?

— Non. Je ne vends rien.

— Vous accumulez, quoi.

— D'une certaine manière. Et par ailleurs, j'étudie.

— Vous êtes encore étudiant ?

— Il n'y a pas d'âge pour ça.

— Enfin, quand même, rétorqua Jen.

Nathan était amusé par le franc-parler de la coiffeuse.

— Et vous ? s'enquit-il en s'adressant aux deux femmes.

— Moi, j'ai un salon de coiffure et de beauté dans le XVIIe arrondissement, si ça vous tente un jour de faire une coupe… Bien que ma clientèle soit essentiellement féminine, je fais aussi les hommes. Ma camarade est graphiste, et ce merveilleux enfant poursuit brillamment sa sixième.

Valentine le regardait. Elle le trouvait plutôt charmant. Jen remarqua l'émoi de son amie et, cette fois, c'est elle qui fit les gros yeux à Valentine.

Nathan s'approcha de Milo et jeta un coup d'œil sur la bande dessinée que l'enfant tenait entre les mains. Est-ce que ça lui plaisait ? Comme Milo ne répondait pas, Nathan enchaîna sur sa propre collection de bandes dessinées, mais il savait bien qu'aujourd'hui, c'étaient surtout les mangas qui avaient du succès, il en lisait aussi quelquefois. Valentine intervint aussitôt.

— Mon fils a de multiples talents et qualités, et il entend, mais il ne parle pas.

Alors, sans broncher, l'homme se mit à faire semblant d'être muet lui aussi, en gesticulant pour signifier que la BD de Milo avait l'air passionnante. Cela fit sourire Milo à nouveau. Valentine était bluffée. Elle vit ensuite son fils s'emparer de son sac à dos, en extirper deux mangas et les montrer à Nathan. Celui-ci les commenta sans un mot mais d'une manière expressive : bien sûr, *One Piece*. Puis Nathan désigna le numéro du volume, cinquante-six, d'un air interrogatif. Milo alors se tourna vers sa mère et lui fit un certain nombre de signes.

— Mon fils veut vous dire qu'il a lu les cinquante-cinq premiers volumes en deux mois.

— Tu es un passionné ! s'exclama Nathan, impressionné.

Satisfait, Milo fit oui de la tête.

— J'imagine que tu connais aussi *Naruto* ? demanda Nathan.

L'enfant prit alors son téléphone et le brandit devant Nathan.

— Je vois. *One Piece*, tu les lis, et *Naruto*, tu les regardes sur ton téléphone.

Milo acquiesça de nouveau.

Valentine et Jen étaient médusées.

Après ce premier échange, Nathan s'installa au-dessous de Jen, qui avait tenu à prendre la couchette haute.

Il se retrouvait au même niveau que Valentine.

La journée passa lentement. Valentine lisait ses manuscrits en retard, Milo était plongé dans ses mangas et Jen dans sa presse *people*. Leur voisin de couchette lisait lui aussi. De temps en temps, Valentine jetait un regard furtif vers lui. Ils avaient échangé deux sourires, en tout et pour tout.

S'apercevant qu'il était déjà 19 h 30, Valentine proposa à Milo de dîner. Elle lui tendit un sandwich, des tomates, et une compote en tube. L'homme, dans son coin, lisait un livre à l'apparence curieuse, relié de cuir. Valentine et Jen n'avaient pas vraiment faim et se partagèrent un paquet de chips. Discrètement, Valentine prit son téléphone et écrivit à Jen : « On lui en propose ? »

Le SMS de Jen fusa l'instant d'après. « Non. On le connaît pas et on ne sait pas s'il s'est lavé les mains. »

Lorsqu'elle reçut le SMS, Valentine, qui était sur le point d'avaler une gorgée d'eau, éclata de rire et recracha la moitié de son eau en s'étouffant. Jen pouffa aussitôt et descendit de la couchette pour entraîner son amie dans le couloir. Elles étaient pliées en deux, s'appuyant l'une sur l'autre, puis finirent par se calmer. Valentine retrouva son souffle.

— Merde, dit Jen, tu te rends compte qu'avec cet intello dans notre compartiment on ne peut même pas se raconter des bêtises ?

— Il a l'air gentil, il est discret. Il ne mange pas d'œufs durs.

— Qu'est-ce que tu en sais ?

— J'en sais qu'à midi, il est sorti déjeuner au wagon-bar.

— Attends le dîner.

— Il a dû nous prendre pour deux dingues.

— On le connaît à peine et déjà tu veux lui filer nos chips, quand même. Et ne me dis pas que tu le trouves beau.

— Non, je n'ai pas dit ça, se défendit Valentine, et Milo est avec nous, alors même si je pensais un truc pareil, ce ne serait pas le lieu.

— Toi, tu as besoin de dormir pour te remettre les idées en place.

— On peut trouver quelqu'un charmant et c'est tout.

— On, peut-être, toi, non.

Elles regagnèrent la couchette, Valentine grimpa à la petite échelle pour donner à Milo son pyjama et l'embrasser. Elle redescendit, demanda à Nathan s'il était d'accord pour qu'elle éteigne certaines lumières, il l'était. Puis elle se coucha. Jen jouait sur son téléphone. Son voisin lisait toujours.

Le bruit régulier du train commençait à la bercer. Valentine se tourna vers la droite – elle dormait toujours dans cette position. Elle regarda Nathan, un instant. Il tourna la tête vers elle, lui sourit.

— Bonne nuit, dit-il, tout bas.

— Bonne nuit, répondit la jeune femme, touchée par cette douceur inattendue.

Jen pencha la tête, mais sans commenter.

18

Lorsque Valentine se réveilla, au petit matin, Nathan n'était plus dans le compartiment. Jen et Milo dormaient à poings fermés. Elle sortit en chaussettes, ouvrant et refermant la porte le plus silencieusement possible. Elle fila aux toilettes, affligée par la saleté de la petite cabine. Elle s'évertuait à poser ses pieds entre les gouttes d'urine au sol, dans un équilibre précaire, regrettant ses chaussures. Elle fit pipi à moitié debout, comme on le lui avait appris quand elle était petite – dans les cafés, les restaurants, les gares, les aéroports, les trains et les avions, ne jamais s'asseoir sur le siège.

De retour dans le couloir, elle aperçut Nathan qui regardait défiler le paysage, un café fumant à la main. Le jeune homme la vit, lui sourit, et lui proposa aussitôt d'aller lui chercher un café. Valentine répondit qu'elle l'accompagnerait. Ils longeaient le couloir, elle le suivait. Chaque fois qu'il y avait une porte à ouvrir, Nathan s'assurait qu'elle passe devant lui, et ils se frôlaient. Valentine lui trouvait un charme fou. Elle n'en parlerait jamais à Jen. Ils traversèrent ainsi un, deux, puis trois wagons jusqu'au bar, resté dans son jus des années quatre-vingt-dix. Nathan commanda un café, le paya et le lui tendit. Ce chemin, à se suivre, à l'aller comme au retour, dans ces couloirs successifs, n'était rien, seulement une petite addition de regards, de sourires un peu timides, de politesse. Tout semblait pourtant à Valentine d'un romantisme intense.

Devant leur compartiment, ils se tenaient côte à côte, chacun avec son café, à observer le paysage. Où étaient-ils ?

— Nous devons être quelque part en Autriche.

— Vous connaissez ce trajet ?

— Oui. Je le fais régulièrement.

Régulièrement ? Valentine craignait d'être indiscrète, mais sa curiosité était piquée. Est-ce qu'il avait une fiancée là-bas ? Partageait-il sa vie avec une Hongroise ? Une Bulgare ? Elle garda ses questions pour elle.

Ils suivaient, en silence, le paysage vallonné, les petites maisons, et, au loin, les chalets en bois.

— La Hongrie ne va pas tarder.

— Et puis ?

— Et puis ce sera la Serbie, et la Bulgarie.

Lui aussi redoutait sans doute d'être indiscret. Que faisaient deux femmes avec un enfant dans un train pour un si long trajet ? Et pourquoi diable avaient-elles éclaté de rire, au point de devoir sortir ?

Soudain, devant ce paysage qui défilait, Valentine sentit son cœur se serrer. C'est ce chemin, ce chemin exactement, que la Grecque avait dû prendre. Seule dans un train, à l'aller comme au retour. Félix avait accepté l'idée de la rencontre, mais il pouvait à tout moment changer d'avis, et la Grecque aurait fait ce trajet pour rien. Peu importait, le temps d'une mère ne comptait pas.

Les maisons avaient maintenant un aspect différent. Le jour se levait ; une légère brume semblait comme posée sur la campagne. Le train s'arrêta quelques minutes, une annonce intima aux passagers de ne pas descendre, puis le convoi se remit en branle.

— Je crois que nous sommes entrés en Hongrie, dit Nathan.

Il regardait Valentine.

— Vous allez là-bas pour les vacances ?

— Non, répondit-elle dans l'instant.

Oui, il était charmant, attentif, respectueux, délicat. Un inconnu, dans un train. Le roman – ou le film – était parfait. Qu'elle se sorte vite tout cela de la tête, qu'elle bride immédiatement son imagination, c'était seulement leur voisin de couchette.

— Vous avez de la famille là-bas ? se lança-t-il. Vous n'êtes pas obligée de me répondre, je ne veux surtout pas être indiscret, pardonnez-moi.

— Eh bien, je ne sais pas, justement. À vrai dire, il y a tellement de choses que je ne sais pas. Par exemple, mon fils.

— Votre fils est très mignon. Et très sage aussi.

— Il ne fait pas beaucoup de bruit.

— Non, ce n'est pas ce que je voulais dire. On sent que c'est un enfant… qui a compris beaucoup de choses.

Elle acquiesça.

— J'ai déjà remarqué cela par le passé. Les gens qui ont quelque chose en moins développent toujours quelque chose en plus. Comme si la nature mettait un point d'honneur à compenser.

Elle le regarda, étonnée.

— C'est fou, dit-elle.
— Quoi donc ?
— Vous comprenez.

Le paysage était là pour les empêcher de se dévisager et de voir trop profond dans leurs âmes respectives. Valentine remercia Nathan pour le café et rentra dans le compartiment.

Malgré ses précautions, le bruit de la porte réveilla Jen, qui se leva, hirsute.

— Qu'est-ce qui se passe ?
— Rien. Rendors-toi.

Jen ne se fit pas prier.

Valentine se recoucha, mais sur sa couverture. Elle se mit à redouter leur séparation à Sofia, tout en se trouvant infiniment stupide, et naïve. Pourquoi cette peur de perdre, soudain, et une personne qu'elle ne connaissait même pas ? Comment pouvait-on, en si peu de temps, s'attacher à quelqu'un ? Jen avait raison, elle avait besoin de se remettre les idées en place, et vite.

19

Jen était plongée dans ses magazines. Famille royale d'Angleterre, enfants hors mariage, nouvelles idylles, ruptures, surenchère de robes et de coiffures à un gala ou une cérémonie quelconque, confidences de célébrités, tout lui était délice. La vie des autres, qui nous éloigne de la nôtre.

Milo dessinait sur la petite table accolée à la fenêtre du compartiment. Il avait emporté ses crayons et ses feutres fins. Son dessin, assez sophistiqué, représentait un paysage hybride, entre désert du *Petit Prince* et décor de *Star Wars*. Il avait dessiné autant de palmiers que de vaisseaux, plus détaillés les uns que les autres, et au milieu de tout cela, il avait imaginé un être mi-garçon mi-robot, avec des ailes dans le dos.

Valentine ne faisait rien. Malgré le mal qu'elle se donnait pour se raisonner, elle était suspendue à l'espoir qu'il se passe quelque chose pendant ce trajet, qu'elle plaise à Nathan, qu'il lui propose de la revoir. Son cœur battait fort. Nathan, lui, lisait. Tous avaient déjà déjeuné, même Nathan, qui avait apporté lui aussi de quoi se restaurer : une pomme, du pain, une barquette de salade et une autre de viande séchée. Comme les rideaux étaient ouverts, il s'exclama soudain qu'ils devaient être arrivés en Serbie. L'alphabet n'était plus le même. Dans chaque pays traversé, le train s'arrêtait au moins une fois pour laisser descendre, ou monter, des passagers.

— Nous arriverons bientôt, dit-il.

— Bientôt, c'est quand ? demanda Jen.

— D'ici six ou sept heures, je pense.

— Et vous appelez ça tôt, vous. On n'a pas la même notion du temps.

Valentine annonça qu'elle allait se chercher un café. Jen n'était pas dupe. Elle lisait à travers son amie : leur voisin lui plaisait et elle cherchait à se retrouver seule avec lui.

— Et moi, tu vas pas m'en prendre un ?

— Si, bien sûr.

— Je vous accompagne, lança Nathan.

De retour au compartiment, Valentine tendit un café à Jen et sortit dans le couloir rejoindre Nathan. Il s'était déjà remis à la fenêtre, comme hypnotisé par le paysage.

Ressentait-il la même attirance qu'elle pour lui ?

— Sofia, c'est une drôle de ville, commença-t-il. D'abord romane, puis ottomane, puis communiste sous l'URSS. Architecturalement, c'est n'importe quoi. Par endroits, un carnage, des immeubles modernes affreux, des barres, ailleurs des buildings qui se veulent très design, mais on trouve aussi des quartiers ravissants, pittoresques.

— Vous y avez vécu ?

— Non. Mais j'y vais souvent. J'aime énormément les Balkans. Sarajevo, Zagreb, Sofia, Belgrade, la Croatie, le Monténégro, la Macédoine, la Grèce en général. Malgré tout ce que ces pays ont traversé, on trouve dans cette région un charme très singulier, et à condition de sortir des villes et de leur périphérie, on découvre quelque chose d'assez hors du temps, des villages restés intacts depuis des siècles et des vestiges parfois spectaculaires. La nature est ce qu'elle a toujours été, assez sauvage.

Valentine brûlait de lui demander pourquoi il connaissait tous ces endroits, et ce qu'il y faisait. La brocante ? La recherche ? Elle n'avait rien compris à son métier.

Prenant son courage à deux mains, elle se lança.

— Je peux vous parler de quelque chose ? Quelque chose de sérieux ?

— Bien sûr.

— C'est comme dans un taxi, on peut dire tout ce qu'on a sur le cœur, on sait que l'on ne reverra jamais le chauffeur.

Il fut surpris par la remarque, et elle rougit d'avoir dit quelque chose d'aussi stupide, un taxi ! Pourquoi avait-elle précisé qu'ils ne se reverraient jamais ? Elle était toujours tellement maladroite. Elle se désespérait elle-même.

— Si je peux être cette oreille pour vous aujourd'hui, dit-il avec un sourire.

— Mon fils Milo n'est pas sourd du tout, mais il est muet. C'est mystérieux. En général, l'un va avec l'autre.

Nathan écoutait très attentivement.

— Or, il y a quelque temps, il s'est mis à parler.

— Ah oui ? Qu'est-ce qu'il a dit ?

— Il a parlé dans une langue que je ne connaissais pas. La deuxième fois que ça s'est produit, je l'ai enregistré, et j'ai pu la faire identifier.

— De quelle langue s'agit-il ?

— Aucune chance que vous connaissiez. Chaque fois

qu'il a parlé, c'était devant l'image d'une ville grecque. Parlé et pleuré en même temps, et plus que pleuré d'ailleurs, sangloté, d'une manière terrible. La première fois, je n'ai pas eu le temps de bien voir les images qui l'avaient tellement bouleversé, mais la deuxième fois, c'était une photo de Salonique. Évidemment, à part Jen, personne ne m'a crue. Et depuis, il n'a pas reparlé.

— Je vous crois.

— Vraiment ?

— J'ai entendu parler de phénomènes de ce genre.

— Quand c'est arrivé, les deux fois où c'est arrivé, il était comme habité. Et il avait une sorte de voix… de fille. Enfin, tant que les enfants n'ont pas mué, c'est difficile à dire, mais disons que c'était plutôt une voix de fille, de son âge.

Nathan regardait par la fenêtre, l'air grave.

— Ça existe.

— Quoi ?

— Je ne sais pas si vous êtes prête à entendre ce que je vais vous dire.

— Écoutez, Nathan, depuis que vous êtes entré dans ce wagon, j'ai ce sentiment, pardonnez-moi, je suis peut-être complètement foldingue, ésotérique, barrée, qu'il y a quelque chose chez vous qui est lié… Je suis désolée de dire ça, je suis vraiment complètement dingue, et on peut arrêter tout de suite cette conversation si vous voulez.

— Lié à quoi ?

— À moi.

Elle baissa les yeux.

— Et donc oui, je suis prête à tout entendre, dit-elle, encore rouge de son audace.

— Certaines personnes, reprit-il, semblent habitées, ou visitées. Cela peut durer un court moment de leur vie, ou plus longtemps. Il existe une croyance, et on la retrouve dans nombre de religions d'ailleurs. C'était même l'obsession de Platon.

— Platon ?

Valentine était suspendue à ses lèvres. Jen sortit du compartiment à ce moment-là.

— Alors moi, je me fais une joie de parler avec ma copine, trente-sept heures de train c'est quand même l'occasion, et vous me la piquez en somme, c'est bon je vous laisse tranquilles. Bon, prévenez-moi quand on s'approche.

— Bien sûr, promit Nathan, amusé.

Jen retourna dans le compartiment. Le jeune homme poursuivit l'explication.

— Certains croient que, à la naissance, chacun hérite d'une âme qui l'a précédé. Lorsqu'une personne meurt, son âme se mettrait en quelque sorte à migrer, et élirait domicile dans un nouveau corps. Ce serait la raison de nos impressions de déjà-vu, et de nos affinités profondes avec un lieu dont on ne sait rien. Ou avec une personne. Le sujet est vaste. Et pas forcément bien perçu.

— Qui dit ça ?

— Beaucoup de monde. Platon, d'abord. Dans *La République*, et *Phédon*, notamment, avec le mythe d'Er. Platon était obnubilé par la survie des âmes.

— Je l'ignorais.

— Selon lui, les âmes naissent des morts. Il questionne l'immortalité de l'âme humaine. En Afrique, les enfants sont considérés comme la réincarnation de leurs ancêtres.

Chez les Ghanéens, on raconte que le sang de la mère transmet au bébé toute l'histoire de sa lignée. Le shintoïsme, au Japon, parle du *kami*, l'esprit des défunts. Krishna, figure de l'hindouisme, parle de la transmigration des âmes. Samsara, avant d'être un parfum, est le nom hindou de cette transmigration. Et vous savez ce qui la symbolise ?

— Non.

— La roue. C'est cette même idée de roue que l'on retrouve en hébreu. Le mot *gilgoul* signifie en hébreu la réincarnation, or, le mot *galgal*, en hébreu toujours, veut dire la roue. Les premiers Hébreux pensaient que les morts veillaient sur les enfants et les petits-enfants. Dans le judaïsme, il est dit, et plusieurs fois, que nous sommes tous porteurs d'une âme qui nous a précédés, qui a eu une, et même plusieurs existences avant la nôtre. L'âme voyage jusqu'à ce que son porteur, ou récipiendaire, fasse son chemin, et la raffine jusqu'à sa plus absolue bonté. Cela peut être aussi pour réparer une faute commise dans une vie antérieure. Notre âme doit revenir, pour terminer quelque chose. C'est toujours pour une réparation. D'ailleurs, toujours en hébreu, le mot nouveau-né, *tinok*, est très proche du mot réparation, *tikoun*.

Valentine était impressionnée par l'étendue de son savoir.

— Vous voulez dire que nous ne serions pas que nous-mêmes ?

— Nous portons déjà pas mal de choses de notre héritage familial, dont on ne sait pas tout, mais en plus nous serions liés, voire complètement habités par cette autre âme. Venue d'on ne sait où, ou plutôt d'on ne sait qui.

— On ne peut pas savoir de qui ?

— Je ne veux pas vous dire n'importe quoi, vous affoler. C'est moi qui dois vous paraître, comme vous disiez, complètement dingue, barré, etc.

— Rien n'est dingue.

— Si votre fils qui ne parlait pas s'est mis à parler, c'est peut-être qu'il y a une histoire. Il a pleuré, ça veut dire quelque chose. Il y a une douleur. Et une voix de fille, dites-vous. C'est pour ça que vous allez à Salonique ?

Elle sourit, lui aussi avait dit Salonique, plutôt que Thessalonique.

— Oui.

— Peut-être aussi qu'il y a une histoire de silence. Ce qui est tu a toujours une incidence. C'est surprenant, on pourrait croire que ce qui n'est pas dit n'existe pas. Mais parfois, c'est comme si le secret refusait d'être un secret. Il veut sortir, et il sort sous une autre forme. D'ailleurs, regardez ce mot : tu, ce qui est tu. Tu, ce qui est toi, et « tu », c'est évidemment la sonorité du verbe « tuer », conjugué, et tout cela veut dire le silence. Ce qui n'est pas dit, c'est à la fois l'identité et ce qui peut, d'une certaine manière, tuer. Peut-être que le silence tue l'identité, et que cette identité se rebelle en remontant à la surface, comme un bouchon de liège.

— Mais quatre ou cinq générations plus tard ?

— Pourquoi pas, peut-être même plus.

— Pour tout vous dire, je redoute terriblement l'arrivée là-bas. J'ai peur qu'il fasse une crise monumentale en voyant la ville. Jen et moi, on ne sera pas trop de deux. Tout cela semble tellement loin de nos vies. Et du rationnel.

— Le rationnel, Valentine, on ne peut pas s'y fier. Pourquoi Mozart, pourquoi certains écrivains disent-ils avoir écrit comme sous la dictée ? Pourquoi des miracles se produisent-ils ? Pourquoi des gens malades guérissent-ils soudain complètement, à la stupéfaction des médecins ? Le monde n'est pas rationnel, même si les hommes s'échinent à prouver le contraire. Et je veux bien jouer le rôle du chauffeur de taxi. Cette conversation restera entre vous et moi, et nous ne nous reverrons plus jamais.

Valentine le regardait. Non, elle ne voulait surtout pas ça. Mais comment le lui faire comprendre ?

Ils restèrent longtemps, côte à côte, silencieux, devant le paysage défilant sous leurs yeux.

20

Ils retournèrent chacun sur sa couchette. Milo descendit de la sienne, s'approcha de sa mère. Pouvait-il proposer à Nathan de jouer avec lui ? En langage des signes, elle lui répondit : « Je pense qu'il est gentil, oui. »

Nathan repéra aussitôt le sourire malicieux de Milo. Avant que ce dernier ait pu lui montrer son téléphone, Nathan proposa de lui faire découvrir quelque chose. Milo était intrigué, Valentine aussi.

Nathan sortit de son cartable un jeu de cartes et proposa à Milo d'en choisir une, sans la lui montrer. Puis Nathan battit les cartes, et sortit le sept de carreau du premier coup, en demandant au garçon si c'était bien la carte choisie. Milo, enchanté, hocha la tête.

Alors Nathan regarda Milo et lui confia, tout bas, qu'il allait lui apprendre le tour de magie.

Il sortit avec l'enfant dans le couloir. Valentine pouvait les apercevoir à travers la porte vitrée.

Vingt minutes plus tard, Milo rentra dans le compartiment. Il fit signe à sa mère de réveiller Jen, assoupie.

Jen, désorientée, fut invitée par Milo à choisir une carte sans lui dire laquelle. Puis Milo battit les cartes. Nathan se tenait debout, derrière l'enfant, Valentine les regardait. Milo sortit l'as de cœur, et brandit la carte devant Jen, estomaquée : c'était bien celle qu'elle avait tirée. Milo se sentait très, très fier, il se tourna vers Nathan, qui le félicita.

Valentine essuya une larme du revers de sa main et sortit dans le couloir, tandis que Jen félicitait chaleureusement Milo. Mais où Nathan avait-il appris ça ?

Il rejoignit Valentine, lui tendit un mouchoir en papier. La jeune femme ne savait comment exprimer ce qu'elle voulait dire. Il le comprenait d'instinct.

— On arrive à Sofia, je crois. Regardez tous ces immeubles, implacables de dureté soviétique. Pourtant, des gens y vivent, et y sont probablement très heureux. Je crois qu'on devrait commencer à rassembler nos affaires.

— Vous avez raison.

— Pas toujours, mais j'ai été très heureux d'être votre taxi.

Elle voulait tellement ajouter autre chose. Le faire, maintenant. Mais ce fut Nathan qui en prit l'initiative.

— Si vous voulez, dit-il, je peux vous laisser mon numéro de téléphone. Je sais, aucun taxi ne ferait cela.

Le visage de Valentine s'illumina d'un sourire éclatant, qui n'échappa pas à Nathan.

— Bien sûr.

Elle trouvait déjà fade ce « bien sûr », ce qu'elle n'avait pas osé dire c'était autre chose. Elle se décida à se lancer.

— Nathan, merci d'avoir fait de ce voyage quelque chose de…

L'annonce de l'arrivée en gare de Sofia, le terminus, au volume maximal, recouvrit le dernier mot de la phrase de

Valentine. Lorsque la voix diffusée par les haut-parleurs se tut, Nathan se tourna vers elle.

— Merci à vous.

De retour dans le compartiment, il griffonna son numéro à toute vitesse sur un bout de papier, qu'il lui tendit. Jen fit semblant de ne rien voir, et commença à regrouper les affaires de Milo et les siennes.

Quelques instants plus tard, le train s'immobilisa tout à fait. Chacun descendit, sa petite valise à la main. Nathan aida Jen, Valentine et Milo, les salua, et partit. Valentine ne pouvait détacher son regard de sa silhouette. Elle aimait sa chevelure, sa démarche, son dos, même sa petite valise.

— Alors ? dit Jen.

— Rien. On a parlé.

— Ouais. Vous avez parlé pendant des heures, donc le « rien », j'y crois pas trop.

— C'était une belle rencontre, ça te va ? Très belle, même.

— Ça me va, pour le moment. Allez, il faut trouver où on va prendre notre autocar.

À ces paroles, Jen embrassa Milo.

À la gare, Jen acheta de quoi manger et boire pour tout le monde. Puis elles localisèrent les autocars, à l'extérieur de la gare. Tout était écrit en cyrillique. Soudain, Valentine aperçut Nathan, qui retournait sur ses pas, marchant vers elle. Elle en était si heureuse. Est-ce qu'il revenait pour l'embrasser – au moins sur la joue –, ou pour dire qu'il avait bien entendu le dernier mot de la phrase – merveilleux – et qu'il pensait de même ?

— Le car pour Thessalonique, c'est le bleu là-bas. J'ai

pensé que vous auriez du mal à le trouver. Mais d'abord il faut prendre les tickets dans ce guichet-ci.

— Merci beaucoup, dit Jen, c'est très sympa.

Et Nathan repartit aussitôt.

— Tu as raison, il est intéressant, reconnut Jen. Et je note qu'il n'a pas mangé d'œufs durs, un bon point.

Les trois voyageurs étaient maintenant installés dans l'autocar. Milo avait faim, et Jen lui tendit une sorte de feuilleté à la viande. Milo contempla le feuilleté, intrigué, puis le dévora avec gourmandise. Jen passa ensuite une salade à Valentine – poivron rouge, feta, une épice violette, le sumac, qu'elle connaissait bien – et se mit à déguster la sienne.

— En tout cas, c'est sympa, ce qu'ils vendent à manger ici.

Tout en parlant, elle lança un coup d'œil à Valentine : radieuse, son amie ne touchait pas à sa salade. Son visage s'était comme éclairé, ses traits complètement détendus, affichant un sourire pour le moins inhabituel.

— Je connais cette tête.

— Quelle tête ?

— La tête de la fille tombée raide amoureuse du mec rencontré dans le train.

— Je ne vois pas de quoi tu parles.

— À qui tu veux, pas à moi.

21

Milo s'était endormi sur son siège, bercé par le cahotement du car. Les deux amies parlaient tout bas, tâchant de ne pas réveiller l'enfant.

— Arrête ton délire. On n'est pas habité par l'âme de quelqu'un d'autre. Moi, je suis moi, et toi, tu es toi. T'es tombée sur un mec flashé.

— Mais ça expliquerait, pour Milo.

— Ça explique rien du tout. Il peut avoir un lien avec cette ville sans avoir hérité d'une âme de je sais pas qui. Si on commence à partir là-dedans, c'est n'importe quoi.

— Tu consultes une voyante, je te rappelle.

— Ça n'a rien à voir, Chantal a des intuitions pour l'avenir.

— Et tu trouves ça plus rationnel que l'histoire des âmes ?

— Avoir récupéré une âme de quelqu'un d'autre ? Et à quel moment cette âme te dirige ? Elle décide pour toi ? C'est la fin du libre arbitre, ton truc, on serait gouverné par la personne d'avant ou celle d'encore avant nous, au service de quoi surtout ? C'est des dingueries. Ton Nathan, là, il était ésotérique. Tu lui as demandé ce qu'il étudiait, au moins ? À plus de trente ans, le gars, il est encore étudiant ?

— Il nous a dit qu'il était chercheur.

— Oui, enfin, les gens qui cherchent… Je préfère les gens qui trouvent. Chercheur-brocanteur-étudiant qui vend même pas ce qu'il déniche, ça doit être un de ces bordels chez lui. Enfin, comme ça, on sait que c'est pas un type pour toi.

— Pourquoi ?

— Tu plaisantes ? Mais parce que si tu as un mec, c'est aussi pour t'aider, te soulager, pas juste te baiser, en fait. Pas pour te financer, j'ai pas dit ça, mais t'aider, et un étudiant, à part pour le baby-sitting, je vois pas. T'es une femme seule avec enfant, merde !

— Mais c'est pas ce que je vais chercher chez quelqu'un. Et il y a différents types d'aide, d'abord.

— Vas-y, fais-moi la liste.

— On peut t'aider psychologiquement. On peut t'aider à prendre confiance en toi, en ce que tu fais, on peut t'aider à faire la cuisine, et pour ça, pas besoin d'être riche. On peut t'aider en réparant un truc chez toi.

— Tu veux un mec de chez Darty.

— On peut pas te parler.

— Mais si ! Tout ce que je dis, c'est que tu le connais à peine.

— On a passé plus de trente heures avec lui, c'est comme si on l'avait vu trente fois une heure.

— « On », tu veux dire toi.

— En trente rendez-vous, on se fait une idée de quelqu'un.

— Non mais c'est quoi ces maths que tu me sors ?

— Tu as vu comment il était avec Milo ?

— Tous les mecs font ça, ils sont tous charmants et attentionnés au début, tu le sais. Je te l'accorde, il a été sympa avec Milo et il t'a payé un café.

— Deux cafés.

— Deux cafés. On va aller loin avec ça. Tu tombes amoureuse de n'importe qui, là.

— Je ne suis pas amoureuse.

— Tu l'as quand même trouvé mignon, vous avez parlé pendant des plombes, et en dehors du compartiment, ce que je trouve louche, puis tu n'as pas touché à ta salade, et je parie que tu vas le rappeler.

— Détrompe-toi.

— OK, alors donne-moi le papier.

Valentine regarda Jen. Un énorme sourire se dessinait sur son visage.

— Je te connais, ma chérie.

Malgré l'inconfort de l'autocar, particulièrement pénible à cause de son mètre soixante-douze, Jen s'assoupit en un clin d'œil. Valentine regardait son fils, qui dormait à poings fermés, lui aussi. Elle aperçut une rangée vide à l'arrière, se leva et s'y allongea comme elle pouvait. Bercée par le bruit de fond du car – les roues sur le bitume, conjuguées à la climatisation –, elle s'endormit rapidement.

Peut-être que l'histoire des âmes, c'était des « dingueries », mais elle appréciait que Nathan se soit donné du mal pour trouver une explication à quelque chose qui n'en avait pas, et d'une certaine manière, l'aider.

Le trajet de sept heures en autocar paraissait plus long que les trente-deux heures de train. À mi-chemin, les deux femmes étaient déjà courbaturées. À vrai dire, Jen n'en pouvait plus. De temps en temps, elle se levait, s'étirait entre les deux rangées, indifférente aux regards des autres passagers.

Ses os craquaient un peu, puis elle se redressait de tout son long, bougeait sa tête de droite à gauche, et se rasseyait. Valentine avait retrouvé sa place auprès d'elle.

— Rappelle-moi pourquoi on va là-bas, déjà ?

Valentine lui sourit.

— On va là-bas parce que tu es ma meilleure amie au monde et que tu n'as pas voulu me laisser faire ce voyage seule avec Milo.

— Je le vois dans tes yeux, tu penses à lui. Tiens, bouffe un peu de chocolat. Là-bas on a intérêt à manger sainement, j'ai pris dix-huit mille calories depuis notre départ.

— Promis. La cuisine grecque, c'est très sain.

— Dis, tu savais qu'en calories, une olive noire vaut dix olives vertes ? Faut vraiment éviter les olives noires. En même temps, les vertes, ça n'a aucun intérêt.

22

Le car entra enfin dans Salonique, dont les abords semblaient identiques à ceux de nombre de villes d'Europe – des immeubles modernes à foison, des bâtiments souvent sans âme, des entrepôts commerciaux. Mis à part la graphie des enseignes et plaques que Valentine voyait çà et là, rien ne donnait véritablement l'impression de se trouver en Grèce. Le car se gara dans un parking. Les passagers en descendirent et récupérèrent leurs effets dans le flanc de l'engin.

Valentine restait à l'affût des réactions de Milo. Elle était, tout comme Jen, préparée pour les larmes, les cris, et à ce qu'il se mette à parler. Pour le moment, pourtant, il ne se passait rien : Milo restait un enfant comme un autre, avec son sac sur le dos, l'air un peu fatigué après un long voyage. Tirant sa valise, Valentine lui prit la main pendant que Jen s'occupait des autres bagages. Elles avaient emporté le strict minimum.

Valentine montra au chauffeur de taxi l'adresse sur son téléphone : 50, Proxenou Koromila. Elle avait loué un petit appartement dans le centre, dont elle devait prendre les clés dans la boutique d'à côté. Le chauffeur, moustachu, près de soixante ans, portait une chemisette à carreaux dans des tons de bleu, et de vieilles lunettes de vue fumées, dont une branche était rafistolée avec du ruban adhésif. Il écoutait un programme de radio qui semblait hilarant, les participants de l'émission ne cessaient d'éclater de rire, mais lui semblait perdu dans ses pensées.

Soudain, le cœur de la ville apparut. Des immeubles modernes, collés les uns aux autres. Sur le chemin pris par le taxi, Valentine, Jen et Milo passèrent devant quelques petites maisons à la peinture écaillée, décrépies, ou même en ruine. Ici un escalier brisé, là un balcon qui se décroche, des portails cassés, rouillés, des petits jardins à l'abandon dévorés par les herbes folles. La ville dégageait malgré tout un charme, une authenticité. Ces petites maisons, comme oubliées ou terrassées par l'histoire, avaient dû autrefois être ravissantes, et ces jardins couverts de roses.

Valentine colla son visage à la vitre. Ce qu'elle voyait lui paraissait étrangement familier. Ces arbres, ce ciel. Elle voulut baisser la vitre, mais la poignée était cassée. Milo, lui, semblait curieux de ce qu'il découvrait, ce nouveau paysage, rien de plus. Serait-il dit que la mère serait plus touchée que son enfant ?

Elle s'interrogea. Tout cela était-il arrivé pour que ce soit elle qui revienne ici ? Et si le silence de Milo, pendant toutes ces années, avait exprimé quelque chose qui lui appartenait, à elle ?

Une fois le taxi arrivé à destination, Valentine tendit un billet au chauffeur. Il le tordit un peu comme pour vérifier qu'il n'était pas faux, puis le rangea dans son portefeuille et lui rendit la monnaie. Le petit groupe descendit de l'habitacle. Jen leva les yeux vers l'immeuble ancien au pied duquel ils se trouvaient, seulement trois étages, blanc, à l'angle d'une rue étroite, et dont les balcons étaient fleuris de bégonias éclatants et de plantes. Le soleil éclairait la façade de l'immeuble, c'était tout à fait charmant, et Jen complimenta son amie pour son choix.

Valentine repéra la boutique où récupérer les clés – design et petit mobilier contemporain –, et ils montèrent les trois étages à pied. Leur appartement était celui de droite.

Les deux amies entrèrent, avec Milo, dans un trois-pièces minimaliste aux murs beiges, avec un sol en béton ciré et une grande armoire rouge, basique, en métal peint, dans l'entrée. Les deux chambres étaient exiguës, les lits très bas, mais cela leur irait très bien. Le petit salon, avec son canapé-lit, offrait un couchage supplémentaire, et la fenêtre, qui était en réalité une porte, donnait sur un balcon. La cuisine américaine était minuscule mais flambant neuve, blanche elle aussi, une tablette fixée au mur ainsi que deux tabourets permettant d'y manger. Une plante verte – en plastique – était posée sur un guéridon. Valentine tira les voilages du salon et remonta le store pour découvrir une vue, partielle peut-être mais une vue tout de même, sur la mer. Un rectangle bleu, merveilleux. Jen la rejoignit à la fenêtre.

— Ça a l'air d'être un super quartier, ici, dit Jen.

Jen prit ensuite une longue douche, puis ce fut le tour de Valentine et enfin celui de Milo. Tous trois enfilèrent des vêtements printaniers, bermuda et polo pour Milo, robe de coton pour Valentine et combi courte en jean pour Jen, portée sur un tee-shirt rose.

Valentine prit Milo par la main et l'emmena à la fenêtre pour lui montrer le petit rectangle bleu. L'enfant n'affichait aucune réaction. Jen suggéra qu'ils aillent se promener, se dégourdir un peu les jambes, voir ce qu'il y avait autour, et peut-être faire quelques courses. L'après-midi était déjà bien entamé.

Valentine ressentit soudain comme une impatience à aller se mesurer à la ville, la respirer, mais elle seulement, toute seule, tout de suite. Elle demanda à Jen si elle pouvait garder Milo, juste dix minutes, quinze tout au plus, elle reviendrait vite. Jen, surprise, accepta, elle en profiterait pour ranger les affaires dans les placards. Valentine attrapa son sac, dévala les marches. Elle marchait vite, comme si elle était en retard pour un rendez-vous. Autour d'elle, la rue était vivante, joyeuse, animée par les passants et par la musique qui s'échappait de terrasses de bars de part et d'autre de son chemin. La jeune femme tourna dans la première rue à droite, la suivit jusqu'à la jetée, à moins de cent mètres.

La mer était devant elle. Valentine traversa le boulevard du front de mer et les deux files réservées aux vélos, pour se rapprocher encore. Elle aperçut alors, juste là, sur sa gauche, un banc faisant face à la mer, et un autre, cinq mètres plus loin. N'y avait-il que deux bancs sur cette immense promenade ? Aucune barrière, et encore moins de bouées accrochées où que ce soit – alors qu'une hauteur de deux mètres séparait le bord de la jetée du niveau de la mer. Si quelqu'un tombait à l'eau, c'était la noyade assurée. Valentine contemplait la jetée, sa longue perspective, regrettant de ne pas avoir pris son grand skateboard. Comme elle avait envie d'en faire, soudain. Ici, précisément ici.

Elle s'assit sur le premier banc. Son regard plongea dans les remous puissants des vagues, comme si son essence même se trouvait dans ces profondeurs.

Le ciel azur surplombait la crête des immeubles sur sa gauche. Le soleil déclinant dessinait sur les toits une ligne jaune pâle, presque un contour, irradiant d'un blanc rosé, telle une aura émanant des toits. À peine perceptible mais très présente, la teinte donnait à l'ensemble un air de carte postale colorisée des années vingt ou trente. Valentine observait l'aura ; elle éprouvait l'étrange sensation de se trouver dans une sorte de présent d'autrefois, un temps qui n'existe pas, et qui est pourtant bien là. Comme si la ville elle-même refusait d'oublier son passé.

Sur sa gauche, plus loin, Valentine aperçut une tour d'une trentaine de mètres au plus, ancienne fortification byzantine reconstruite par les Ottomans, cylindre de pierres blanches ayant successivement rempli la fonction de fort, de caserne et de prison. Face à l'édifice mouillaient deux spectaculaires répliques de vaisseaux anciens, sans doute destinées aux touristes. De grands oiseaux sillonnaient le ciel, Valentine les suivait maintenant du regard. Cent ans auparavant, la femme aux enfants perdus avait dû, de la même manière, rester sans voix devant ce spectacle, cette mer éternelle, ces oiseaux, ce ciel. Elle se demanda si cette arrière-grand-mère n'avait pas, sur ce banc, formé le vœu qu'un jour quelqu'un se souvienne d'elle.

Comment tendre la main à une morte dont on ne connaît pas l'identité, ni même le visage ? Elle se dit que peut-être, d'une certaine manière, puisque c'était son aïeule, cette femme vivait en elle, qu'il y avait une trace, même infime, des cellules, une mémoire, et que tout cela, en arrivant à Salonique, s'était, simplement, réveillé.

Valentine se leva. Jen et Milo devaient trépigner d'impatience à l'idée de sortir, eux aussi. Elle balaya du regard encore une fois, lentement, le panorama, et se dit que malgré le grand incendie, malgré la guerre, malgré la dictature qui avait suivi, les destructions et les reconstructions, la ville n'avait peut-être pas tant changé que cela. La mer, les oiseaux, les pêcheurs – elle en avait aperçu deux – et cette tour blanche. Tout cela, en faisant abstraction des bruits de voiture, ne devait pas être bien différent du monde ancien, perdu.

23

Grâce au sens de l'orientation de Jen, elles étaient arrivées au marché Kapani. Les échoppes commençaient à fermer, tirant pour la plupart un rideau de fer bruyant, mais quelques-unes restaient ouvertes plus tard. Jen, comme Valentine, était émerveillée. Une marchande vendait une vingtaine de sortes d'olives différentes, de provenances, maturités ou salages variés, ainsi que de l'huile, en bouteille ou en baril, et du miel. Milo regardait la multitude de variétés d'olives. Des petites, des charnues, des énormes, vert clair, vert foncé, kaki, violettes, mauves, marron, noires, lisses, fripées, au sel, aux herbes, au citron confit, entières, dénoyautées, farcies. Le garçon avait faim, et Valentine remplit un petit sachet d'olives choisies par son fils – violettes et charnues –, qu'il dévora aussitôt.

Plus loin, un marchand de légumes se tenait sur son tabouret rouillé, impassible face à l'agitation de fin de marché, devant des piles de feuilles de vigne, bien fraîches, bien vertes, des cerises, des abricots, des petites courgettes déjà en fleur, splendides. Un autre présentait dans sa vitrine réfrigérée de gigantesques blocs de feta, à différents prix, coupe à la demande. Des poissonniers vantaient une dernière promotion à la criée avant de remballer. Tous trois s'arrêtèrent enfin devant une boutique de fruits secs ou demi-secs. Petites cerises rouges ou jaunes, raisins noirs, minuscules, ou blonds, imposants, nectarines, et toutes sortes de fruits imaginables en plusieurs versions : secs, demi-secs, ou bien tendres et brillants, le tout côtoyant d'innombrables épices et autres herbes séchées présentées dans des sacs de jute. Jen était surexcitée et voulait tout acheter. Elles reviendraient plus tôt un autre jour. Le groupe quitta le marché et reprit son chemin dans l'autre sens.

Dans une petite rue, ils tombèrent sur une boutique tout en longueur entièrement dédiée au halva. La jeune vendeuse leur fit goûter la pâte de sésame, qu'elle proposait déclinée en de nombreux parfums : chocolat, safran, amande, vanille, pistache, noix, rose, mastic, et sans sucre pour les diabétiques. Jen en acheta plusieurs boîtes. Milo n'aimait pas du tout, Valentine était réservée, pas certaine d'en apprécier la texture.

La ville était incroyablement jeune, et porteuse d'une énergie inouïe. Ici, tout le monde semblait avoir aux alentours de vingt-cinq ans. Jen fit remarquer à Valentine et à Milo qu'à chaque coin de rue ou presque se trouvaient de vastes pâtisseries. Elle ne put s'empêcher de les entraîner dans l'une d'elles. Jen perdait la tête, entre les kourabiés, le politiko au mastic, les beignets au miel, les touloumba et autres kourkoubini. Elle salivait, et les exclamations se succédaient. Valentine la découvrait follement gourmande – Jen qui faisait si attention à Paris.

Une vendeuse coiffée d'un petit chapeau de coton blanc s'approcha d'eux et leur offrit un bon morceau de gâteau au chocolat. Au tour de Milo d'être enchanté. C'était délicieux. Soudain, Jen s'arrêta devant une douceur énorme, bien qu'en portion individuelle, mise en avant à la fois en vitrine et dans le magasin sur de grands plateaux. Elle demanda à une vendeuse de lui expliquer ce que c'était : un triangle de plusieurs épaisseurs de pâte filo, plongé dans du sirop de sucre, et fourré de crème pâtissière. Cette recette, que tous appelaient ici le « trigone de Salonique », expliqua la vendeuse, était en réalité originaire de Panorama.

— Panorama, c'est une ville ? demanda Jen dans un anglais approximatif.

La vendeuse confirma. Panorama était une commune limitrophe de Thessalonique, au bord de la mer, mais qui était considérée comme un quartier de la ville. On pouvait s'y rendre en bus, en vingt minutes environ, par la ligne 58. Panorama, qui montait jusqu'en haut d'une colline, offrait une vue superbe sur la baie et les reliefs environnants, mais aussi sur Salonique.

— Le mot « panorama » vient de la ville de Panorama, s'exclama Jen, mais bien sûr !

Jen proposa à Milo de lui en prendre un, si c'était la spécialité locale, il devait absolument goûter, mais l'enfant déclina, encore occupé avec son gâteau au chocolat. Elle acheta donc le gâteau, émerveillée de sa double découverte, le trigone et l'origine du mot « panorama ».

— Tous ces agents immobiliers qui annoncent une « vue panoramique », je te parie qu'il n'y en a pas un qui sait d'où ça vient. Je vais raconter ça à toutes mes clientes. Panorama. C'est dingue. J'adore ce mot, j'te jure, si j'ai une fille un jour, je l'appelle comme ça. Panorama. Tu te rends compte de la symbolique ?

Sortie de la pâtisserie, Jen mordit dans son trigone.

— Ah mais qu'est-ce que c'est bon, qu'est-ce que c'est bon ! Il faut que vous goûtiez.

Milo n'était pas tenté par l'aspect du gâteau, toute cette crème jaune qui débordait. Valentine croqua dedans.

— Il est dingue, approuva-t-elle, la bouche pleine.

— Mille huit cents calories, déclara Jen. De toute façon, en Grèce les calories sont divisées par deux. C'est traître n'empêche, je la vois bien l'histoire, tu commences par manger des salades grecques, et tu finis par t'arrêter dans toutes les pâtisseries pour manger des trigones. Qui connaît le trigone de Salonique en France, personne, tu te rends compte d'à côté de quoi ils passent, tous ?

Et Jen engloutit la dernière bouchée, luisante de sirop de sucre.

Dix minutes plus tard, elle dut prendre appui un instant contre le mur d'un immeuble. Elle se sentait mal, complètement écœurée, ça passerait. C'était le sucre. Valentine lui tendit une bouteille d'eau. Ils retournèrent à l'appartement pour se poser un peu, puis ressortirent à la recherche d'un restaurant pour dîner. Les deux femmes se décidèrent finalement pour une terrasse fleurie, devant la mer.

Ils restèrent là un bon moment, tranquilles, à regarder les vélos, les voitures, les passants, et ces trois supertankers, au loin. Tout à fait remise de son accès de gourmandise, Jen commanda pour toute la table une multitude d'entrées et de plats : aubergines grillées à la feta et à l'ail, fleurs de courgettes farcies au riz et à l'aneth, feuilletés à la feta, salade grecque, tarama blanc d'une finesse inouïe, poulpe grillé, et du xinomavro, vin dont le serveur leur vanta les qualités. Les bouteilles étaient conservées couchées à douze mètres sous terre, gardées pendant au moins douze ans, le nom signifiant « acide noir » à cause de la couleur du raisin. Valentine en prendrait un verre.

— C'est dingue, lança Jen, il y a plein de trucs qui ressemblent à la cuisine de ma grand-mère. Ce sont les mêmes ingrédients.

Tandis qu'elle regardait la carte des desserts – par simple curiosité –, Jen remarqua un nom intrigant.

— Ils ont une glace qui s'appelle Arménoville, tu peux le croire ?

Jen fit signe au serveur pour lui demander si ce dessert avait un rapport avec l'Arménie. Le serveur n'en savait rien. Il expliqua qu'il s'agissait d'une glace aux fruits secs, amandes surtout, recouverte de chocolat fondu.

— Arménoville, on dirait un nom de centre commercial, lança Jen, définitive. Ils sont dingues ici.

Milo picorait, curieux de découvrir de nouvelles saveurs. Il appréciait particulièrement le tarama, dont le goût était très différent de celui que l'on trouvait en France. Il ne montrait toujours aucune réaction à la ville. Si les photos de Salonique l'avaient bouleversé, la ville en elle-même ne lui faisait ni chaud ni froid. Qu'à cela ne tienne : Valentine profiterait donc de leur séjour pour essayer d'investiguer sur son aïeule. Elle n'en avait pas parlé à Jen. Elle gardait cette histoire-là pour elle.

24

Une fois remonté à l'appartement, Milo partit se coucher dans l'une des chambres. Valentine déplia le canapé-lit, mais rejoignit Jen, sur son lit, pour parler à voix basse.

— C'est bizarre que Milo ne réagisse pas, non ? dit Jen.

— Pourtant, dans le taxi, il avait une vue d'ensemble de la ville, répondit Valentine. Et on a fait une bonne balade quand même.

— Tu es sûre que c'est bien cette ville qui a provoqué les larmes et la parole ?

— Sur le spot télé, non, il y avait plein d'autres endroits, mais dans le livre, oui. C'était la double page sur Salonique.

— Peut-être qu'il faut attendre.

— Ou se promener davantage.

— Tu es extraordinaire.

— Pourquoi donc ? demanda Valentine.

— Parce que tu utilises des mots que plus personne n'utilise. « Davantage ».

— Je n'ai aucun mérite. Les mots, ça fait partie de mon travail.

Jen se leva, prépara une infusion et retourna dans sa chambre avec deux mugs.

— Tu t'occupes de tout le monde, tu fais tout le temps attention aux autres, dit Valentine en guise de remerciement.

— Je n'ai aucun mérite, ça fait partie de mon travail, répondit Jen, espiègle.

— C'est ta nature.

— J'aime quand tout le monde est bien.

— Et toi, tu es bien ? demanda Valentine avant de prendre une gorgée de l'infusion brûlante.

— J'ai mon travail, ça marche bien, c'est déjà énorme. Je peux payer mes factures, m'offrir un bon resto de temps en temps, j'ai mon appart, il est pas grand mais je l'ai décoré exactement comme je voulais, et ma télé est juste extraordinaire. Je suis en bonne santé, Dieu merci, mes parents vont bien, même s'ils se chamaillent un peu. Je m'éclate à la boxe. Tous les dimanches, je passe chez Lignac et je me prends un baba ou un Équinoxe… Elle est pas belle, la vie ?

Valentine écoutait son amie en souriant.

— Surtout avec toi.

— Je n'ai aucune raison de me plaindre. Et puis, entre nous, se plaindre, ça sert à quoi ? À rien. On croit que ça va nous rendre intéressant aux yeux des autres. Les autres, en vrai, ça les fatigue. Les gens qui se plaignent, je les trouve hyper égoïstes, en fait. Quand j'ai des clientes qui s'y mettent, je les arrête tout de suite. Partager un coup de blues, une inquiétude, parler d'un moment difficile, ça oui. Tout le monde a le droit de craquer, mais se plaindre continuellement, je trouve ça pas constructif, surtout vis-à-vis de soi. On focalise sur ce qui ne va pas et on s'empêche d'être heureux, mais la vérité, c'est qu'il y a toujours des trucs beaux.

Valentine ne pouvait que lui donner raison.

— Si tu veux que je partage avec toi une contrariété, oui, j'en ai une. Ma grand-mère, qui a une sorte d'Alzheimer alternatif et qui ne peut pas s'empêcher de tout donner à tout le monde. C'est un truc de fou, l'autre jour elle a offert son aspirateur à la gardienne, et ensuite elle a filé son foulard à la factrice. On ne peut pas l'arrêter, il faut qu'elle donne tout. Et quand je lui en parle, genre, « Mamie, qu'est-ce que t'as fait de ta télé ou de ta cafetière ? », elle ne s'en souvient même pas, et en plus elle me sourit comme une gosse de quatre ans. Elle est trop mignonne en un sens, elle veut rendre les gens heureux, mais du coup, ma mère et moi, on doit rappeler les gens et leur expliquer la situation ou tout racheter en permanence. Heureusement qu'elle ne conduit plus : elle aurait offert sa voiture à un mec à vélo ou à un pompiste. Elle a déjà donné la plupart des bijoux de famille et on ne sait même pas à qui.

— C'est très mignon. Tu as de qui tenir.

— Oui, enfin, pour mes parents c'est un bordel. Soudain, la femme de ménage nous appelle, il n'y a plus de fer à repasser, de micro-ondes... Et tu sais ce qu'elle nous a fait un jour ? Elle a donné son frigo, son frigo, tu te rends compte ? Ça me contrarie, parce que je suis certaine qu'il y a des gens qui en abusent, et j'aime pas cette idée. J'aime pas non plus l'idée qu'elle vieillit et qu'elle perd un peu la tête. J'aime pas l'idée qu'un jour elle ne sera plus là. Tu sais, ma mère a toujours travaillé, c'est ma grand-mère qui m'a élevée. Je suis très attachée à elle. C'est con de dire ça.

— Non, c'est pas con du tout.

— Je crois que j'ai du mal avec le temps qui passe, en général. C'est pour ça que je travaille autant. Quand je fais un balayage ou une coupe de cheveux, que je pose du semi-permanent, je pense à rien qu'à ma cliente. Le soir, je m'abrutis devant la télé, et je m'endors. De toute façon, quand je pars en vacances et que je sors, il ne se passe rien. Et les mecs, tu sais ce que j'en pense.

— Moi, je crois que c'est possible, quand même. Qu'un truc extraordinaire peut soudain nous arriver.

— Tu veux dire, comme un mec qui mange pas d'œufs durs dans un train ?

Valentine éclata de rire.

— Ça ou autre chose, j'en sais rien. Mais je crois qu'il ne faut pas fermer toutes les portes ; on est encore jeunes.

— Parle pour toi, j'ai trente-six ans, moi.

— Trente-six, trente-quatre, c'est pareil.

— La vérité, c'est qu'on veut de l'amour pour donner un sens à nos vies, on est connes, en fait. Pourquoi on a besoin de ça ? On devrait vraiment s'en foutre. Mais on n'arrive pas à s'en foutre et on continue d'espérer quand on croise des mecs charmants dans les trains. Faudrait qu'on puisse être heureuses vraiment sans personne. Mais c'est impossible, c'est juste une idée moderne, genre l'important, c'est juste de s'aimer soi-même. T'as vu le nombre de pubs qui nous disent ça ? Moi, mes parents, ils se gueulent dessus tout le temps. Pourtant, qu'est-ce qu'ils s'aiment, ils ne peuvent pas vivre l'un sans l'autre ! Ma mère elle serait perdue sans mon père, et mon père, je te dis pas. Je trouve ça beau. Bon, nous, on n'arrive pas à ça. Est-ce qu'il faut l'accepter ou au contraire se rebeller et aller sur des applis débiles ? Je ne juge pas. Mes clientes, elles me racontent tout. Je te jure, je devrais être remboursée par la Sécurité sociale.

— Oui je confirme, tu devrais.

— Même à un niveau minuscule, je me dis que je participe à la bonne marche du monde, grâce à moi les femmes sont bien coiffées, elles ont de beaux ongles, elles se sentent belles, c'est pas rien. J'accepte d'être la petite fourmi. Je pense que la clé, c'est de savoir arrêter de rêver. Si t'as des rêves de dingue, forcément, ils ne se réalisent pas. Faut faire à sa mesure. Les gens veulent tout. On est une génération pourrie.

— Mais si tu as une fille, rétorqua Valentine, espiègle, tu l'appelleras Panorama.

— C'est ça qui déconne, tu vois. L'espoir.

Le lendemain matin, Valentine, Jen et Milo se lancèrent dans une grande exploration de la ville, arpentant plusieurs quartiers, Jen s'arrêtant dans à peu près toutes les petites boutiques. Elle était fascinée par tout ce qu'elle découvrait – pas la même chose qu'à Paris, disait-elle – et par les prix, aussi. Tout coûtait trois fois moins cher. À son habitude, Valentine levait les yeux vers le haut des immeubles. Milo l'imitait. De temps en temps, Valentine et Jen se regardaient d'un air entendu : toujours rien.

Après le déjeuner, Valentine prit Jen à part. Puisqu'il ne se passait rien avec Milo, elle allait essayer de faire des recherches de son côté.

— Des recherches sur quoi ? l'interrogea Jen, étonnée.

— J'ai peut-être des racines ici.

— Ici, à Salonique ? En plus de cette histoire de Milo ? demanda Jen, tout bas.

— Oui.

— Tu le sais depuis quand ?

— Juste avant de partir.

— Et tu vas les faire où, tes recherches ?

— Au consulat de France.

Jen décida qu'elle emmènerait Milo faire un tour sur l'une des deux répliques de vaisseaux anciens, et pourquoi pas visiter la Tour blanche.

— Ça ne te dérange pas si je vous laisse tous les deux ?

— Pourquoi je suis venue avec vous, d'après toi ?

— S'il se passe un truc avec Milo, tu m'appelles tout de suite.

— Évidemment.

Valentine embrassa son fils, ravi de continuer la journée avec Jen.

25

Au 2, rue Leoforos Stratou, Valentine trouva un immeuble moderne, blanc, sans âme, de quatre étages. Le bâtiment semblait avoir été construit dans les années quatre-vingt-dix. Elle s'étonna qu'une autre architecture n'ait pas été préférée à cette froideur. Mais c'était le monde moderne, il fallait de l'efficacité, et quoi de plus efficace que des formes rectangulaires ?

Valentine entra dans le bâtiment. Elle souhaitait avoir des renseignements sur un Français ayant vécu à Thessalonique dans les années vingt ou trente. L'employée de l'accueil lui répondit que pour obtenir un rendez-vous, elle devait au préalable formuler une demande par mail, qui serait transmise à l'archiviste du consulat.

— Mais je ne suis là que pour quelques jours. S'il est à son bureau, j'aimerais beaucoup lui parler. Je vous en prie.

Visiblement agacée, la femme composa un numéro de poste. Personne ne répondit.

— Il n'est pas là.

— Est-ce que vous pourriez réessayer ?

La femme soupira, puis reprit le combiné. Cette fois, quelqu'un décrocha, elle fit part de la demande de rendez-vous, puis raccrocha.

— Vous avez de la chance, dit-elle à Valentine, tout bas. Il vous attend. C'est au sous-sol.

Valentine prit l'ascenseur qui s'ouvrit sur un couloir donnant sur un autre couloir; enfin elle aperçut la porte du bureau que la femme lui avait indiqué. Valentine, qui s'attendait à voir un vieil homme à l'image du bibliothécaire de l'Inalco, découvrit un jeune Français tout à fait sympathique.

— Comment puis-je vous aider?

— Je cherche tout ce que vous pourriez avoir sur Félix Buissonnier. Je crois qu'il a vécu à Salonique dans les années vingt ou trente. Il a travaillé pour un certain Hébrard.

— Ernest Hébrard, le fameux. Ici, il est considéré comme un héros. Il y a même un restaurant de burgers qui porte son nom sur l'avenue Nikis. On va regarder.

Il poussa une lourde porte, la précéda dans une pièce attenante. Valentine frissonna : il y faisait froid. Elle regrettait de ne pas avoir pris un cardigan.

— Aux archives, nous sommes obligés de maintenir une température basse. C'est par là.

D'immenses tiroirs s'alignaient le long des murs.

— Personne ne nous demande jamais d'y rechercher quoi que ce soit. Mais c'est l'administration française! Nous gardons tout, même si c'est bien enfoui. Buissonnier, vous m'avez dit?

— Oui, Félix.

— On a commencé à informatiser beaucoup de choses, mais on n'est pas remontés si loin. De temps en temps, nous recevons bien quelques requêtes, mais elles concernent plutôt les années quarante. La guerre.

— L'époque qui m'intéresse est celle des années vingt-trente. Enfin, peut-être un peu avant.

— Hébrard faisait partie du corps expéditionnaire de l'armée d'Orient, il était installé ici depuis 1915. D'archéologue, il est passé urbaniste ! Il a été missionné par la ville en 1918. Si ce Buissonnier a travaillé pour lui, il est sans doute arrivé ici en 1918 ou en 1919. À moins que, comme Hébrard, il ait fait partie de l'armée d'Orient.

— Je n'en sais rien.

L'homme ouvrit un très grand tiroir et sortit des gants blancs de coton d'une de ses poches.

— Les documents sont anciens, il faut prendre ses précautions.

Il attrapa un premier dossier.

— C'est rangé par année.

Il l'ouvrit, inspecta les sous-chemises.

— Et par ordre alphabétique. J'ai 1918, 1919, 1920, 1921.

L'archiviste déposa le dossier sur une grande table de bois, et ils s'assirent chacun sur un tabouret.

L'homme tournait les pages.

— Buissonnier, Félix ! Je l'ai ! Enregistré au consulat le 5 janvier 1918. Sa fiche a été mise à jour plusieurs fois. Alors… Félix Charles Marie Joseph Buissonnier, fils de Charles Marie Joseph et Louise Émilie Buissonnier. Né le 23 mars 1885 à Morlaix. Marié le 18 juillet 1930 à Mlle Anna Perla Modiano, née le 10 août 1912 à Salonique, fille d'Estrella Modiano née Angel et Jacob-Elie dit Loulou Modiano.

— Anna Perla Modiano, répéta Valentine. C'est magnifique, ce nom. C'est italien ?

— Modiano, oui, c'est italien. C'était une grande famille ici. Très prestigieuse.

Connaître ce nom, c'était pouvoir réinscrire cette femme dans sa lignée, la sortir de l'oubli, lui redonner son existence. Valentine se sentit soulagée, presque fière soudain d'être l'auteur de cette réparation. Elle avait l'impression d'avoir rempli sa mission – mission dont elle venait, simultanément, de prendre conscience. Appeler sa fille Perle, est-ce que ça ne disait pas tout ? Anna Perla avait dû grandir choyée, dans une famille aimante. Quant à la mère de celle-ci, son prénom signifiait « étoile », et son nom de famille, « ange ». Quelle beauté, pensa Valentine. Même le nom du père était magique. Loulou, ce surnom qui disait la tendresse, l'amitié, et ce patronyme superbe, plein de soleil, chantant.

Voilà qu'elle parcourait les dates sur le document.

— Il avait donc… quarante-cinq ans au moment de son mariage. Et elle… dix-huit ?

— Exactement.

— Vingt-sept ans d'écart… c'est une énorme différence d'âge. C'était courant, vous pensez ?

L'archiviste n'en savait pas plus que Valentine. Il se replongea dans la fiche.

— Alors… père de Rosa et Moïse Buissonnier, respectivement nés le 14 octobre 1931 et le 7 janvier 1933, et déclarés de nationalité française. Ah… il a divorcé le 7 décembre 1935. C'est tout ce que j'ai.

Décembre, avait-il dit.

Le temps d'un instant, une image de neige, des bribes du cauchemar qu'elle avait fait, revint à la mémoire de Valentine.

— Est-ce qu'il neige parfois à Salonique ? demanda-t-elle.

La question sembla décontenancer son interlocuteur.

— Les hivers peuvent être rudes, mais c'est rare. J'ai vu des photos anciennes avec de la neige, pourquoi ?

— Une question comme ça.

Rosa et Moïse, devenus Marie et Joseph à leur arrivée à Paris, pensait-elle maintenant.

— Et sur Anna Perla Modiano ? Vous avez quelque chose ? Est-ce qu'elle aurait été, par mariage, naturalisée française ?

— C'était automatique. Je dois avoir sa fiche, attendez.

Il chercha jusqu'à 1935, date du divorce.

— Je n'ai pas d'Anna Perla Modiano.

— La fiche ne peut pas se trouver ailleurs ?

— Non, tout est là.

— Comment est-ce possible ? Si elle était mariée à un Français ?

— J'imagine que lorsque l'on n'a pas l'intention de partir vivre en France, il n'y a pas de nécessité à avoir la nationalité française, elle n'a peut-être pas rempli les papiers. Si on ne remplit pas les papiers…

— Et si, après le divorce, elle avait fait la demande ? Pour avoir la nationalité française ?

— En tant que divorcée d'un citoyen français, on n'aurait pas pu la lui accorder.

— Même si ses enfants étaient français ? Les enfants étaient français, n'est-ce pas ?

— Oui, les enfants étaient français. Mais pour lui accorder la nationalité après le divorce, il aurait fallu que ses enfants, en tant que Français, fassent la démarche, une fois leur majorité atteinte, à l'époque à vingt et un ans. Nés en 1931 et 1933, ça aurait donc été après 1950.

— Est-ce que vous gardez les traces des demandes ?

— Non. Donc la seule explication que je vois, c'est qu'au moment de son mariage, elle n'a peut-être pas voulu devenir française. Il faudrait voir s'ils ont des choses à la mairie, sans garantie. L'État français garde tout, c'est une manie. Mais l'administration grecque a une approche différente.

— Ils parlent français, à la mairie ?

— Non, mais vous trouverez un interprète très facilement.

— Vous en connaissez ?

— Il y a des petites annonces, sur le panneau à l'accueil. Juste à côté de la porte d'entrée.

— Merci beaucoup. Est-ce que je pourrais avoir une copie de ce papier, la fiche de Félix Buissonnier ?

Ils retournèrent dans la grande salle des archives et le jeune homme photocopia le document en deux exemplaires.

— Je suis désolé de ne pas avoir plus d'informations.

— Vous m'avez déjà énormément aidée.

Revenue au rez-de-chaussée, Valentine localisa le panneau de petites annonces et releva quelques numéros.

26

Valentine attendait Jen et Milo, attablée à une terrasse, tout près de leur appartement. Enfin, elle les vit arriver, l'air épuisé mais ravi. Ils ne s'étaient finalement rendus ni sur le bateau ni à la Tour blanche, mais avaient pris le bus 58 pour Panorama, et là, ils avaient goûté le trigone originel, cette fois dans sa version réduite. Jen était formelle : c'était le même qu'à Salonique. Ils avaient beaucoup marché et étaient contents de se poser. Valentine commanda quelques plats, plus raisonnablement que le premier soir. Milo prit du poisson avec des frites, Jen et Valentine partagèrent des calamars sautés. Milo était si tranquille que les deux amies en étaient arrivées à oublier complètement le motif de leur voyage.

La nuit était tout juste tombée. L'air était doux. De temps en temps, un bruit de scooter venait déranger cette poésie. Valentine était ravie de ces vacances imprévues. Jen aussi. Valentine régla la note – pour une fois, insista-t-elle auprès de Jen. Quel plaisir de prendre tous leurs repas dehors ! Il fallait savoir profiter de la vie.

Arrivé au pied de leur immeuble, Milo, qui tenait la main de sa mère, voulut soudain prendre une autre direction, vers le nord de la ville.

— Trésor, on va se coucher, on se promènera demain.

Milo faisait non de la tête, il tirait la main de Valentine.

— Mais où tu veux aller ? Il est presque 22 heures.

L'enfant affichait un air si déterminé que Valentine céda. Jen les devancerait dans l'appartement, ils reviendraient rapidement.

Mère et fils traversèrent les rues Tsimiski, Ermou, Egnatia. Milo semblait savoir où il allait, ce qui intriguait Valentine. À partir de la rue Agiou Dimitriou, la montée se faisait sentir dans les cuisses. Ils passèrent devant des ruines romaines, probablement l'Agora. Et pléthore de pâtisseries : à Salonique, elles restaient ouvertes très tard.

Valentine avait mal aux pieds. Ses jolies sandales, ne tenant que par deux fines lanières, n'étaient pas faites pour les longues marches. Une ampoule au niveau du talon commençait à chauffer ; quant à la semelle, elle se révélait, sur les pavés, très glissante. Valentine faisait attention : ce n'était pas le moment de se casser la figure. Milo continuait de la tirer, visiblement pressé.

Ils marchaient maintenant depuis près de vingt minutes, et à bon pas. Avec une aisance étonnante, comme s'il maîtrisait la ville, ses avenues, ses rues, sa vie secrète, Milo avançait toujours. La curiosité de Valentine avait pris le dessus sur sa fatigue et l'inconfort de ses chaussures. Où voulait-il donc l'emmener ? La nuit, tombée depuis un moment, rendait l'expédition encore plus mystérieuse.

Une demi-heure plus tard, la montée vers la haute ville devenant de plus en plus raide, ils marchaient encore. Là, vraiment, la jeune femme n'en pouvait plus. Encouragée par Jen, elle avait bu deux verres de vin, la tête lui tournait un peu.

— Trésor, je ne sais pas où tu veux m'emmener, mais on pourra y aller demain, je te le promets.

L'enfant la regarda avec un air d'incompréhension et de tristesse. Elle n'eut pas le cœur à insister. Ils finiraient bien par arriver quelque part, et de là ils trouveraient un taxi pour rentrer. Valentine ôta ses sandales. Pourquoi ne l'avait-elle pas fait avant ? Elle continuerait pieds nus. Elle se retourna un instant : la ville plongeait vers la mer. Un autre panorama.

Il n'y avait plus d'immeubles, seulement des petites maisons particulières, souvent blanches, mais aussi rouge-brun, jaune vif, bleu ciel, de formes et hauteurs variées, certaines avec leur jardin et leur grille. Elles étaient toutes un peu abîmées, mais si charmantes. Les murs de certaines d'entre elles avaient été recouverts de *street art* – des visages et des fleurs, le plus souvent.

Des arbres et des plantes grimpantes parfumaient leur chemin ; des magnolias, des gardénias en fleurs, des figuiers embaumaient. Valentine aimait cet endroit, quelque chose ici lui était familier. Sur ces hauteurs, tout était calme, presque hors du temps. Parfois, ils croisaient un chat. La lune brillait, un fin croissant, mais suffisant pour les éclairer, en plus des rares lampadaires anciens, disséminés à une certaine distance les uns des autres. Conduite par son fils, Valentine découvrait à Salonique une beauté à la Brassaï, intacte, à laquelle elle ne s'attendait pas.

Les encorbellements de bois soutenant certains balcons, vestiges de l'époque ottomane, la surprenaient. Quelle architecture merveilleuse ! Des cerisiers généreux bordaient le chemin, il n'y avait qu'à tendre le bras. Elle attrapa une cerise, toute petite, claire, sucrée, en proposa à son fils, mais il n'en voulait pas. Sûr de lui, Milo tournait à droite ici, à gauche là, dans ce qui semblait un véritable labyrinthe. Il semblait se repérer parfaitement. Soudain, Valentine aperçut, sur le balcon d'une petite maison couleur parme, une femme d'une cinquantaine d'années en train de fumer une cigarette. Cheveux noirs bouclés, un air d'actrice italienne, et des jambes, splendides, que découvrait son déshabillé de soie. Valentine eut envie de la complimenter sur sa maison, comme elle le faisait parfois avec de parfaits inconnus, mais il était tard, elle l'aurait peut-être dérangée. Pendant ce temps, Milo continuait, avec l'énergie de ses onze ans. Jusqu'où marcheraient-ils ainsi ? Jen s'inquiéterait, à coup sûr. À moins qu'elle se soit déjà endormie ? Il faudrait sonner et la réveiller, et cette idée contrariait Valentine.

Tout à coup, Milo accéléra le pas. Valentine n'eut pas d'autre choix que d'en faire autant.

Il s'arrêta enfin devant la porte en bois foncé d'une maison blanche, ancienne. Par la fenêtre, Valentine put apercevoir des gens qui terminaient de dîner. Une famille. L'enfant resta à les contempler quelques instants, puis tira la main de sa mère pour continuer. De ruelle en ruelle, leur chemin déboucha sur une petite place animée. Quelques terrasses de tavernes, pleines de clients attablés avec un verre, ou dînant tardivement sous un figuier. Une multitude de chats semblaient les véritables maîtres des lieux, couchés sur le sol, assis sur des marches de pierre, ou se frottant contre les jambes des clients. Milo prit la tangente. La ruelle descendait avant de remonter, puis de déboucher sur une rue plus large. Un marchand de boissons, souvenirs et cigarettes, encore ouvert, sa petite boutique éclairée par des néons faiblards, avait placé à même le sol des cageots de figues séchées et de cacahuètes.

Et, plus loin sur la gauche, derrière un tronc d'arbre coupé dont il restait quatre-vingts centimètres, se trouvait une petite librairie, la façade formant des sortes d'arches, en bois foncé, quatre au total. À cinquante mètres de là tout au plus, Valentine pouvait entrevoir les anciennes murailles de la ville. Ils étaient donc arrivés tout en haut de Salonique, dans un quartier appelé Ano Poli.

Milo avait lâché la main de sa mère et posé les siennes sur la devanture de la boutique, et il se mit à prononcer des mots toujours aussi incompréhensibles. Par moments, on aurait dit qu'il suppliait, à d'autres, qu'il expliquait. Une voix de petite fille, pensa Valentine, il s'agissait vraiment d'une voix de petite fille.

C'était donc ici. Précisément ici. Elle jeta un coup d'œil à l'intérieur : des centaines de livres, empilés les uns sur les autres ou rangés sur des étagères, et un vieux bureau avec des papiers dans tous les sens. La librairie lui paraissait plutôt exiguë, et peut-être à l'abandon. Quelques livres aux pages jaunies avaient été disposés en vitrine, dont *Des souris et des hommes*, de Steinbeck, en français, et *La Vie mode d'emploi*, de Perec. Les autres livres étaient grecs. Milo pleurait. Valentine remarqua alors que les mains de son fils glissaient, et qu'il les remontait, inlassablement, sur la vitre. Elle prit Milo dans ses bras, le fit asseoir sur le tronc d'arbre coupé, juste devant.

— C'est quoi cette librairie, mon chéri ? Comment la connais-tu ?

Milo répondait, mais dans cette langue à laquelle elle ne comprenait rien, et sans même regarder Valentine. Elle n'était même pas certaine qu'il soit en train de lui répondre. Il parlait tout seul, peut-être à lui-même, se couvrait le visage de ses mains, essuyait ses larmes, et pleurait encore.

Face à la rue, assis sur ce tronc d'arbre, Milo finit par se calmer et retrouva son mutisme. Une minute plus tard, il demanda à sa mère, par signes, où ils se trouvaient, et où était Jen, comme si rien de ce qu'ils venaient de vivre n'était arrivé. Il était fatigué et voulait rentrer se coucher.

Valentine lui expliqua qu'elle avait voulu faire une petite promenade mais qu'il était en effet temps de rentrer. Ils descendirent, main dans la main, une multitude de petits escaliers qui n'avaient rien à envier au charme de Montmartre. Puis, sur l'une des grandes avenues, à mi-chemin, la jeune femme trouva enfin un taxi.

Jen s'était endormie sur le canapé du petit salon, vêtue d'un grand tee-shirt. Elle se leva pour leur ouvrir, leur dit qu'il était « hyper tard », qu'ils seraient « crevés » demain. Elle se rendormit aussitôt.

Malgré les événements de la journée et ceux de la soirée, Valentine s'endormit, comme Milo, en quelques minutes.

27

La lumière du jour, douce, réveilla Valentine vers 7 heures. Elle s'étira doucement, se leva, fit sa toilette et s'habilla en faisant le moins de bruit possible, puis elle descendit dans la rue.

Elle se souvenait du chemin menant au marché Kapani. Certains commerçants commençaient à lever leur rideau de fer, d'autres déchargeaient des produits d'une camionnette en bout de course. Déjà les vendeurs criaient la bonne affaire.

Valentine acheta des koulouris, délicieux petits anneaux de pain aux graines de sésame, ailleurs elle choisit un pot de miel, puis elle retrouva le vendeur de feta rencontré le premier jour. Elle vit la marchande d'olives ouvrir son échoppe, lui prit les kalamata violettes et charnues que Milo affectionnait, et des plus petites, brunes, locales. Enfin, elle dénicha un bar à jus et commanda un litre de jus de pastèque frais à emporter.

Elle adorait ces marchands de légumes, de fruits, de confiseries, de poissons, un peu moins ceux de viande – surtout celui qui avait placé devant sa boucherie un cageot chargé d'une trentaine de têtes de mouton dépecées, encore sanguinolentes, une horreur. Chez un torréfacteur, elle se fit servir une tasse de café, qu'elle but installée à un petit comptoir de fortune. Comme elle aimait cet endroit : tout lui plaisait, les goûts, les odeurs – elle s'y sentait chez elle. En venant à Salonique, elle s'était rapprochée d'une source, la sienne. Une joie profonde, pareille à une sève faisant son chemin ascendant vers la lumière, et en même temps quelque chose comme une peine, tout aussi enfouie.

La jeune femme sortit de son sac son téléphone et le papier sur lequel, au consulat de France, elle avait noté les coordonnées de possibles traducteurs ou interprètes. Elle composa le premier numéro, celui d'une certaine Dimitra.

Un peu plus tard, elle remonta à l'appartement chargée de ses victuailles et tomba sur Jen, hirsute, en train de se faire un café. Valentine entra doucement dans la chambre de son fils. Il dormait encore. Elle tira les rideaux de sa chambre, sortit du placard des vêtements propres pour lui. Lui embrassa le front. Milo entrouvrit les yeux.

— Trésor, je te laisse te réveiller tranquillement.

Elle retrouva Jen qui, dans la cuisine, ouvrait déjà les paquets rapportés du marché avec une gourmandise non feinte. Valentine lui confia cette impression qu'elle avait d'être chez elle, d'appartenir à cette ville.

— Moi, j'te dis qu'on va s'installer ici, un jour, dit Jen. Je sais pas quand, peut-être quand on sera très vieilles. Ce trigone, il m'a retourné le cerveau.

Jen découpa la feta, en tartina son koulouri. C'était délicieux.

Valentine lui raconta ce qui s'était passé la veille au soir. Jen l'écoutait religieusement.

— Il faut y retourner, déclara-t-elle.

À Salonique, les noms de rues ou d'avenues n'étaient écrits qu'en grec, mais Valentine saurait se repérer : tout en haut de la ville, à cinquante mètres sous les fortifications. Presque tout droit.

Milo apparut à la porte, et Jen lui laissa immédiatement son tabouret. Il s'assit tandis qu'elle prenait appui sur le petit plan de travail. L'enfant mordit dans un anneau de pain au sésame, fit un grand sourire. Valentine lui montra le pot de miel, il en étala sur son pain, ravi de ce petit déjeuner. Jen, quant à elle, avait attaqué les olives.

— Alors, qu'est-ce que vous voulez faire aujourd'hui ? lança Valentine. On peut se promener le long de la mer, visiter un musée, voir des vestiges byzantins, monter dans la Tour blanche.

Une demi-heure plus tard, ils sortirent se promener. Ils commencèrent par longer le front de mer – l'avenue Nikis – et s'arrêtèrent devant un marchand de fruits et légumes qui vendait du jus de cerise frais. Milo en voulait, Jen aussi.

Elle commençait à être émue à son tour. Ces parfums d'Orient, cette ville aux confins de l'Europe : tout cela devait un peu ressembler à l'Arménie de ses ancêtres. Peut-être que c'était cela, plus encore que la simple proximité du salon de coiffure et de l'appartement de Valentine, qui liait les deux femmes. Tout comme son amie, Jen sentait quelque chose remonter des profondeurs de son être.

— Je me demande s'il y a une église arménienne.

— Il faut regarder, dit Valentine.

Côté maternel, la famille de Jen était parvenue à échapper au génocide et à rejoindre la France en 1916, précisément à

Enghien-les-Bains, où un certain Hagop Semerdjian, parti dix ans plus tôt d'Erevan, s'était établi. Dès l'annonce du drame, Semerdjian avait fait l'acquisition d'un petit immeuble pour aider les siens, tous les siens : n'importe quel Arménien qui s'y présentait y trouvait asile, il l'avait fait savoir.

Il y avait beaucoup de monde à chaque étage, mais, au moins, tous étaient en sécurité. Semerdjian avait mis en place une société d'entraide, de telle sorte que ses compatriotes pouvaient apprendre le français et commencer une nouvelle vie. Il les aidait dans leurs démarches administratives et leur trouvait du travail – charpentier, menuisier, tapissier, cordonnier, boulanger, mécanicien, des métiers exclusivement manuels, même pour les plus éduqués et lettrés d'entre eux, autrefois chimistes ou professeurs. La priorité était de retrouver sa dignité, de gagner sa vie, la génération suivante ferait des études. Au fil du temps, Semerdjian – dont le commerce d'épices, de fruits secs et d'encens prospérait grâce à des cousins installés à Andrinople, à Smyrne et à Alep – avait acheté d'autres petits immeubles ; il louait pour une somme symbolique les appartements aux rescapés. C'est ainsi qu'une partie d'Enghien-les-Bains s'était transformée en petite Arménie. C'était là qu'Artémis, l'arrière-grand-mère de Jen du côté maternel, avait rencontré son mari, Lévon, arménien lui aussi, là qu'ils avaient eu leurs enfants et fait leur vie. Là qu'avait grandi la grand-mère de Jen, qui avait raconté à sa petite-fille leur histoire en lui disant ceci : « Il faut que tu aies un métier, et un métier que tu puisses exercer partout. » C'est-à-dire que s'il se produisait une grande catastrophe, sa petite-fille devait pouvoir trouver du travail n'importe où. Et vivre.

Coiffeuse.

Du côté paternel, les ancêtres de Jen étaient passés par Marseille, puis Romans-sur-Isère : des tanneurs qui s'étaient ensuite spécialisés dans la confection de souliers. Toute une partie de la famille y vivait encore. Pour cette branche-ci, les choses avaient été plus difficiles, mais Jen était là, et avec ses nombreux cousins, aux quatre coins du monde, la lignée était sauve.

Le marché, les épices, les olives, et maintenant le jus de cerise avaient ravivé en elle ce lien puissant que chacun entretient, parfois sans le savoir, avec l'histoire de sa famille.

Jen regardait Valentine.

— Tu veux y retourner maintenant ? demanda-t-elle à mi-voix.

Valentine baissa les yeux, grave.

— Qu'est-ce qui pourrait vous arriver ? renchérit Jen. Vous allez entrer dans cette librairie, si elle est ouverte, si elle est encore en activité. Et voilà. Ça répondra ou non à tes questions, mais au moins tu en auras le cœur net. Tu auras fait le maximum. On est venus ici pour ça. Je te laisse y aller avec Milo.

— Et toi, tu vas faire quoi ?

— Je vais essayer de trouver l'église arménienne. Et puis j'irai acheter des épices pour ma grand-mère. Enfin, je sais, c'est idiot, elle les donnera au premier venu, mais bon. Allez, filez.

Il existait bien une église arménienne à Thessalonique. La Sainte Église de la Vierge Marie. Sur l'avenue Dialetti.

28

Le soleil tapait fort, et Valentine sortit de son sac une casquette pour son fils. Deux silhouettes frêles, s'acheminant vers le haut de la ville. Alors que le jeune garçon marchait aux côtés de sa mère, Valentine constata que c'était elle qui le menait, et non l'inverse. Aux deux tiers du chemin, plus très sûre de l'itinéraire à suivre, elle lui parla à l'oreille.

— Emmène-moi, mon trésor. Emmène-moi là où tu m'as emmenée hier soir.

Milo prit la main de sa mère, accéléra le pas et finalement se mit à courir. La jeune femme lui emboîtait le pas, montant vers cette partie de Salonique que l'on peut apercevoir d'en bas, pourvu que l'on se tienne loin des grands immeubles, près de la mer.

Cette fois, Valentine avait mis des baskets. Elle reconnaissait maintenant les petites maisons, les fleurs et plantes grimpantes. Sur un balcon, elle reconnut la femme de la veille, toujours en déshabillé de soie, tenant, encore une fois, une cigarette à la main. Que faisait-elle donc de sa vie, à part fumer des cigarettes sur son balcon ?

Enfin, elle aperçut les murailles. La petite librairie était juste là, devant leurs yeux.

Milo poussa la porte, elle le suivit. À l'intérieur, des rayonnages montant jusqu'au plafond, de vieux livres, beaucoup de poussière, un escalier minuscule menant on ne savait où. Qui venait encore ici ? La librairie semblait avoir été oubliée de tous. De tous, sauf d'un : son fils. Un monsieur extrêmement âgé, mince, les cheveux blancs bien coupés, très grand bien qu'un peu courbé et vêtu d'une veste trop large pour lui, était assis derrière un bureau de bois couvert d'une multitude de vieux papiers en désordre. Il lisait un journal. Dès qu'il vit entrer la jeune femme et le petit garçon, il posa son journal, se leva et salua en grec.

— *Kalimera.*

Valentine lui rendit la politesse.

Milo se tenait devant le vieux monsieur et le dévisageait sans mot dire.

— Puis-je vous aider ? demanda le libraire en grec.

Valentine lui répondit, en français, qu'elle ne parlait pas sa langue. Le vieil homme lui sourit et lui répondit du tac au tac en français, sans une seule faute, avec un accent chantant, merveilleux, en roulant les « r » :

— Est-ce que je peux vous aider ? Vous êtes à la recherche d'un ouvrage en particulier ?

— Non, merci, répondit Valentine, qui ne savait pas très bien quoi ajouter. Nous regardons...

— Vous êtes seulement venus pour admirer ma petite librairie. Elle est très ancienne, comme votre serviteur.

Valentine n'eut pas le temps de réagir que Milo se mit à parler au libraire, dans cette langue qu'avait reconnue le bibliothécaire, à l'Inalco. Soudain, c'était un flot de paroles ininterrompu, comme si des milliards de mots trop longtemps emprisonnés s'échappaient enfin, et dans une variété d'intonations évoquant une sorte de liturgie, tantôt plaintive, tantôt exaltée, intense. Valentine regardait son fils les yeux écarquillés : Milo ne s'arrêtait plus, et ce qu'il disait semblait stupéfier le libraire. Le vieil homme fixait l'enfant, ponctuant toutes ses phrases d'un « Pero komo ? Pero komo ? ». Valentine connaissait suffisamment l'espagnol pour comprendre ces deux mots-là. Milo continuait, en pleurant, et le libraire semblait comprendre chacune de ses phrases. Que pouvait-il dire d'aussi important, aussi développé dans le propos, et que pouvaient bien avoir en commun ces deux êtres qui ne s'étaient jamais, jamais rencontrés de leur vie ? Qui donc était son enfant ? Maintenant, le libraire essuyait des larmes au coin de ses yeux. Il répondait, et recommençait à s'exclamer « Mais comment ? », en français cette fois. La conversation se poursuivait, Milo était intarissable, et Valentine, dépassée, ne pouvait qu'en constater l'étrangeté.

Le débit de Milo s'apaisa enfin. Le libraire prit la parole, dans la même langue que l'enfant. Il semblait lui expliquer quelque chose, il prenait son temps, Milo l'interrogeait et le libraire répondait. La conversation entre eux était vive. Puis ce fut au tour du vieil homme de poser des questions, et Milo répondit à chacune en quelques mots. Le libraire levait les mains au ciel et regardait vers le haut, comme s'il s'adressait à quelque force supérieure. Voilà qu'il pleurait à nouveau. L'homme et l'enfant partageaient quelque chose, mais quoi ?

Au bout d'un moment, le libraire emprunta le minuscule escalier, presque une échelle. Valentine s'en inquiéta mais garda ses appréhensions pour elle. À son âge – au moins quatre-vingt-cinq ans –, ce n'était pas raisonnable. Le libraire redescendit quelques instants plus tard, une petite boîte en cuir rouge dans la main. Il l'ouvrit devant Milo.

— J'ai tout gardé, dit-il en français.

L'enfant inspecta le contenu de la boîte sans y toucher. Il se remit à pleurer, et le libraire le fit asseoir. Après avoir refermé la boîte, il la lui tendit, mais l'enfant ne la prit pas. Alors le vieil homme la posa sur le bureau.

Milo demanda à nouveau quelque chose, et le libraire acquiesça. Milo monta sur la petite échelle. Valentine le suivit, intriguée. L'étage du dessus, très étroit, représentait une sorte d'antre, avec d'autres volumes, d'autres ouvrages, rangés de manière encore plus désordonnée qu'en bas. La jeune femme remarqua une autre échelle, plus frêle encore, qui montait vers un grenier, et que Milo emprunta. L'endroit qui se révéla à eux était encore plus petit, quelques mètres carrés tout au plus. S'y trouvait un vieux matelas posé à même le sol, recouvert d'un velours élimé qui avait dû être rouge autrefois, et qui s'était sali avec le temps. Milo s'y assit, posa ses deux mains sur le tissu, les yeux baissés. Puis il se leva lentement et redescendit, suivi par sa mère. Il s'approcha du libraire pour lui parler à nouveau. Ce dernier répondit, avant de s'adresser à Valentine.

— Vous êtes sa maman ?

— Oui.

— Alors c'est à vous que je vais donner ceci. Je garde cette boîte et ce qu'elle contient depuis tellement longtemps. Dieu merci, je n'ai pas eu besoin de m'en servir.

Valentine prit la boîte, l'ouvrit. Une petite pochette de soie, des boucles d'oreilles, quelques bagues, deux bracelets, deux fins colliers, dont un en perles, trois broches, une petite liasse de billets, des drachmes. Tout semblait très ancien.

— Qu'est-ce que c'est ?

— C'était à la grand-mère de Seva. Seva me les a confiés.

— Qu'est-ce que je dois en faire ?

— Les garder ! Et les porter, pourquoi pas. Je voudrais que vous veniez tous les deux déjeuner chez nous, demain. Me feriez-vous l'honneur d'accepter ?

— Bien sûr.

— Je voudrais que votre fils rencontre ma fille, Seva. Je l'ai appelée Seva.

Valentine ne réagit pas. Seva, il semblait insister sur ce nom, qui ne lui disait rien.

— Vous m'expliquerez, n'est-ce pas ? Vous m'expliquerez, parce que là je ne comprends vraiment rien, avoua-t-elle, la gorge encore nouée.

Le libraire prit une grande respiration et lui sourit.

— C'est une bien longue histoire, dit-il. Triste, mais aujourd'hui très belle. Immensément belle !

— Vous connaissez mon fils ?

— Lui, non, mais ce qu'il y a à l'intérieur de lui…

Valentine eut des frissons. Elle l'écoutait, attendant la suite. Qui ne venait pas.

— Qu'est-ce qu'il y a à l'intérieur de lui ?

— Oh, madame… Une âme. Une très belle âme. Mais je ne me suis même pas présenté !

— Nissim Saragoussi, répondit, à sa place, Milo.

— Nissim Saragoussi, répéta le vieil homme.

— Et il connaît votre nom ?

— Il connaît tout. Il connaissait ma mère, mon père, ma sœur Paula. Qu'ils reposent en paix.

Ses parents, réfléchit Valentine, cela devait remonter à quelles années ? Il y avait un siècle au moins ! « Mon Dieu, se répétait-elle silencieusement, que se passe-t-il avec mon enfant ? » Valentine ne put s'empêcher de penser à ce que lui avait dit Nathan, dans le train. Le libraire avait dit « une âme ».

— Que vous a-t-il raconté ?

— Il voulait revenir dans cette librairie. Pour voir si je m'en étais sorti. Si j'avais survécu.

Revenir. Il avait dit « revenir ».

— Survécu à quoi ?

— À la guerre.

— Quelle guerre ?

— 17 juillet 1943. Ce jour-là, votre fils m'a sauvé. Enfin, pas lui, mais ce qui est en lui. Les bijoux, c'étaient ceux de sa Nona, la grand-mère de Seva.

Valentine était perdue. Et qui donc était Seva ?

— Jusqu'à aujourd'hui, je pensais que ces histoires ne pouvaient pas exister. C'est incroyable. Incroyable ! Venez déjeuner avec ma fille et moi demain, s'il vous plaît. Nous avons tant de choses à nous dire. Voici mon adresse.

Il écrivit, avec application, sur du papier à lettres, une adresse.

— Ce n'est pas loin d'ici. Venez pour midi.

— Nous serons là, répondit Valentine. Mais vous m'expliquerez ? Promettez-moi de m'expliquer.

— Je vous raconterai tout. Merci, madame. Merci d'être venue jusqu'ici. Avec lui. Vous avez réparé ma vie. Ma vie ! Dieu vous bénisse. Vous et votre enfant.

Il prit la main de Valentine et la pressa de ses deux mains, chaleureusement. Puis il regarda Milo.

— Tu es rassuré maintenant ? lui dit-il en français, sur un ton joyeux.

Milo fit oui de la tête, et lui sourit.

Le libraire tendit la main à Milo. Et, lui tendant la main, il se remit à pleurer, à sangloter même. Il prit appui sur le bureau. Le vieil homme brisait le cœur de Valentine. Voilà qu'il s'adressait à son fils, à nouveau, dans la langue de Salonique. Milo se jeta dans les bras du libraire, et ils restèrent ainsi à pleurer tous les deux, et même tous les trois, pendant de longues minutes. Valentine était bouleversée de ce qui ressemblait à des retrouvailles. Est-il possible que nous soyons d'autres que nous ? se demanda-t-elle.

En sortant de la librairie, secouée, elle remarqua sur le visage de son fils une expression qu'elle ne lui connaissait pas. Il rayonnait, confiant comme il ne l'avait jamais été. Ses yeux paraissaient plus grands.

Milo se tourna vers elle, et, en français, lui dit :

— Maman, pourquoi tu m'as encore amené ici ?

Il parlait ! Il parlait en français ! Avec une voix à lui, sa voix, sa voix de petit garçon français ! Et il l'avait appelée « maman » ! C'était la première fois de sa vie qu'elle l'entendait dire ce mot, « maman » ! Valentine sentit un sanglot remonter des profondeurs de son être ; un souffle, presque un râle s'échappa de sa gorge. Elle tituba puis s'assit sur les marches d'un escalier, la tête entre les mains, en larmes.

— Mais pourquoi tu pleures, maman ?

Elle leva la tête, le regarda dans les yeux.

— Tu parles.

— Oui, je parle !
— Dis-moi ce qui s'est passé.
— Ce qui s'est passé ? Mais quand ?
— Avec le libraire.
— Quel libraire, maman ?
— Tu as parlé avec un vieux monsieur à l'instant. Qu'est-ce que tu lui as dit ?
— Maman, je ne sais pas de quoi tu parles. Je n'ai pas vu de vieux monsieur.
— Je ne suis pas folle ! Je ne suis pas folle ! se mit-elle à crier. Il y a un vieux monsieur dans la librairie !

Elle prit son fils par le bras et l'emmena, sans ménagement, devant la librairie, mais il n'y avait plus personne, le libraire avait dû sortir, ou monter à l'étage. Valentine essaya d'ouvrir la porte, qui était fermée à clé.

— C'était là, ça s'est passé ici !
— Maman, arrête de crier !
— Mais est-ce que tu te rends compte qu'avant, tu ne parlais pas ?
— Oui.
— Et tu ne te demandes pas ce qui s'est passé ?
— Non.
— Mais tu comprends bien que ça a été déclenché par quelque chose ?
— Je ne sais pas.
— Il y a des choses que tu dois me dire. Tu dois me les dire, tu m'entends ?
— Maman, je t'assure que je ne sais rien, je ne comprends pas ce que tu me dis.
— Fais un effort ! Fais un effort !

Elle criait sur lui.

Milo était effrayé. Jamais il n'avait vu sa mère s'emporter ainsi.

— C'est la première fois que tu parles, lança-t-elle, et nous allons avoir notre première dispute ! Je veux que tu me dises maintenant !

Complètement déboussolé, Milo fondit en larmes. Valentine en fit autant, accablée d'avoir perdu ses nerfs. Qu'avait-elle fait ? Elle prit son fils dans ses bras, lui demandant pardon, et encore pardon. Ils étaient maintenant en aussi mauvais état l'un que l'autre. Elle l'embrassa et l'embrassa encore, se sentant la pire mère au monde.

Puis Valentine se leva, prit Milo par la main, et ils descendirent, en silence, jusqu'au centre-ville. À un moment, elle s'arrêta pour envoyer un message à Jen : « Il parle. » Jen répondit aussitôt qu'elle les attendait sur un banc du front de mer. « Je bronze », précisa la jeune femme.

Lorsque Milo vit Jen, il se jeta dans ses bras. Jen remarqua les deux visages, défaits. Puis Milo se tourna vers sa mère.

— Maman, viens, on achète un ballon.

Jen était stupéfaite, mais s'efforça de n'en rien laisser paraître. Elle essuya les larmes qui perlaient sur ses cils.

— C'est une super idée d'acheter un ballon, dit-elle.

— Tu crois qu'ils en vendent quelque part ? lui demanda Milo.

— C'est sûr, répondit Jen, tentant de garder un semblant de normalité. On va trouver. Rien n'est impossible ici, on dirait.

Les deux amies se prirent la main, se serrant fort.

Valentine se souvenait des paroles de Nathan, mot pour mot, de Platon, de la roue. Mais comment ? Et pourquoi ? Ses pensées s'entrechoquaient dans un désordre total. C'était elle désormais qui n'arrivait plus à articuler le moindre mot. Jen se chargea d'acheter le ballon.

Valentine aurait tant voulu revoir Nathan. Lui qui avait tout compris, qui avait pris du temps pour elle, dans ce train, à discuter, à expliquer, à partager. Elle avait gardé le petit papier, sans même l'ouvrir, bien rangé dans son portefeuille. Elle aurait eu tellement besoin de lui, aujourd'hui, pour tenter de comprendre.

29

Le numéro de téléphone était terriblement mal écrit. Valentine observait le tracé des chiffres, perplexe, puis montra le papier à Jen.

— Qu'est-ce que tu veux comprendre à ça ? s'exclama Jen. Ah, les mecs, j'te jure. Il est pas foutu d'écrire un numéro lisible. Ça c'est un « zéro », ça un « trois », là on a un « huit ». Bon. Ça nous laisse plus que soixante-dix-huit mille possibilités.

— Ça c'est un « sept », tu penses ?

— Ça peut être un « sept », ou un « un ».

— Et ça, c'est quoi ?

— Je sais pas. On dirait un « quatre ». Mais il y a une barre à « quatre ». Là, c'est pas vraiment une barre. C'est une ordonnance, ce truc.

Valentine était dépitée. Elle essaya quelques numéros, tomba sur une série d'inconnus, mais pas sur Nathan.

Ce soir-là, elle montra à Jen la boîte remise par le libraire, avec à l'intérieur les bijoux et les drachmes. Jen fut terriblement impressionnée.

— Tu te rends compte qu'il y a une femme qui a porté ces bijoux ? s'écria-t-elle.

— Oui.

— Le bracelet est pas mal.

— Je ne vais pas porter les bijoux de quelqu'un que je ne connais pas.

— Je te comprends. J'ai jamais compris les gens qui portent des trucs qui ont appartenu à d'autres, surtout des bijoux. Y a des histoires d'amour derrière, les bijoux on les offre toujours par amour. Seulement, s'ils sont à vendre, c'est que ça a mal fini. Qui veut porter autour du cou une histoire qui a mal fini ?

Milo interrompit leur conversation. Il avait soif. Jen se leva pour lui servir un verre d'eau fraîche du robinet. Chaque fois que son fils prononçait un mot, Valentine sursautait. Elle qui était si habituée à la langue des signes, à guetter les expressions de son fils, à s'en inquiéter en permanence. Voilà que tout était différent. C'était un choc, Jen l'avait compris, et elle avait pris le relais. C'était elle qui répondait à Milo.

À quel moment Valentine préviendrait-elle Thierry ? Et ses parents ? Elle ne leur dirait pas. Ils verraient bien. Et l'orthophoniste ? Elle qui ne s'était jamais pensé rancunière se découvrait autrement.

— Si elle vient au salon, celle-là, dit Jen, je te la rate, mais alors, je te la rate comme t'as pas idée. Je te la fais sortir du salon avec les cheveux zébrés.

En début d'après-midi, Jen s'était rendue à l'église arménienne. Elle avait marché longtemps, trouvé le lieu de prière, en face d'un magasin de baskets. La petite église, jaune pâle, datait de 1903. Jen avait pu apercevoir, de la rue, sa cour, avec un arbre et des plantes vertes dans des pots de terre cuite. Le bâtiment arborait le drapeau de la Grèce et celui de l'Arménie. Elle avait poussé le portail.

Une fois à l'intérieur, elle avait pris quelques-uns de ces longs cierges à la teinte de miel et les avait allumés, un à un. Des souhaits pour elle, pour sa grand-mère, ses parents, Valentine, Milo, Nora. Puis elle avait allumé d'autres bougies en pensant à tous ceux et toutes celles qui l'avaient précédée. Sa lignée. Le lieu embaumait l'encens et la myrrhe, le même parfum que l'on retrouvait sans doute, depuis deux millénaires, dans les églises arméniennes. Elle avait prié, prié encore, et demandé à nouveau à être protégée, dans tout ce qu'elle faisait, dans tout ce qu'elle était, qu'elle soit heureuse et protégée.

Jen le raconta à son amie, ce soir-là, allongée à ses côtés, sur le canapé-lit. Milo dormait déjà.

— On dirait que tout est plus grand que nous, dit Valentine.

— Tu crois qu'on pourrait comprendre ? D'où ça vient ? demanda Jen.

— Pas sûr.

— Alors il faut faire quoi ?

— Peut-être juste savoir que ça existe.

— Et savoir que ça existe, ça suffit ?

— Je n'en sais rien.

— Qui peut entendre ça, tu penses ?

— Pas grand monde. Enfin, peut-être quelques personnes quand même.

— Tu veux dire, ton Nathan ?

— Par exemple.

— En tout cas, on se lâche pas la main, nous deux.

— Jamais, répondit Valentine.

30

Le lendemain, Valentine se mit en route, cette fois en compagnie de Milo et de Jen, et en taxi, vers l'adresse donnée par le libraire. Comme son fils ne se souvenait de rien, elle prétendit qu'elle allait rendre visite à un vieil ami. Milo s'étonna, à voix haute, qu'elle connaisse quelqu'un dans cette ville. Il n'y avait rien à faire, elle sursautait à chacune de ses prises de parole.

En un rien de temps, Milo était devenu un enfant comme les autres. Valentine, elle, restait avec ses interrogations. Elle n'en montrait rien pourtant, et faisait comme si tout allait bien. Il existait désormais en elle deux dimensions. D'une part, la réalité concrète, palpable : prendre une douche, manger de la feta et des olives, servir un verre d'eau à son fils, parler d'une robe dans une vitrine, faire les lacets de ses baskets. Et d'autre part, l'étrangeté, la collision entre le possible et l'impossible, entre un passé lointain et le présent, avec toutes ces informations plus incroyables et déstabilisantes les unes que les autres.

Valentine reconnut la petite maison couleur parme. La femme aux airs d'actrice italienne qu'elle avait remarquée, et par deux fois. Celle-ci leur ouvrit la porte, toujours vêtue du même déshabillé de soie, une cigarette à la main.

— Bonjour, nous venons voir Nissim Saragoussi.

— Entrez, je suis sa fille. Seva. Enchantée.

La femme, qui parlait français, les précéda jusqu'à un jardin laissé à l'abandon. Un énorme figuier au tronc imposant était planté au milieu, étendant son ombre au-dessus d'une table de métal blanc ajouré un peu rouillée, entourée de quelques chaises. Valentine était étonnée de ne pas voir apparaître le vieux libraire. Vu son enthousiasme de la veille, il ne tarderait pas, pensa-t-elle.

Sa fille les invita à s'asseoir, leur servit un café, et un verre de jus de cerise pour Milo. Puis elle s'installa, elle aussi. Elle leur raconta alors, laissant un temps entre chaque partie de phrase, que son père était mort la veille, dans sa librairie.

Valentine réprima un petit cri. Jen, mal à l'aise, riva ses yeux sur sa tasse de café. Milo s'ennuyait déjà et s'agitait sur son siège en regardant autour de lui.

Il était mort à la librairie, mais avant cela il lui avait téléphoné pour qu'elle organise un déjeuner pour la mère et son fils, c'était très, très important pour lui, il avait beaucoup insisté. Vers 21 heures, s'inquiétant qu'il ne soit pas rentré, Seva s'y était rendue et l'avait trouvé, recroquevillé sur le petit matelas rouge, tout en haut. Son cœur ne battait plus, mais il était mort en souriant, et d'un magnifique sourire. Alors, malgré la peine – comment ne pas avoir de peine, perdre son père adoré –, elle se sentait en paix.

Nissim était âgé, et elle s'y était préparée. Puis elle raconta à ses invités qu'un médecin légiste était venu, tard, pour constater le décès. Seva avait passé la nuit auprès de son père, assise à ses côtés sur le petit matelas. Puis les services de la ville, aux aurores, le matin même, avaient emporté le corps. Elle était rentrée à la maison deux heures plus tôt, avait fait sa toilette, passé quelques coups de fil. Et elle avait décidé, puisque cela semblait si important pour son père, de maintenir ce déjeuner. Comme une dernière volonté qu'elle se devait d'honorer.

Jen et Valentine étaient prises de court. Valentine s'inquiétait pour Milo : comment réagirait-il à ces informations ? Mais Milo demeurait impassible, absorbé par la trajectoire d'une fourmi chargée d'une miette de pain, sur la table.

— Aidez-moi, dit la femme.

Jen et Valentine échangèrent un regard intrigué. L'aider ?

— Il y a plein de choses à mettre sur la table. Heureusement, j'avais fait les courses hier en fin d'après-midi, et depuis une heure j'ai fait la cuisine, mais pas beaucoup, juste un plat, il est encore au four. Ne vous inquiétez pas. Je vais bien, ajouta-t-elle. Je vais bien, parce qu'il est mort heureux. Ça change tout, vous comprenez ? Et puis, je crois aussi que je réaliserai plus tard.

Valentine et Jen se levèrent et suivirent leur hôte dans la cuisine. Seva ouvrit le frigidaire, leur montra ce qu'il y avait à y prendre. Elle sortit des assiettes et des plats d'un placard et les posa sur le plan de travail. Jen proposa de couper les tomates, Valentine et Seva ouvraient les paquets et disposaient les feuilletés et les salades dans les plats et les assiettes.

Milo demanda l'autorisation de jouer au ballon, dans le jardin. Bien sûr, lui répondit Seva, en français, avant de complimenter Valentine sur la bonne éducation de son fils. Valentine ne répondit rien.

Elle demanda à Seva si son père lui avait parlé.

— De votre rencontre ?

— De mon fils.

— C'est moi qui comptais vous demander de me raconter ! s'exclama Seva.

Valentine ne répondit pas – Milo n'était pas loin –, la fille du libraire comprit et enchaîna.

— Mon père m'a dit que c'était un immense moment de sa vie, une rencontre qu'il n'aurait jamais pu imaginer. Il m'a confié aussi que s'il avait vécu aussi vieux, c'était peut-être parce qu'il avait attendu, sans le savoir, ce moment, et cette rencontre – non, il n'a pas dit « rencontre », mais « retrouvailles », ces retrouvailles. Il avait l'intention de m'en raconter plus, et puis il est mort. Je ne sais pas ce qui s'est passé, mais je vous remercie. Je crois que vous lui avez offert, votre fils et vous, son dernier grand bonheur.

Valentine, très discrètement, raconta à la Grecque ce qu'elle avait compris de ce qui s'était passé. Son fils était, ou avait été, porteur de quelque chose.

— Une âme ? questionna Seva, aussi bas.

Valentine fit une moue perplexe, elle n'en savait rien.

— Moi, je crois à ces choses-là, ajouta la Grecque.

Les trois femmes posèrent sur la table du jardin assiettes, verres, pain, houmous, tarama, tzatziki, les carrés de feuilletés à la feta et au miel, les triangles aux épinards, les feuilles de vigne farcies au riz. Puis Seva sortit du four des boulettes de poisson, cuites dans une sauce tomate aux oignons.

— Ça, c'était la recette de la grand-mère de Seva.

— Votre grand-mère ? demanda Valentine.

— Non. Celle d'Eliseva Moscato. Tout le monde l'appelait

Seva. C'est pour ça que je m'appelle comme ça. Elle a été très importante dans la vie de mon père. Eliseva l'a sauvé, quand les Allemands sont venus. À ce moment-là, la moitié de la population était encore constituée de Juifs. Servez-vous, je vous en prie.

Valentine appela Milo, qui se mit à table avec les trois femmes. Tout semblait tellement délicieux. Les boulettes de poisson étaient encore fumantes.

Alors qu'ils commençaient à manger, Seva écarta légèrement sa chaise et alluma une cigarette.

— Les Allemands sont arrivés dans la ville en 1941. En 1943, Alois Brunner, cette ordure, ce fils de…, est venu en personne, envoyé par Hitler, cette autre ordure, pour organiser la déportation des Juifs. En février, ils les ont regroupés dans le centre-ville. Nous n'avions jamais eu de ghetto à Salonique, jamais ! Soudain, les gens vivaient à vingt dans des appartements conçus pour quatre personnes. Et puis on leur a annoncé qu'ils allaient partir pour la Pologne, et fait échanger leur argent et leurs bijoux contre des chèques en devise polonaise, comme si une vie les attendait là-bas. Ensuite, les Allemands ont fait partir tout le monde, dix-neuf convois au total. On a tous vu ces images, enfin tous, non : ici, en Grèce, personne ne connaît ça, ici, la mémoire n'existe pas !

Seva prit une gorgée d'eau.

— Vous savez, je suis toujours obsédée par quelque chose, il faut que je vous dise. Chaque fois qu'il y a un problème important dans le monde, une maladie qui apparaît, un défi à relever – la science, le climat –, et que personne ne trouve la réponse, et que tout le monde s'en plaint, à la télé, à la radio, dans la presse, chaque fois je me dis : quels imbéciles, si ces millions de gens avaient été laissés en vie, ce qu'il y aurait eu comme médecins, comme scientifiques, comme économistes, comme inventeurs, pour trouver ces réponses-là. Qui comprend ça ? Ce n'est pas seulement une perte pour le peuple juif, c'est une perte pour l'humanité. Et toutes ces générations qui ne naîtront pas !

Valentine s'arrêta net de manger. Jen regardait Milo, inquiète. Pas tout à fait une conversation pour un enfant de onze ans, songea-t-elle. Valentine n'en pensait pas moins. Les deux amies échangèrent un regard : que faire ? Mais Milo mangeait, tranquillement, ses boulettes de poisson. Aucune intervention ne semblait nécessaire.

— En Grèce, qui connaît ces histoires aujourd'hui ? Ce n'est pas mentionné dans les manuels scolaires, ce n'est pas enseigné dans les lycées, il n'y a aucune plaque commémorative sérieuse où que ce soit, et le petit monument qu'ils ont finalement érigé se trouve à l'angle d'un parking, on ne le voit même pas. La municipalité a préféré privilégier le stationnement des voitures – qu'est-ce que vous dites de ça ? Bien sûr que personne ne peut savoir... Comment pourraient-ils savoir ? Rien ne leur a été transmis. Et je vais vous dire autre chose. Les très rares qui sont revenus des camps, on ne leur a rendu ni leur maison, ni leur magasin, officine ou cabinet, ni leurs biens, et personne ne les a dédommagés de quoi que ce soit. Dix mille maisons et appartements, dans cette ville, spoliés purement et simplement, par décision administrative grecque ! Vous, en France, vous avez travaillé sur le sujet, vous avez des fondations, des conférences, des programmes pour la jeunesse, vous éduquez la nouvelle génération, vous avez sorti les choses de sous le tapis, et regardez, vous êtes un pays qui avance. J'ai parlé avec un ami à Athènes, et il a tout compris : il m'a dit que tout ça était aussi une vaste entreprise de rançonnage, de vol, il fallait tuer les Juifs pour pouvoir prendre tout ce qui leur appartenait, et s'assurer qu'ils ne demandent jamais leur dû ! C'était un arrangement entre criminels : nous les Allemands on prend ça, vous vous prenez le reste, c'est pour ça aussi que les autorités et les populations locales ont laissé faire, c'était une sacrée bonne affaire. Après, tout le monde s'étonne que l'Allemagne ait l'économie la plus forte de toute l'Europe ! Quant à Thessaloniki, la ville ne voudra jamais admettre que la moitié au moins de ce qu'elle possède a été volé à des malheureux.

Seva éteignit sa cigarette, et but une gorgée d'eau. Jen attrapa la carafe et servit Milo, qui vida son verre d'une traite.

— La ville a collaboré, c'est ça la vérité, c'était un choix de l'administration locale, suivi par la population. Prenez le cimetière : nous avions le plus grand cimetière juif d'Europe, les autorités ici voulaient le détruire depuis longtemps, parce que c'était un témoignage de l'histoire juive de Salonique, de son identité, alors ils ont profité de la présence des Allemands pour l'exiger. Ils se sont mis d'accord entre eux, mais ce sont des Grecs qui ont organisé ça. Ils sont allés avec des bulldozers détruire les tombes, trois cent mille tombes, pour consrtruire dessus l'université. Il faut être motivé pour casser trois cent mille tombes, qui étaient là depuis des siècles ! Vous avez remarqué la spécialité de la ville ? Dans les pâtisseries ?

— Le trigone ? hasarda Jen.

— Le trigone aussi, mais la vraie spécialité de la ville, que vous pouvez acheter à tous les coins de rue, dans toutes les boulangeries, c'est une longue brioche tressée, pour huit ou dix personnes, elle fait trente centimètres environ.

— Oui, on l'a vue en vitrine partout, dit Valentine, il y en a avec du chocolat dessus, c'est ça ?

— Chocolat blanc, au lait, noir, ou nature, sans chocolat. Cette brioche, si vous regardez bien, c'est le pain juif de shabbat. Vous comprenez ce que je dis ? Ils peuvent bien essayer de tout effacer, c'est là. Qui, parmi les gens qui achètent cette brioche ici, connaît l'histoire qui se cache derrière ? Personne.

Entre-temps, Milo s'était levé et explorait maintenant le jardin. Valentine en était soulagée ; Jen, quant à elle, enviait la liberté de l'enfant : la conversation lui pesait.

— Et alors moi, reprit Seva, je refuse de dire « les nazis ». C'étaient des Allemands. On dit « les nazis » comme si c'était une peuplade disparue. Je sais, je sais, ça ne sert à rien de vivre avec ces pensées. Mon père me disait toujours ça. « Ça ne sert à rien, Seva, c'est un monde perdu, tu abîmes ta santé à t'énerver comme ça, calme-toi. » Mais comment je peux l'accepter, moi ? Je refuse que ce soit un monde perdu !

Valentine et Jen étaient bouche bée. Ni l'une ni l'autre ne touchait plus à son assiette. Jen baissa les yeux. Elle serait volontiers sortie de cette maison, là, tout de suite, et en courant, pour prendre l'air, regarder le ciel bleu, se précipiter dans une pâtisserie et dévorer un trigone, et oublier tout de ce qu'elles venaient d'entendre. Seulement, comment laisser Valentine ? Et Milo ? Non.

Tout ce que les paroles de Seva faisaient remonter à la surface. L'histoire des siens. Un million et demi d'Arméniens, de femmes, d'enfants, de vieillards, d'hommes assassinés, les conversions forcées, la torture. Et cette spoliation systématique, pour eux aussi, de tout. Quelques-uns dans sa famille avaient eu « de la chance », mais comment ne pas penser à tous les autres ? Sa grand-mère lui avait dit un jour : « Il faut oublier, mais toujours se souvenir de ce que l'on a oublié. » Ce que disait Seva des Juifs de Salonique s'appliquait à son peuple. Mais il fallait avancer. Toujours regarder devant soi et avancer, c'est ce que lui avait enseigné sa grand-mère.

Seva avait repris sa respiration. Elle tira une bouffée d'une nouvelle cigarette, puis poussa un long soupir.

— Que savez-vous de Seva ? demanda Valentine.

C'était ça qui l'intéressait.

— Eliseva Moscato a sauvé mon père. Lors d'une rafle, elle est venue le chercher, l'a emmené dans la librairie qu'elle connaissait bien. Son père l'y avait souvent amenée, autrefois. Le libraire, un des rares Turcs qui vivaient encore dans la ville, n'était pas là, mais la porte était restée ouverte. Les soldats allemands les poursuivaient, Seva et Nissim. Mon père, c'était son petit fiancé, il avait dix ans comme elle. Ils s'adoraient et s'étaient juré, plus tard, de se marier. Elle l'a fait monter tout en haut, dans la cachette du libraire, elle savait qu'il y en avait une, c'est là qu'il se reposait, l'après-midi, après son déjeuner. Le libraire a protégé mon père jusqu'à la fin de la guerre. Évidemment, dans la famille de mon père, personne n'est revenu des camps. Quand il a eu vingt ans, il a repris la librairie. Il n'y avait pas beaucoup de clients, mais il vendait aussi des timbres rares, et ce commerce-là marchait très bien. Ensuite il a rencontré ma mère. Ils m'ont élevée en français, mais entre eux ils parlaient le ladino. À l'école, et dans la rue, j'ai appris le grec. Mon père voulait que je sois grecque avant tout, comme tout le monde ici, après la guerre. Je crois qu'il est resté dans la librairie toute sa vie parce que c'était sa manière de garder un lien avec Seva.

— Et Seva, qu'est-elle devenue ?

— Seva… Mais il faut manger, vous n'avez presque rien mangé !

Posté sous le figuier, Milo regardait avec envie les fruits appétissants.

— Madame, est-ce que je pourrais prendre une figue de l'arbre, s'il vous plaît ?

Cette voix.

— Mon chéri, dit la Grecque, elles sont à toi, mais je ne crois pas qu'elles soient mûres, ce n'est pas encore la saison, tu vas te casser les dents et te faire mal au ventre. Viens plutôt manger avec nous.

Elle se tourna vers Valentine et Jen.

— Vous restez longtemps à Thessaloniki ?

Enfin, elle arrêtait sa tirade sur les nazis, pensa Jen, soulagée.

— Encore quelques jours seulement, répondit Jen. C'est beau, ça nous plaît beaucoup.

— Vous êtes allées au marché Kapani ?

— Nous l'adorons ! s'exclama Jen. Et nous adorons le trigone.

— Le trigone a beaucoup de succès. Les gens viennent de toute la Grèce pour le manger. Il faut aller en prendre chez

Elenidi, ils ne font que ça et c'est le meilleur de la ville. C'est dommage, je n'en ai pas chez moi. Je n'ai que des loukoums. Vous aimez les loukoums ?

— J'adore ça, confirma Jen.

Valentine était silencieuse. Les loukoums.

— Je vais les sortir. Viens, mon chéri, je vais te faire goûter des loukoums, j'en ai à la rose et au citron. Tu connais les loukoums ?

— Non, madame.

Seva s'absenta quelques instants et revint avec une boîte métallique pleine de loukoums, qu'elle ouvrit et posa devant Milo.

— Régale-toi.

Seva se servit enfin, des boulettes de poisson, des feuilles de vigne, du tzatziki.

— Et vous, votre vie ? lança Valentine.

— Moi ? À part m'énerver sur tout ça ? J'ai deux filles, elles sont grandes. Je suis divorcée.

— Vous viviez avec votre père ? demanda Valentine.

— Non, j'ai mon appartement près du Kapani, justement, et mon atelier. Je fabrique des bijoux qui sont vendus par de belles boutiques, à Athènes, à Mykonos, à Paros, depuis deux ans je suis même vendue à Houston et à Miami. Mais ces derniers temps mon père était fatigué. Alors je venais souvent ici. J'ai toujours ma chambre de jeune fille ici, même mes poupées. Tout est rose. Et il y a un balcon. Comme je fume, c'est pratique – mais il faut que j'arrête, je sais. Et puis j'aime ce quartier. C'est l'un des rares à être restés comme ils étaient. Je vais vous paraître nostalgique, et ronchon, c'est comme ça qu'on dit en français, non ?

— Ronchon, oui, s'amusa Jen.

— L'ensemble de la ville était comme ça avant, mon père m'a montré des photos, des cartes postales d'autrefois. Ce n'étaient que des maisons anciennes, partout, avec une très belle architecture, des jardins, et puis dans les années soixante, soixante-dix, évidemment, c'était la crise, les gens n'avaient pas d'argent, alors des promoteurs sont venus en faisant du porte-à-porte. Ils ont proposé à tout le monde de construire des immeubles modernes de six ou huit étages en échange du terrain de la maison, et de donner un appartement aux propriétaires, et un à chacun de leurs enfants. À l'époque, l'idée d'avoir l'eau courante, le chauffage central, le confort moderne, c'était le rêve, alors ils ont tous dit oui. C'est comme ça que la ville a été saccagée. Mais bon, elle est belle quand même, n'est-ce pas ?

— Très belle, répondit Valentine, du tac au tac.

— Vous avez la mer et le soleil, ajouta Jen.

— Et les gens ici sont très sympas, vous avez remarqué ? dit Seva.

— Tout le monde est adorable, répondit Jen. Adorable. Et qu'est-ce qu'on mange bien !

— Thessaloniki, c'est la capitale gastronomique de la Grèce. Je m'emporte, je m'emporte, mais j'aime cette ville et ses habitants plus que tout au monde, je ne voudrais vivre nulle part ailleurs.

Le déjeuner se termina, Seva leur servit à chacune un café grec, puis, ayant remercié leur hôte, les jeunes femmes partirent avec Milo.

— Elle était bizarre, cette femme. Elle parlait fort et elle fumait tout le temps, dit-il.

— Trop bizarre, renchérit Jen, comme tu dis. Elle m'a fatiguée.

Valentine ne commenta pas. Sa réserve n'échappa pas à Jen.

Une fois dans la rue, sous un soleil glorieux, tandis qu'elles descendaient les petits escaliers en enfilade, Jen proposa à Valentine d'aller à la plage. Milo était fou de joie à cette idée.

— La plage ! La plage ! s'exclama l'enfant, soudain surexcité. On y va, maman, on y va !

Valentine prit son fils contre elle et l'embrassa sur le front.

— C'est plus amusant pour lui, ajouta Jen.

— Allez-y tous les deux. Ça te va, trésor ? Tu y vas avec Jen, moi, j'ai des choses à faire cet après-midi.

Jen la regardait, intriguée. Valentine semblait si sérieuse.

— Tu ne crois pas que ça te ferait du bien, après le déjeuner en mode Seconde Guerre mondiale ? Elle est super belle, cette femme, mais elle m'a donné mal à la tête, en une heure elle nous a raconté la fin du monde quand même. D'un autre côté, son père est mort hier, c'est normal, elle craque. C'est quoi, ce que t'as à faire ?

— J'ai rendez-vous avec une interprète, pour aller à la mairie.

— Tu veux pas qu'on profite un peu de la plage pour se laver le cerveau ? J'ai vu qu'il y avait des endroits sublimes à une heure d'ici, j'ai repéré un spot qui s'appelle Halkidiki, un nom comme ça, on dirait les Caraïbes, c'est dingue. On peut y aller en bus ou en taxi.

— Je t'assure.

— Bon, nous on y va.

Les deux amies se prirent dans les bras.

— Milo, c'est du 50.

— Je sais.

— Pas ton huile coco protection 10, ajouta Valentine tendrement. Et dans la mer, tu le surveilles.

— Mais pour qui tu me prends ? J'ai pas d'enfants, mais si j'en avais, je serais une très très bonne mère. Ça vaut ce que ça vaut.

Valentine l'embrassa fort sur la joue, puis elle embrassa son fils.

— Vous prenez des photos, surtout !

31

Valentine s'apprêtait à entrer dans le café où elle avait rendez-vous lorsque son téléphone sonna. C'était Seva Saragoussi, qui s'excusait d'avoir été si bavarde au cours du déjeuner. Les deux femmes échangèrent des formules de politesse, et Seva alla droit au but.

— Valentine, il y a une chose importante que j'ai oublié de vous dire.

— Je vous écoute.

— Quand mon père s'est retrouvé tout en haut de la librairie, en 1943, dans la petite cachette, il y avait déjà là deux enfants. Eux aussi, Seva les a sauvés des Allemands.

— Mais elle les a sauvés comment ?

— Elle est descendue de la cachette. Elle s'est livrée de son plein gré. Pour faire diversion, et protéger mon père. Ils l'ont attrapée et n'ont pas pensé à chercher plus loin. Ce que je veux vous dire, c'est qu'en voulant sauver mon père, elle a aussi sauvé les deux autres enfants.

— Vous ne m'avez pas dit ce qui est arrivé à Seva.

— Je vous le raconterai une autre fois. J'ai beaucoup à faire.

— Bien sûr. Excusez-moi.

— Quel dommage que mon père soit mort si subitement, il aurait pu vous en dire tellement plus. Mais au moins, vous et moi, nous nous sommes rencontrées. C'est ce qu'il voulait. Nous allons garder le contact, n'est-ce pas ?

— Je vous le promets.

Valentine raccrocha. Comment pouvait-on créer de tels liens avec quelqu'un encore inconnu la veille ? En vingt minutes, elle s'était attachée à ce vieil homme, et maintenant cette femme lui était devenue presque une proche.

Au café, Valentine n'eut aucun mal à reconnaître Dimitra. L'interprète, âgée de presque quarante ans, avait les cheveux courts et des lunettes à monture rouge. Elles discutèrent un peu. La Grecque avait vécu trois ans en France pour y étudier, à la Sorbonne, la littérature et l'histoire européennes. Puis elle était retournée à Athènes, sa ville natale, pour devenir guide, tout en poursuivant un doctorat d'histoire, avant de s'installer à Salonique avec son fiancé Evangelos, un ingénieur qui travaillait au port. Dimitra avait un visage de femme décidée et parlait fort.

Valentine lui montra la photocopie de la fiche de Félix Buissonnier. Ce qu'elle cherchait maintenant, c'étaient des informations sur la femme, ou plutôt l'ex-femme de celui-ci, Anna Modiano.

— Pour faire la demande, il faut avoir un motif. Vous en avez un ?

Valentine hésita, elle n'avait pas tout raconté à Dimitra.

— Je pense qu'il s'agit de mon arrière-grand-mère.

— Donc des recherches familiales.

— Oui.

— Il faudra présenter votre passeport, et moi, ma carte d'identité. Si ça bloque, mon travail de chercheuse en histoire pourra nous servir. Modiano, ce sont des Juifs d'origine italienne, ils étaient très connus ici.

— Je pensais que c'était seulement une famille italienne...

— Les Italiens de Salonique étaient tous juifs.

Valentine était déconcertée. Se découvrir soudain une origine, même lointaine, qu'elle ne soupçonnait pas.

— En tout cas, ça va nous aider.

— Pourquoi ?

— Les Modiano étaient vraiment des figures majeures de la ville, il y a même un marché Modiano, tout le monde connaît ce nom ici, même si aujourd'hui plus personne ne sait à quoi il correspond. Et puis, ce qui va nous aider aussi, c'est que l'administration a un peu changé ces dernières années. Pendant huit ans, on a eu un maire, Iannis Boutaris, qui a beaucoup parlé de la mémoire juive de la ville. Personne ne l'avait fait avant. Sur ces sujets-là, maintenant à la mairie, ils sont, disons, plus ouverts.

— Donc les gens ici savent ce qui s'est passé pendant la guerre ? demanda Valentine, surprise.

— Ceux qui travaillent à la mairie le savent grâce à Boutaris. Le reste de la population, pour être honnête, j'en doute. Moi, c'est différent : comme je suis guide, j'ai eu quelquefois des groupes, souvent français d'ailleurs, qui me posaient des questions sur ces sujets. Moi non plus, au début, je ne savais rien. Mais quand vous êtes guide, vous n'aimez pas ne pas avoir la réponse à une question. Alors je me suis renseignée, je suis allée rencontrer quelques personnes de cette communauté, enfin, ce qu'il en reste, et ils m'ont raconté. Ensuite, entre guides, on a échangé nos informations.

Dimitra regarda sa montre.

— On devrait y aller maintenant. Vous avez votre passeport avec vous ?

— Oui, dans mon sac.

32

Toutes les archives datant d'avant 1917 avaient brûlé pendant le grand incendie. Il n'y avait rien à faire.

— Est-ce qu'on peut rechercher par le nom ? demanda Dimitra à l'agent de la mairie qui les reçut.

Non, c'était impossible.

— Est-ce que la date de naissance des enfants, Rosa et Moïse Buissonnier, ou celle du mariage, permettrait de retrouver sa trace ? demanda Valentine à Dimitra, qui traduisit.

Non, on ne pourrait pas les aider. Restait à Valentine la possibilité d'écrire aux Archives nationales, mais elle ne recevrait pas de réponse avant de longs mois, si elle en obtenait une. Dimitra n'y croyait pas.

— On devrait tenter le Musée juif, conseilla Dimitra en sortant de l'imposant bâtiment.

— Il y a un Musée juif ?

Dimitra lui dit que ce n'était pas la peine qu'elle l'accompagne : depuis la fin du XIXe siècle, tous les Juifs de Thessalonique étaient francophones.

— Je croyais qu'ils parlaient le ladino ?

— Bien sûr, ils gardaient le ladino à la maison, en famille. Mais à l'extérieur ils étaient passés au français. Leurs journaux étaient en français, les études se faisaient en français, les affaires se faisaient en français, tout était en français : le théâtre, le cinéma, les menus dans les restaurants. Les femmes juives de la ville se faisaient faire des robes selon des patrons de couture venus de Paris. L'amour de la France et de la culture française était extraordinaire. Le français était considéré comme ce qu'il y avait de plus élevé, de plus noble, c'était le monde des Lumières. Les Juifs de Thessalonique se considéraient tous Français de cœur. Ils aimaient la France comme une patrie, même sans s'y être rendus.

Comme le vieux Nissim, pensa Valentine, et comme sa fille Seva.

— Certains racontent que, contrairement à Athènes, il n'y a pas eu de Justes ici, lança soudain Dimitra, mais c'est faux. On les a découverts un peu tard, c'est tout. Même si cela n'a pas empêché tout ce qui s'est passé. Mais en cas de guerre, vous savez, chacun veut survivre, et on pense d'abord à soi, c'est humain.

Ces derniers mots mirent Valentine mal à l'aise, comme si Dimitra tentait de justifier un passé encombrant, ou d'exonérer les habitants de la ville d'une accusation que Valentine se serait bien gardée de porter. Elle n'en avait pas demandé autant.

Elle préféra tout de même que Dimitra l'accompagne au musée, situé dans l'un des très rares immeubles du sud de la ville ayant résisté à l'incendie de 1917. L'entrée était sécurisée, deux vigiles se tenaient devant la porte. Les deux femmes se présentèrent à l'accueil. Une étagère présentait des livres à la vente ; une vitrine, des souvenirs : tee-shirts, magnets, chandeliers contemporains, coupes en céramique peinte. L'entrée de l'exposition permanente se trouvait à gauche, au bout d'une petite galerie ; d'où elle se tenait, Valentine pouvait apercevoir le fragment d'une pierre tombale très ancienne, gravée de lettres hébraïques.

Dix minutes plus tard, les deux femmes étaient reçues dans le bureau du conservateur, un homme d'une cinquantaine d'années, mince, assez grand et se tenant bien droit, auquel Dimitra expliqua la requête de Valentine. Il parlait un français parfait.

— Hannah Perla Modiano, dit-il en soupirant.

La prononciation du prénom surprit Valentine.

— Anna, corrigea-t-elle.

Elle sortit de son sac la fiche du consulat. L'homme chaussa ses lunettes et parcourut la feuille.

Il n'y avait pas un bruit, et Valentine regardait discrètement les objets posés sur le bureau. Quelques stylos dans un pot à crayons, un ordinateur, une petite toupie en métal émaillé, une corne de bélier fixée sur un présentoir en bois sombre, un bloc de Post-it multicolores, des trombones.

Puis l'homme posa le document, fit pivoter son siège et prit sur l'étagère derrière lui un énorme livre relié de tissu rouge. À vue d'œil, le volume faisait au moins trois mille pages, une sorte d'annuaire, pensa Valentine. Le conservateur le feuilleta un certain temps.

— Hannah Perla Modiano, j'ai bien deux « h », épouse de Félix Buissonnier puis de Peppo Pardo.

— Elle s'est remariée ? s'étonna Valentine.

— Je vois un deuxième mariage en 1936. Mère de Rosa et Moïse Buissonnier, puis de Myriam-Rosa et Samuel-Moïse Pardo.

Ainsi, Anna avait donné à ses deux derniers enfants les prénoms des deux premiers. À cette idée, Valentine ressentit une tristesse profonde l'envahir.

— Hannah Perla Modiano a été assassinée à Auschwitz le jour de son arrivée au camp.

Le conservateur leva les yeux vers Valentine.

— La majorité des Saloniciens a été envoyée directement des wagons dans les chambres à gaz, à la descente du train.

Le conservateur marqua un temps. Comme une minute de silence. Ni Valentine ni Dimitra ne disaient mot. Puis il chercha une autre page.

— Pardo… Ah, le voilà. Son mari Peppo a été envoyé à Auschwitz, lui aussi. Il en est revenu, mais il est mort en 1950. Je n'ai pas d'autres précisions sur lui. À part le nom de leurs deux enfants.

Valentine était sans voix. Soudain, ces histoires lointaines dont elle avait entendu parler, comme tous ceux qui ont lu le journal d'Anne Frank en classe de quatrième, ou qui ont regardé certains films, ces histoires encore évoquées par la fille du libraire, tout cela se rapprochait d'elle. Et de près.

— Est-ce que… vous avez quelque chose sur leurs enfants ? demanda-t-elle, difficilement.

Le conservateur se replongea dans le livre.

— Ses enfants ont l'air d'avoir survécu. Je ne les trouve pas. Je ne sais pas où ils ont été cachés ni même s'ils l'ont été, ce n'est pas arrivé souvent, ici.

Il soupira à nouveau.

— Savez-vous quand sont nés ses enfants ? Les deux derniers ? s'enquit Valentine.

— Ça, il faut que je le cherche ailleurs.

— Et vous pourriez savoir où ils sont? Enfin, s'ils sont vivants?

— Nés à la fin des années trente ou au début des années quarante, ils ne doivent pas être tout jeunes, mais je peux me renseigner.

Valentine lui laissa son numéro de téléphone et son adresse mail et le remercia. Elle et Dimitra se levèrent.

— Je vais essayer de vous trouver ça, sans garantie. Vous savez, neuf cent cinquante personnes sont revenues, sur cinquante-six mille. Les rares rescapés de cette communauté ont parfois choisi de quitter la Grèce après la guerre.

— Qu'est-ce que ça change, les « h »? demanda enfin Valentine, sur le point de prendre congé.

L'homme souriait maintenant.

— Il y a plusieurs manières de vous répondre. Hannah, c'est un prénom hébraïque, le « h » est prononcé, guttural. Il dit l'origine. Si vous enlevez les « h », vous gommez, d'une certaine manière, cette origine. Mais la meilleure explication que je pourrais vous donner, c'est celle-ci. En français, vous avez un « h » muet au début de certains mots, n'est-ce pas?

— Oui.

— Pourtant, dans d'autres mots, il se prononce, ou plutôt il a une conséquence dans la prononciation du mot.

Valentine acquiesça, curieuse.

— Eh bien, la particularité du « h », c'est que même lorsqu'il ne semble pas exister, en début de mot, même si on ne l'entend pas, parce qu'il est muet, n'est-ce pas, il existe.

Muet, il avait dit muet.

— C'est la meilleure explication que je peux vous donner. Même ce qui n'a pas l'air d'être là est présent.

— Mais sur la fiche du consulat, il n'y a pas de « h », dit Dimitra, plus terre à terre.

Le conservateur haussa les épaules.

— Si seulement j'avais les réponses. Vous savez, ajouta-t-il, espiègle, être juif, c'est surtout vivre avec des questions.

À l'extérieur du bâtiment, Valentine remercia Dimitra et lui régla, en euros, cette monnaie commune, ce qu'elle lui devait.

Anna, ou Hannah Perla Modiano.

Valentine trouva un message de Jen : Milo et elle ne rentreraient que vers 19 h 30 ou 20 heures. Ils « s'éclataient » à la plage, c'était « fantastique », la mer était fraîche encore mais translucide, une beauté. Jen avait envoyé des photos : un rêve éveillé.

Valentine fit demi-tour.

— Déjà de retour ? s'étonna le conservateur.

— Est-ce que vous pourriez me parler de la famille Modiano ?

Il la reconduisit dans son bureau.

— Vous avez un Modiano, en France, prix Nobel de littérature, dont le grand-père était de Salonique.

Valentine n'y avait même pas pensé. Travaillant dans l'édition… Elle n'avait lu qu'un livre de lui, il y avait longtemps. *Dora Bruder*.

— Famille juive italienne, installée à Salonique vers 1570. On ignore s'il s'agit de captifs emmenés par Titus à Rome après la destruction du Second Temple de Jérusalem ou de Juifs espagnols ayant trouvé refuge à Livourne après le décret d'expulsion, en 1492. On a raconté qu'ils étaient de Modène – Modiano, Modène –, mais ce serait faux. Aujourd'hui, cette famille compte près de mille cinq cents membres à travers le monde, dont un grand généticien. Ce que l'on sait, c'est qu'à l'origine Modiano était le même nom que Modigliani, mais la prononciation et la graphie ont évolué différemment.

Il s'appuya sur le dossier de son fauteuil, reprit son souffle.

— À Salonique, c'était une grande famille, prestigieuse, immensément riche, de grands philanthropes. Ils avaient un sens social aigu, mais se considéraient comme *la gente alta*. Et leurs enfants fréquentaient l'école italienne, c'était une distinction.

— Qu'est-ce que ça veut dire, *la gente alta* ?

— La haute société. Pendant la guerre, beaucoup de ses membres ont pu rejoindre la partie de la Grèce occupée par les Italiens, où ils pouvaient bénéficier de la protection de leur pays d'origine, lointaine, mais d'origine tout de même. L'un des Modiano, architecte, a fait construire et financé avant-guerre quelques bâtiments devenus emblématiques, comme le marché couvert. Depuis quelque temps, il est en travaux, il faut dire qu'il tombait en ruine. La ville est en train d'en faire quelque chose de superbe, je l'ai visité, il n'y a encore aucune boutique mais ils ont gardé et renforcé la verrière. Autrefois, il était bien plus réputé que le Kapani.

— Mais pourquoi, si cette famille était si riche, Anna Modiano aurait-elle épousé en premières noces un Français, et tellement plus âgé qu'elle ?

— Une famille installée ici depuis plusieurs siècles a eu le temps de créer un certain nombre de ramifications. Il existait certainement des branches… moins riches. On croit toujours que les Juifs sont riches, mais ce n'est pas le cas de la plupart d'entre eux, et dans le cas de Salonique, même des neuf dixièmes. Les Juifs d'ici étaient surtout ouvriers du textile, pêcheurs, vendeurs de fruits et légumes. Les femmes, quand elles travaillaient, le faisaient dans les usines de tabac, ou bien elles étaient couturières, secrétaires pour les plus chanceuses. Vous savez, il y a toujours, comme on dit, des têtes d'affiche.

Il la fixa un instant.

— Il est un peu tard, mais si vous ne l'avez pas visité, ce musée raconte toutes ces histoires, cette culture, ces traditions. Vous devriez voir tout ça. C'est précieux.

Soudain, Valentine ne sut pas quoi répondre. Non, elle ne se sentait pas prête à ça.

— Merci beaucoup, je viendrai une autre fois.

— Si ce sont vos origines… ce sont vos origines, n'est-ce pas ?

— J'ai l'impression, répondit Valentine. C'est difficile.

— Qu'est-ce qui est difficile ?

— Découvrir tout ça.

La gorge de Valentine se serrait. Elle se leva.

— Vous savez, reprit-il, les Juifs de Salonique à Auschwitz, enfin, ceux qui n'ont pas été tués dès leur arrivée au camp, c'était quelque chose. Primo Levi en parle plusieurs fois dans son livre *Si c'est un homme*. Vous l'avez lu ?

— Non.

Cette fois, elle se sentait honteuse. N'avoir pas lu ce livre-là.

— Peut-être le lirez-vous un jour. Pourquoi il en parle ? Figurez-vous qu'à leur arrivée au camp, les Juifs de Salonique avaient décidé de cultiver la joie et l'humour en dépit de tout : ils riaient, plaisantaient, chantaient, ils avaient décidé que ce serait leur victoire au milieu de ce camp. Les SS ne savaient pas quoi en penser, ils étaient déconcertés de voir cet amour de la vie qui tenait tête à tout. Les Saloniciens y formaient un groupe improbable, demeuré joyeux par la seule force de leur volonté, parce qu'ils ne voulaient pas donner ça aux nazis. Alors même que leurs femmes, leurs fiancées, leurs sœurs, leurs filles étaient parties en fumée, qu'ils le savaient, et que leurs propres rangs se clairsemaient sans cesse, au gré des mises à mort. Primo Levi était fasciné et un peu agacé par les Juifs de Salonique. Soyez fière, très fière d'avoir une origine salonicienne.

Elle l'avait remercié.

Valentine parvint, grâce à son téléphone, à se repérer jusqu'au marché Modiano. Elle s'arrêta devant le bâtiment, de style éclectique, marqué par les années, mais fier. Elle regarda à travers les grilles, fermées. Du béton gris, et un alignement, de part et d'autre, de murs bruts, comme des casiers, pour autant de futures boutiques, toutes de taille strictement égale. De gros sacs de ciment posés sur le sol.

Valentine découvrit, parallèle à l'allée Modiano, un autre passage couvert et s'y aventura. Des petits restaurants typiques s'y alignaient, et de la musique traditionnelle grecque sortait de quelques enceintes fixées au plafond.

Elle retrouva Milo et Jen à l'appartement. Ils avaient pris de belles couleurs.

— Maman, c'était génial. L'eau était transparente et on a mangé des beignets ! Il y avait un vendeur de beignets, il portait un plateau avec dessus des piles de gros beignets ! J'en ai mangé deux !

Valentine était amusée de son enthousiasme. Elle se tourna vers Jen, l'air interrogatif.

— Je te dis pas comment ma balance va me faire une crise quand je vais rentrer, ajouta Jen. Non, parce que c'est pas juste manger des beignets, c'est manger des beignets dans un paysage de rêve. On pouvait pas dire non.

Valentine l'embrassa fort sur la joue.

— En Grèce, les calories sont divisées par deux, c'est toi qui me l'as dit.

33

Il restait un jour et demi avant le vol retour. Ce matin-là, Jen demanda à Valentine ce qu'elle avait envie de faire. Valentine n'en savait rien.

— On retourne à la plage ! lança Milo, surexcité.

Jen tempéra son enthousiasme. Elle redoutait maintenant les beignets, son ventre avait doublé de volume.

— Je voudrais retourner voir Seva, dit Valentine. Nous n'avons pas demandé quand aurait lieu l'enterrement.

— Ah ça, c'est sûr que c'est une activité marrante, plaisanta Jen avant de s'excuser.

— Je vais l'appeler.

Seva Saragoussi décrocha immédiatement. L'enterrement s'était tenu le matin même. Elle attendait l'arrivée d'ici une heure de quelques personnes mais recevrait tout le monde plus formellement le lendemain.

— Demain, nous prenons l'avion à 17 heures, précisa Valentine.

— Vous devriez plutôt profiter de la ville.

Il y eut un blanc, à l'autre bout du fil, puis Valentine se décida.

— Je serai là.

Valentine se sentait liée à ce libraire et à sa fille, mais d'une manière complètement indépendante de l'histoire de Milo. Elle raccrocha et annonça, à la grande joie de son fils, qu'ils iraient tous à la plage. Toutes les affaires furent réunies, Valentine courut s'acheter un maillot de bain tandis que Jen loua pour la journée un petit cabriolet : elle n'avait pas envie de faire une heure de bus. Le trajet amusa beaucoup Milo, qui n'était jamais monté dans une voiture décapotable. À l'approche des plages, Jen pila sur le bas-côté de la route. Elle avait aperçu une petite cabane où deux jeunes, pas plus de seize ans, vendaient du miel local. Elle en acheta quatre pots, un pour elle, un pour Valentine, un pour ses parents et un pour sa grand-mère. Puis elle continua la route.

La plage était un peu étroite mais le sable fin, clair, et surtout la couleur de l'eau insensée. Le vert, ici pâle, là émeraude, aux accents turquoise, s'étendait à perte de vue. Valentine n'avait jamais rien vu d'aussi beau. Milo ne cessait de répéter : « Je t'avais dit, je t'avais dit ! »

Valentine, qui était blanche comme un linge, se tartina de la même crème solaire que son fils. Ils se baignèrent tous les trois immédiatement. La sensation de poser les pieds sur ce sable si fin, si clair, de nager dans une eau fraîche mais pas trop, translucide, splendide : tout cela faisait tellement de bien, Valentine avait l'impression de revivre. La jeune femme nagea aussi loin qu'elle pouvait, s'immergeant entièrement, les yeux fermés, puis ouverts, fit la planche, encore et encore, pendant que les rayons du soleil perçaient l'eau autour d'elle. Une réparation. Puis elle se rapprocha de la plage. Jen et Milo jouaient frénétiquement au ballon.

Le bonheur de Milo, et la pensée d'être parvenue à lui offrir un paysage pareil, de vraies vacances, même si tout cela était dû à un concours de circonstances, même si ce n'étaient que deux jours à la plage, fit monter les larmes aux yeux de Valentine, qui plongea aussitôt la tête dans l'eau. C'était plus beau que tout. Valentine, comme Jen et Milo, ne voulait plus en sortir.

Dans les heures qui suivirent, tous trois nagèrent et s'amusèrent tout leur soûl. Jen tenta de se livrer à des figures de natation synchronisée, puis ce fut Valentine. Cette discipline les avait tellement fait rêver, petites. Ils jouèrent encore au ballon sur le sable, puis Jen repéra un vendeur d'épis de maïs grillés, moins pire que les beignets, déclara-t-elle ; dans un bar de plage, elle commanda du jus de cerise pour Milo et de l'eau bien fraîche pour elles deux, avant que les deux femmes s'allongent sur leurs minuscules serviettes, trouvées dans l'appartement. Après avoir englouti son jus, Milo retourna dans l'eau, la casquette bien vissée sur la tête.

34

Le lendemain, Valentine se présenta seule chez Seva. Elle parcourut l'assistance des yeux : surtout des personnes âgées, une petite vingtaine au total. Elle prit un café grec, puis un carré de pâte filo fourré à la feta et recouvert de miel, puis quelques olives. Elle aurait pu ne se nourrir que de cela le reste de son existence. Elle regarda une dernière fois le jardin, les herbes folles, le figuier, avant de dire au revoir à Seva. Si elle ou ses filles venaient un jour à Paris, qu'elle lui fasse signe surtout, ce n'était pas grand chez elle, mais elle serait heureuse de les y accueillir. Seva la remercia, la prit dans ses bras, puis retourna parler avec les invités.

Valentine descendit les ruelles les unes après les autres, trouvant son chemin. Tout était tellement décrépi, mais il y avait ce charme, pénétrant. Et l'air. Elle aimait l'air, ici. Il était plein de quelque chose de très difficile à définir, de l'amour, se dit-elle, de l'amour. Vers le centre-ville, elle passa devant une minuscule pâtisserie, ce qui l'étonna : les autres étaient si grandes. Une quinzaine de personnes faisaient la queue à l'extérieur. Valentine s'approcha, intriguée, pour découvrir en vitrine des rangées infinies de trigones, mais sans crème. Il n'y avait que ça ici, c'était une boutique exclusivement dédiée aux trigones, vendus en deux tailles : petite et énorme. Était-ce l'endroit dont avait parlé Seva ? Elle fit la queue, prit un petit trigone pour tout de suite, et une boîte de quatre pour Jen. La jeune femme qui la servait attrapa une poche à douille et remplit généreusement les triangles de crème.

— Comment s'appelle cette boutique ? lui demanda Valentine.

— Elenidi, lui répondit-on.

C'était donc ici. Elle dévora son petit trigone, les yeux fermés. Comme Jen, elle en était folle, désormais.

Son amie avait raison, comment feraient-elles pour vivre sans ce délice ?

Valentine remonta à l'appartement. Jen était extatique de découvrir les gâteaux, mais elle mangerait les siens plus tard. Les valises étaient faites, et Jen suggéra un dernier déjeuner dans une taverne du bord de mer, elle avait repéré une rue en biais, proche de leur immeuble, remplie de restaurants et de terrasses.

Une fois attablée, Jen commanda des aubergines cuites au four à l'ail et au fromage, Milo du tarama avec des frites, et Valentine une salade crétoise. Pour le dessert, Jen opta pour le fameux Arménoville, à partager : ici une sorte de nougat glacé bourré d'amandes et de pistaches, recouvert d'une quantité considérable de chocolat fondu. Puis ils firent un dernier tour, rapide, au marché, et achetèrent toutes sortes de choses : olives, fruits secs, pasteli, halva au chocolat et koulouris. Valentine commençait à ressentir une certaine tristesse à l'idée de quitter la ville. Milo, lui, enchanté du voyage, avait hâte de pouvoir le raconter à ses amis, surtout la plage et la couleur de l'eau. Valentine imaginait déjà le choc. Comment ses camarades réagiraient-ils à sa transformation ? Et les professeurs ?

Un tout autre avenir s'ouvrait à lui, désormais, et à eux deux. Elle pourrait chercher un travail à l'extérieur, retrouver une vie « normale ». Tout son système s'en trouverait bouleversé, tout ce sur quoi elle s'était construite. Milo allait très bien. C'était elle qui n'y était pas préparée. Elle n'était plus sûre, soudain, d'être à la hauteur. Elle avait parfaitement assuré dans l'hostilité, le combat, s'était définie en tant que mère, par cela, cette capacité à affronter, à protéger, à défendre, à compenser, à soutenir, à encourager. Si dorénavant tout allait bien, que serait-elle ? L'autonomie nouvelle de son fils la rendrait-elle moins, voire plus du tout nécessaire à la vie de l'enfant ? À quoi servirait-elle, sinon à lui préparer ses repas, le soir ? Et que ferait-elle de tout ce temps à ne plus s'inquiéter ?

À l'aéroport, Jen ne put s'empêcher d'acheter d'autres souvenirs : un bracelet et des aimants avec un œil porte-bonheur en verre bleu translucide, cadeaux pour Milo et pour ses parents. Dans une autre boutique, elle acheta encore un œil semblable, attaché à un long cordon soyeux, qu'elle accrocherait dans son salon de coiffure, puis deux autres encore, plus petits, pour Nora et Mélodie. Jen était enchantée de repartir en avion. Lorsqu'elle découvrit une pâtisserie, elle perdit la tête. Bien que la vendeuse ne fût pas sûre que les trigones supportent le voyage et les changements de température, Jen en fit mettre douze dans une boîte cartonnée. Elle les congèlerait à son arrivée à Paris.

De retour en France, tous les trois rentrèrent par le même taxi, qui fit un premier arrêt en bas de chez Valentine. Les deux amies s'embrassèrent, puis Jen prit Milo dans ses bras.

Valentine et son fils, un peu chargés, empruntèrent l'ascenseur. Elle ouvrit la porte de son appartement qui soudain lui parut tout petit, poussiéreux, sombre. Après avoir sorti les courses de sa valise, elle resta un long instant à regarder son paquet d'olives, qu'elle avait fait mettre sous vide, ses koulouris, qu'elle congèlerait pour les faire durer.

Valentine prépara un rapide dîner : des pâtes avec de la sauce tomate, il lui en restait un pot. Mais, une fois le dîner de Milo terminé, elle eut envie d'autre chose et se précipita à la supérette juste avant qu'elle ne ferme. Elle prit de la feta, des tomates cerises, remonta chez elle, ouvrit le paquet, mit le tout sur une assiette, qu'elle arrosa d'huile d'olive. Comme c'était simple et comme c'était idiot, s'accrocher à un fromage. Quitter Salonique lui avait serré le cœur. Elle mangea la feta, avec quelques olives noires du Kapani, un morceau de koulouri, et du miel de Halkidiki. Elle n'était pas si loin, après tout. Trois heures d'avion.

Valentine posa les livres sur la Grèce dans l'entrée. Elle les rapporterait le lendemain à la bibliothèque. Entre-temps, Milo avait allumé la télévision, il n'arrêtait pas de parler et commentait tout.

Prévenir Thierry. Mais comment ?

La jeune femme prit son courage à deux mains, et lui téléphona. Milo était assis à côté d'elle, sur le canapé.

Son ex-mari décrocha après quelques sonneries.

— Il faudrait que tu viennes à la maison.

— Il y a un problème ?
— Non, mais je voudrais que tu voies quelque chose, c'est très important.
Elle souriait, complice, à Milo qui le lui rendait bien.

35

Le lendemain, la journée fut essentiellement dévolue à l'organisation de la maison, et pour Milo aux devoirs pour la rentrée. Thierry sonna à 19 heures précises. Valentine lui ouvrit et le fit entrer. Il affichait une mine sérieuse, s'attendant à une mauvaise nouvelle.

Milo se tenait debout au milieu du salon, un peu tendu lui aussi. Thierry ne bougeait pas.

— Qu'est-ce qui se passe ? demanda Thierry.

Valentine s'écarta, échangeant un regard complice avec Milo.

— Papa ! Je parle maintenant ! cria le garçon de but en blanc. Je parle !

Le père eut un temps d'hésitation.

— Tu parles ? Mais comment c'est possible ? Mon Dieu ! Mon fils parle, mon fils parle !

Thierry ouvrit ses bras, et Milo s'y engouffra avec joie.

— Je parle, papa, je peux te dire tout ce que tu veux !

Thierry le serrait, pleurait, il n'en revenait pas.

Il se comportait comme s'il venait d'apprendre la naissance de son enfant.

— Mais qu'est-ce qui s'est passé ? Qu'est-ce qui s'est passé ? répétait Thierry.

— On est partis en Grèce avec maman et Jen, c'était super beau et on a des super bonnes olives, et du pain rond au sésame, tu en veux ?

— Les olives, les olives ! C'est quand même pas les olives qui m'ont rendu mon fils !

Et Thierry éclata d'un rire heureux.

Valentine était proprement hallucinée par les réactions de Thierry. « Rendu son fils » ?

Thierry semblait profondément ému, mais surtout, et c'était ce qui importait à Valentine, Milo était heureux de découvrir enfin, dans les yeux de son père, de l'intérêt pour lui.

— On va faire des choses ensemble maintenant, papa, tu es d'accord ?

— Oh ça oui, on va faire plein de choses ensemble, plein plein de choses ensemble, je te le promets ! Il faut fêter ça !

Thierry passa un coup de fil chez lui pour prévenir qu'il rentrerait plus tard et les invita tous les deux à dîner chez Mario. Il ne cessait d'annoncer à tout le monde – les serveurs, les clients de la pizzeria : « Mon fils parle ! Il parle ! »

Mario, surpris lui aussi par la voix nouvelle de l'enfant, au point d'en pleurer, leur offrit du champagne, à eux comme à tous les clients du restaurant. C'était un grand jour.

Pendant le dîner, Milo confia à ses parents que ce qui le rendait le plus heureux, c'était que maintenant il pourrait chanter. Thierry lui proposa de l'inscrire à un cours de chant.

— Ce n'est pas ça, répondit Milo, amusé, je veux juste pouvoir chanter dans le salon, devant la télé, avec maman.

Valentine était comblée. Un immense poids s'était soudain envolé de ses épaules. Elle riait aux éclats. Tout le monde semblait découvrir son rire, presque enfantin, et très sonore. Mario n'en revenait pas.

Soudain, l'Italien demanda à son serveur de s'occuper de leur arranger une playlist, quelque chose de très dansant. Tant pis pour les clients qui avaient prévu une conversation tranquille ou un dîner calme : il fallait fêter ça. Karim ne se fit pas prier et lança *September*, d'Earth, Wind and Fire. Mario monta le volume de l'enceinte au maximum, puis prit la main de Valentine et commença à la faire danser. Valentine se montra d'abord un peu timide, mais Mario l'encouragea.

— Je n'ai pas dansé depuis cent ans ! lui cria-t-elle.

Ce n'était pas tout à fait vrai. Avec son longboard, elle dansait, à sa manière. Mais elle ne le faisait que devant la bande de mômes du parc Martin-Luther-King. Ici, tout le monde la regardait. Pour vaincre sa timidité, elle fit signe à Milo de la rejoindre, et voilà qu'ils se lâchaient, Milo dansant comme sur du hip-hop. Thierry s'en mêla à son tour. Mario faisait le tour des tables, invitant les uns après les autres à se lever pour danser, eux aussi, et tous jouaient le jeu, dont un couple qui devait approcher les soixante-quinze ans. Une douzaine de personnes en ébullition, sans compter Karim, cheveux noirs brillants plaqués sur le côté, révélant une classe folle et un *sex-appeal* en diable, bien décidé à donner le meilleur de lui-même, sans compter Mario et même le pizzaiolo : c'était une boîte de nuit ! La playlist, contrôlée par Karim, enchaîna sur *YMCA* des Village People. Valentine, Thierry et Milo se tenaient la main tous les trois, dansant, sautant comme des fous, formant une ronde émouvante. Au son de *Think*, d'Aretha Franklin, Valentine se déhancha comme jamais : mouvements d'épaules, de tête, saccadés et extraordinairement calés sur le tempo de la chanteuse. Radieuse, elle occupait tout l'espace, tournait sur elle-même, sur un pied, puis sur l'autre. Karim s'était placé en face, et donnait le change. *We Are Family*, de Sister Sledge, hystérisa un peu plus les clients, comme la petite famille. Réunis par le disco, tous dansaient, de dix à soixante-dix-sept ans, et ils criaient le refrain. Valentine connaissait les paroles par cœur, elle chantait à tue-tête face à Milo qui chantait lui aussi, aussi fort qu'il pouvait.

Elle ne s'était pas amusée comme ça depuis ses vingt ans. C'était une renaissance. Voilà que sur *Saturday Night Fever*, Karim décida de séduire une cliente de cinquante ans, Marisa, célibataire, qui travaillait à la pharmacie de l'angle, et c'était un vrai spectacle : il se cambrait en arrière, touchait le sol de la main droite, puis de la gauche, et sautait en l'air, puis, bombant le torse, faisait des petits sauts et déhanchements de côté, jouant de ses épaules, un Travolta parfait. Valentine riait devant ses gesticulations et la gêne de Marisa, qui recula pour finalement s'asseoir. Sans se décourager, Karim attrapa la main de Valentine pour l'entraîner dans un pas de deux effréné. Elle jouait le jeu, hilare : elle s'était calée sur ses mouvements de danse, et tous la découvraient aussi douée que lui. La chanson d'après fut *Monday Tuesday*, de Dalida, et le serveur ne la lâchait toujours pas.

— Mais c'est quoi, cette chanson ? lui cria-t-elle.

— C'est la préférée de mon père ! lui cria-t-il en retour.

Voilà qu'elle adoptait les gestes de la chanteuse, en en faisant des tonnes, jouant d'une chevelure qu'elle n'avait pas, avec son carré raide, et c'en était comique.

Milo était ému de voir sa mère aussi heureuse, aussi libre, aussi vivante, et aussi bonne danseuse. Il ne l'avait jamais connue comme ça. Thierry, quant à lui, comprenait peut-être à côté de quoi il était passé. Au bout d'un moment, le pizzaiolo retourna à ses fourneaux. Certains clients s'étaient rassis. La musique continuait, et le cuisinier effectuait maintenant tous ses gestes en rythme. Mario ouvrit une nouvelle bouteille de champagne et remplit les coupes.

Jen, qui venait de fermer son salon, entra dans la pizzeria, intriguée par la musique. Quand elle aperçut Valentine, elle posa son sac pour la rejoindre sur la piste de danse improvisée, enleva sa veste et la lança à Mario dans un geste théâtral. Voilà qu'elles se tenaient les mains en sautant, comme deux petites filles. Les deux amies riaient et pleuraient en même temps, et « faisaient Dalida » – Jen, avec sa longue chevelure, était plus vraie que nature. La playlist prit un tour différent avec *Just a Gigolo*. Certains reprirent place à leurs tables. Karim faisait maintenant danser Jen – ils se connaissaient bien, elle lui coupait les cheveux.

Valentine descendit d'un trait un grand verre d'eau. Elle regardait Jen, remerciant le ciel d'avoir une amie pareille. Un client, la soixantaine, s'approcha de Valentine et lui tendit la main pour un rock parfaitement exécuté, à l'ancienne. Un plaisir fou pour Valentine, qui savait très, très bien le danser elle aussi. Avec souplesse et sens du rythme, elle balançait son corps et ses hanches, d'un mouvement à l'autre, avec une grâce, presque une sensualité, infinie. Une femme splendide. Pleine de vie, d'humour, d'allure, accompagnant la chanson de Louis Prima de sa voix. Comme Jen, elle la connaissait par cœur, celle-là aussi. Thierry pleurait, serrant Milo contre lui. Mario avait la larme à l'œil. La voir si heureuse, cette petite. Elle le mérite, pensait-il. Elle le mérite tellement.

Au détour d'une passe de rock, les deux amies se regardèrent avec toute la complicité du monde.

Valentine et son cavalier restaient les derniers à danser, tandis que tous les clients hurlaient à l'unisson les dernières paroles de la chanson.

Son cavalier la fit basculer dans un mouvement parfaitement maîtrisé – un final hollywoodien. Tout le monde les applaudit.

Valentine atterrit enfin dans les bras de Jen, sanglotant comme une folle, et Jen lui parla à l'oreille.

— Pleure, ma chérie, c'est normal. Tu es en train de te libérer, ça fait mal.

Puis Valentine prit Milo dans ses bras, son visage baigné de larmes enfoui dans ses cheveux. Mario arriva à point nommé avec des coupes de glace démentes pour tout le monde.

— Allez, on arrête les pleurs, maintenant, c'est l'heure du dessert ! lança-t-il.

— Dis donc, Mario, tu cachais bien ton jeu pendant toutes ces années ! lui lança Jen. Non mais attends, on va venir danser tous les soirs.

— Ce soir, la coupe, c'est moi qui te l'offre, lui répondit-il en lui servant du champagne.

— Bravo, Mario, le jeu de mots, répondit Jen, trop fort !

La soirée se termina comme elle avait commencé, dans les rires et la joie. Une pizzeria de rien du tout, porte de Champerret. Seize tables. Tout le bonheur du monde.

36

Jen était de nouveau dans son salon de coiffure. Nora – pour les cheveux – et Mélodie – pour les ongles – avaient assuré en son absence, et tout s'était bien passé. Le salon était bien rempli, l'œil grec accroché à l'entrée, et le téléphone sonnait sans arrêt. De retour de vacances, toutes les femmes étaient pressées, voulaient une manucure ou une patine sur les cheveux colorés, blonds verdis par le soleil ou l'eau de mer.

L'une de ses clientes, une femme de quarante ans environ, qu'elle aimait bien et tutoyait, et dont elle reprenait les racines régulièrement, lui raconta ce jour-là que, depuis la mort de sa mère, il se produisait un phénomène étrange.

— J'ai l'impression qu'elle est en moi. Qu'elle est entrée dans mon corps, dans ma tête, même dans mes yeux. J'ai l'impression que je vois tout avec ses yeux à elle. C'est dément.

— Il faut peut-être en parler à un psy, avait répondu Jen. Je n'y connais rien, mais ta mère ne peut pas être en toi.

— Si, je t'assure. Quand je parle, j'ai l'impression parfois que c'est elle qui parle, ses mots, ses intonations, ses tics de langage, c'est un truc de fou. Comme si elle avait migré en moi, après sa mort. Je la sens là, tout le temps. Quand j'achète un vêtement, je te jure, c'est elle qui le choisit, ce sont ses goûts à elle. Tu vois, là, même dans ma manière de me tenir, de tenir ma tête, c'est elle.

— Si tu me permets, tu débloques complètement, tu te tiens exactement comme d'habitude, enfin, comme avant sa mort.

— C'est l'impression que j'ai.

Jen la regarda dans le miroir.

— C'est du mimétisme, genre, ta mère n'est plus là, alors d'une certaine manière tu te rapproches d'elle, un truc inconscient, pour la maintenir près de toi. Ça vaut ce que ça vaut.

— Ma mère était géniale, mais elle avait un vrai problème avec les hommes, et si je me mets à penser comme elle, c'est la catastrophe.

— Attends, tu as ton mari, tu es heureuse, c'est quoi le problème ?

— Le problème, c'est qu'elle ne l'aimait pas, mon mari, justement, et que si je commence à le regarder avec ses yeux à elle… enfin, c'est juste un exemple.

— Hop hop hop, tu m'arrêtes ça tout de suite ! l'interrompit Jen. Tu es en train de te fabriquer un problème. Ce que vous êtes compliquées, vous, les femmes !

Soudain sa cliente la regarda.

— Jen, toi aussi, tu es une femme.

Jen réalisa ce qu'elle venait de dire. Et elles passèrent à un autre sujet.

Ce soir-là, elle passa chez Valentine.

— Mais tu te rends compte ? Ce que j'ai dit, en gros, c'est que je ne suis pas une femme !

Le week-end suivant, Jen entrait dans l'appartement de sa grand-mère, dont elle avait les clés.

— Ma chérie ! s'exclama la grand-mère.

— Mamie, il faut qu'on parle.

— Tu es fâchée contre moi ?

— Je ne suis jamais fâchée contre toi, tu es la meilleure grand-mère du monde. Mais il faut qu'on parle.

— D'accord, ma chérie, mais tu veux parler de quoi ?

Jen constata avec satisfaction que la nouvelle cafetière était en place. Elle rejoignit sa grand-mère dans le salon.

— Mamie, est-ce qu'il y a eu un problème avec les femmes dans notre famille ?

— Pourquoi veux-tu qu'il y ait eu un problème ?

— Je ne veux pas qu'il y ait eu un problème, mais ça peut arriver, dans les familles.

— Mais quel genre de problème ?

— J'en sais rien. Une histoire qui s'est mal passée, pour l'une de mes ancêtres.

La grand-mère semblait réfléchir.

— La seule histoire que je connaisse, qui est un peu difficile, c'est du côté de ton grand-père.

— Papi ?

— Oui.

— Et alors ?

— Sa mère avait été mariée trop tôt.

— C'est quoi, trop tôt ?

— Quatorze ans.

— À l'époque, ça se faisait ?

— En général, c'était plus tard quand même, dix-sept ans. Ou seize. Ma mère à moi s'était mariée à dix-sept ans.

— Et donc ?
— Et donc ça s'est mal passé.
— Qu'est-ce qui s'est mal passé ?
— Une jeune fille de tout juste quatorze ans, mariée à un homme plus âgé, vingt-cinq ans. La nuit de noces.
— Oh… quelle horreur.
— Elle l'a vécu comme… enfin, elle n'était pas consentante. Elle n'avait pas son mot à dire, c'est ce qu'avaient décidé ses parents, et personne ne lui avait parlé de, enfin tu vois, ce que font un homme et une femme pendant la nuit de noces, et après.
— Tu veux dire qu'il l'a violée, en fait.
— C'était son mari, donc ce n'était pas officiellement un viol. Mais elle n'était pas prête à ça, et elle l'a très mal vécu.
— C'était un viol, mamie, un viol pendant le mariage, le jour du mariage. C'est abominable.
— Elle l'a vécu comme ça, la malheureuse.
— Et comment tu connais cette histoire ? Papi te l'a racontée ?
— Non. Tu penses. Lui, il n'était pas au courant. C'est elle qui me l'a racontée. À cause de ça, elle n'a jamais vraiment réussi à aimer son mari. Elle s'y est faite, bien sûr, elle n'avait pas le choix à l'époque, qu'est-ce que tu veux faire. Elle en a beaucoup voulu à son père.
— Ben oui, c'est une histoire horrible.
— Pourquoi tu voulais savoir ?
— Parce que je m'interroge, mamie. On dirait que ma vie, c'est d'être seule, de jamais avoir d'amoureux, de jamais me marier. Soudain j'ai pensé que c'était peut-être lié à une histoire de famille, qui sait.

— C'est une drôle d'idée. Écoute, ma chérie, il y a quelque chose que je voudrais te donner.

— Ah non, mamie, tu vas pas recommencer, tu ne dois pas donner. Tu dois garder ce qui t'appartient.

— Mais c'est très ennuyeux, ce que tu me dis. Moi, j'adore donner. Ta mère et toi vous me croyez folle, mais je ne suis pas folle du tout. Quelle joie me procure une bague ou un aspirateur ? Quand je vois le sourire des gens à qui je fais ces cadeaux, ça vaut tous les aspirateurs du monde. Tu sais, maintenant, on vit dans un monde où personne ne donne plus rien à personne.

Jen soupira.

— Tu es trop gentille, mamie.

— C'est une qualité, ma chérie. Il vaut mieux donner tout ce qu'on a que garder les choses chez soi, comme si on était un coffre de banque. Personne n'entre dans un coffre de banque, alors que quand tu ouvres ton cœur, tu laisses des gens y entrer, et c'est beau.

— Elle s'appelait comment, la mère de papi ?

— Gariné.

Jen arriva au salon un peu en retard. Une cliente l'attendait. Elle s'en occupa immédiatement. Mais ses pensées étaient ailleurs. Repoussait-elle, sans le savoir, toute possibilité d'histoire d'amour, et encore plus de mariage, par fidélité à ce qu'avait vécu Gariné ? Surtout ne laisser aucun homme « entrer » dans sa vie ? En tout cas, maintenant, elle savait.

Ce soir-là, elle passa chez Valentine, lui raconta.

— Si ça se trouve, tout le monde a un truc bizarre dans sa famille, conclut Jen.

37

Valentine avait pris soin de prévenir le professeur principal de la classe de Milo, par mail, puis elle avait passé un coup de fil à la directrice, laissant les uns et les autres ébaubis. Elle accompagna son fils le jour de la rentrée. M. Marbret, le professeur principal, invita Milo à monter sur l'estrade en présence de sa mère. Après une introduction de l'enseignant, Milo prit la parole, expliqua que désormais il parlait ; maintenant, comme les autres, il se ferait reprendre par les enseignants pour bavardage.

D'abord médusés, les élèves de la classe éclatèrent de rire à son trait d'humour, puis se mirent à applaudir, tous. Milo était ému, et fou de joie. Il enchaîna, sans qu'on le lui ait demandé, sur la récitation du poème d'Anna de Noailles, en y mettant toutes les intonations. Valentine avait avec elle des mouchoirs en papier, qu'elle partagea avec les professeurs et la directrice.

Quelques jours plus tard, un soir, elle demanda à ses parents si Milo et elle pouvaient leur rendre visite pour le week-end, sans en dire davantage. Valentine préférait qu'ils constatent le changement par eux-mêmes, plutôt que de les voir lui raccrocher au nez.

Le week-end suivant, Milo et Valentine prirent donc le train pour Verneuil-sur-Avre, à cinquante minutes de Paris depuis la gare Montparnasse.

— Écoute, trésor, papi et mamie vont sûrement avoir un choc en comprenant que maintenant, tu peux parler. Je ne sais pas comment ça va se passer, mais tu devras sans doute répondre à beaucoup de questions.

— Oui, maman.

— Tu te souviens comment c'est arrivé ?

— C'est arrivé d'un coup, quand on était en promenade, dans le quartier des cerisiers.

— Après la librairie.

— La librairie du monsieur qui est mort ?

— C'est ça.

— Et la femme qui fumait tout le temps, c'était sa fille.

— Exactement.

À la sortie de la petite gare, Valentine aperçut son père, sa casquette en tweed sur la tête. Il en avait pour toutes les saisons.

— Grand-père ! lui cria Milo.

Le père de Valentine ouvrit ses bras, et l'enfant s'y jeta.

— Ma chérie, j'entends des voix, preuve irréfutable que l'âge commence à produire ses effets.

— Tu n'entends pas des voix, c'est la mienne, affirma Milo.

Le père de Valentine recula légèrement.

— Mais comment est-ce possible ? Que s'est-il passé ?

— Papa, nous sommes allés à Salonique, dit Valentine.

— Salonique, répéta-t-il, troublé. Milo chéri, peux-tu me dire encore quelque chose ?

— Tout ce que tu voudras, grand-père.

Ils marchèrent jusqu'à la voiture. Valentine et Milo échangèrent un regard.

— Ça alors, ça alors. Il va falloir que tu nous expliques ça, Valentine. Ta mère va avoir un choc.

— Tu préfères que je ne parle pas ? demanda Milo.

— Non, mon trésor, dit fermement Valentine. C'est hors de question. Il n'y a rien à taire, rien à cacher. Dans cette famille, maintenant, on parle.

Ils arrivèrent devant la maison : une longère assez ancienne, entourée d'un jardin bien entretenu et décoré de nombreux rosiers en fleurs.

— Laisse-moi lui parler d'abord, dit le père de Valentine à sa fille.

Il descendit de la voiture et entra dans la maison. Valentine en fit autant, suivie de son fils. Elle posa leurs affaires dans l'entrée et s'installa dans le salon. Soudain, elle entendit un cri. Sa mère apparut, de mauvaise humeur.

— Qu'est-ce que vous avez tous à me faire cette mauvaise blague ? cria-t-elle. Vous avez décidé de me torturer ?

— Maman, personne ne veut te torturer, répondit Valentine très calmement. Milo parle. Cela fait deux semaines déjà.

— Mamie, je peux parler maintenant. Maman ne se moque pas de toi, ni grand-père.

La mère de Valentine était ahurie. C'était maintenant à son tour d'être complètement muette. Elle s'affala dans un fauteuil, sous le choc.

— Mais qu'est-ce que je vais dire à mes amies du bridge ?

— Eh bien, reprit son mari, tu leur diras qu'il s'est produit un miracle. N'est-ce pas, Milo ? Un miracle.

— Un miracle, grand-père.

— Mon petit-fils s'est mis à parler, répétait la mère de Valentine. C'est incroyable. Tu vois, Valentine, ce que ça veut dire, c'est que pendant toutes ces années, tu t'étais mal renseignée. Tu avais vu les mauvais médecins. Parle encore, s'il te plaît !

Valentine était déterminée à prendre sur elle.

— Oui, mamie, tu veux que je te raconte nos vacances ?

— Vous êtes partis en vacances ? Décidément, ta mère ne nous épargnera rien.

Valentine rongeait son frein.

— Oui, avec maman et Jen, son amie. On est partis en Grèce, c'était très beau, surtout la mer, elle était turquoise ! On a mangé des plats super bons. Là-bas ils ont un pain rond au sésame, c'est le meilleur pain que j'aie mangé de ma vie. Et le jus de cerise aussi. Tu as déjà bu du jus de cerise ?

La grand-mère le regardait.

— Ce n'est plus mon petit-fils.

Milo fut heurté par la remarque. Valentine, elle, était atterrée et furieuse.

— Tu ne vas plus pouvoir geindre auprès de tes amies, c'est ça, tu ne vas plus pouvoir te faire passer pour une victime ? Tu ne vas plus pouvoir te plaindre à tout le monde de ta pauvre fille qui a raté sa vie et n'a pas eu de chance, avec un enfant muet, en plus de tout ce qui ne va pas chez elle, ça va être plus difficile de prendre ton air affligé quand tu parleras de moi, comme si tu en avais quelque chose à faire, alors que la seule chose qui t'importe, ce sont les apparences ! Je vais te dire, maman, j'ai mieux réussi ma vie que toi, même si je vis dans trente-trois mètres carrés d'un HLM, et tu sais pourquoi ?

Parce que moi, je vis dans la vérité, la vérité de qui je suis, je ne cherche pas à me donner des airs, et aussi, tu vois, j'ai du cœur ; toi, tu n'as pas de cœur. Alors voilà, Milo et moi, on a fait ce qu'il fallait, ensemble, avec mon amie Jen, et le miracle s'est produit, et je ne vous ai même pas dit qu'on allait là-bas, parce que tout ce que tu aurais fait, c'est m'en dissuader, parce que tu n'aurais rien compris, parce que tu ne comprends jamais rien, tout ce que tu fais c'est juger, tu juges les autres, tu juges tout le monde, mais qui es-tu pour juger ? Toi, tu as réussi quoi ? À part garder ton mari qui n'a jamais voix au chapitre ? C'est même pas toi qui t'occupes de ton jardin, c'est papa. Mais maman, c'est toi qui as un problème, pas moi, pas Milo, même pas papa. Tu es toxique, maman, c'est toi qui m'as condamnée à l'échec, mais c'est fini tout ça, je coupe ici. Papa, tu nous ramènes à la gare ?

— Non, restez, dit sa mère, secouée. Restez.

Sans attendre de réaction, la mère partit dans sa chambre.

— Mais qu'est-ce qui t'a pris ? demanda doucement son père.

— Papa, tu sais ce qui m'a pris. Bon. Je crois bien que j'ai gâché notre week-end.

— Je vais aller lui parler.

— Non, reste avec Milo, et donne-lui quelque chose, il meurt de faim.

Valentine trouva sa mère, hagarde, assise sur son lit, dans sa chambre.

— Je respecte ton mode de vie, je te demande de respecter le mien, dit Valentine. C'est très facile de dire du mal des gens, tu sais, c'est sans doute ce qu'il y a de plus facile.

La mère de Valentine accusait le coup. Valentine la regardait : trop maquillée, trop laquée, son rouge à lèvres mal posé, ses pores pleins de fond de teint, ce foulard en soie auquel elle s'accrochait désespérément comme pour marquer son appartenance sociale, et ce grand sautoir qui tombait en double rangée sur son chemisier. Malgré elle, Valentine eut pitié. Finalement, sa mère tentait seulement d'être quelque chose.

— Je ne t'en veux pas, maman. Chacun fait comme il peut, concéda-t-elle, magnanime. Mais pour ton petit-fils, ça vaudrait le coup, si tu peux, que tu fasses un effort.

Geneviève acquiesça.

Le dîner se déroula tranquillement. Milo n'arrêtait pas de parler, et, passé la surprise, ses grands-parents s'en amusaient. Tout à coup, s'adressant à Milo les yeux dans les yeux, la mère de Valentine lui dit qu'il avait de la chance d'avoir une mère aussi attentive et dévouée. Le père en rajouta.

— C'est vrai, ta mère est une femme courageuse, méritante, qui nous épate tous.

Valentine se leva précipitamment pour se réfugier dans la cuisine. Non, ne pas pleurer devant eux. Elle retourna à table une minute plus tard, dans une parfaite maîtrise d'elle-même.

Elle eut l'impression, ce soir-là, qu'elle était en train de régler tous les problèmes qui l'empêchaient de vivre. C'était violent, peut-être, mais nécessaire.

Le dimanche soir, son père les reconduisit à leur train.

Après avoir embrassé sa fille, il lui remit une enveloppe.

— Tu liras ça plus tard. Je l'ai trouvée à la mort de ma mère. Elle l'avait gardée. Je suis fier que tu sois partie là-bas. Je ne sais pas ce que tu y as découvert, mais je voulais te dire que… j'ai pensé moi aussi, il y a longtemps, à faire ce voyage, mais je ne pouvais pas. Je ne pouvais pas faire ça.

— Merci, papa.

Valentine et Milo montèrent dans le train et s'installèrent. Le père de Valentine, encore sur le quai, les suivait des yeux à travers la vitre. Valentine et Milo lui firent un signe d'au revoir. Et le train démarra.

Valentine attendit un peu, puis ouvrit l'enveloppe. Elle y trouva une lettre, écrite en français. Elle regarda immédiatement qui la signait : Anna.

Cher Félix,

Je t'écris alors que nous sommes en grand danger. Les Allemands sont partout. Ils ont commencé à sortir des familles entières de leur maison. Dieu sait où ils veulent nous envoyer. Des gens ici disent à la mort, mais d'autres pensent que rien de grave ne peut arriver. On raconte que quelqu'un leur aurait donné la liste de tous les Juifs de la ville, avec leur adresse. Je ne t'ai pas parlé de mes enfants. Je me suis remariée, j'ai un fils et une fille. Ils ont six et quatre ans. Myriam-Rosa, et Samuel-Moïse. Je sais ce que tu penses, mais je n'ai pas pu m'empêcher. Notre nom de famille est PARDO. J'ai très peur pour mes enfants. Je t'écris pour te demander de l'aide, je t'écris et je te supplie. Ne le fais pas pour moi, fais-le pour nos enfants, parce que ce sont leurs demi-frère et demi-sœur. Il faut que tu m'aides à les sauver, que tu les déclares comme Français, que peut-être tu puisses jouer sur les prénoms : ils portent en deuxième prénom celui de nos enfants, à toi et moi. Il faut que tu demandes aux services consulaires de les prendre en charge comme des citoyens français. Je suis certaine qu'avec tes relations, cela marcherait, et la France a de l'influence ici, la France a toujours eu de l'influence ici. J'espère que cette lettre te parviendra à temps. J'aurais dû te l'écrire plus tôt, comme j'ai été bête, mais je n'osais pas. Je sais que je n'ai pas été celle que tu espérais. Mais je sais aussi que tu es un homme de cœur, et je m'en remets à ta miséricorde. Je vais confier cette lettre à une amie grecque qui va aller à bicyclette jusqu'à Kilkis, juste pour moi, pour la poster, espérant qu'elle te parvienne. J'espère que la poste est encore en service. Dieu sait quand tu la recevras. J'ai perdu mes deux premiers enfants, que j'aimais tellement, aie pitié de moi, qu'on ne m'enlève pas mes deux autres enfants. Je sais que tu m'en veux terriblement. Mais je t'en supplie. Mes enfants s'appellent Myriam-Rosa et Samuel-Moïse. Leur nom de famille est Pardo. S'il te plaît, peux-tu dire que ce sont tes enfants ? Je sais que je te demande beaucoup. Je ne sais pas ce qui va arriver, et même si je devais mourir, peu m'importe, mais je voudrais que mes enfants soient sauvés. Je t'écris avec mon cœur de mère. Aie pitié de mon cœur de mère. Aie pitié de mes petits. Je veux qu'ils vivent, je veux qu'ils vivent.

Mes pensées les plus tendres à nos enfants Rosa et Moïse, je les aime tant, eux aussi. Si tu savais comme ils me manquent. Personne ne peut imaginer comme ils me manquent. Est-ce que je les reverrai un jour ? Si par malheur ce n'était pas le cas, dis-leur, je te prie, dis-leur et répète-leur combien leur mère les aime, combien je les ai aimés chaque jour, chaque instant et chaque souffle de ma vie. Et surtout, prends-les dans tes bras et serre-les fort, pour moi.

Recevras-tu cette lettre ? J'ai si peur.

Anna

P.-S. Je ne t'en veux pas d'avoir changé les prénoms de nos enfants. Pardonne-moi si lors de mon voyage à Paris je t'en ai fait le reproche.

Valentine était bouleversée. Les enfants avaient été sauvés, elle le savait par le directeur du Musée juif de Salonique. Était-ce Félix qui était intervenu, grâce à ses connaissances sur place ?

Elle nota l'absence de « h » dans le prénom de son aïeule.

Ce soir-là, Valentine rêva d'Anna. La Grecque arrivait à Paris par le train, mais le train entrait non pas en gare mais dans le hall, majestueux, d'un palace décoré de milliers de fleurs plus belles les unes que les autres. Elle descendait du train avec l'aide d'un groom de l'hôtel, on la découvrait vêtue d'une longue robe de soie fluide, couleur crème, avec une traîne, et d'une cape dans la même teinte, sans pour autant voir son visage. Félix, en tenue d'équitation, l'accueillait, accompagné de deux enfants charmants, une petite fille coiffée de deux nattes, portant une robe de demoiselle d'honneur rose pâle, et un garçon un peu plus jeune, habillé d'un pantalon court et d'une veste en tweed. Les enfants couraient vers elle, elle prenait le petit garçon dans ses bras, pour aussitôt le reposer et se tourner vers le groom, qui faisait alors descendre deux autres enfants, exactement identiques aux premiers, seule la coiffure de la deuxième petite fille était différente. La femme prenait alors les quatre enfants dans ses bras ; comme autant de petits chimpanzés, ils grimpaient sur elle, alors que l'on entendait des bruits d'oiseaux, un fond sonore exotique, peut-être le Brésil ou l'Amazonie, la vie sauvage. Anna sortait de ses poches des framboises, les offrait aux enfants qui les dévoraient. Le train alors repartait, mais l'on découvrait que la traîne de la robe était restée accrochée à la marche du train, tirant Anna à sa suite. Félix s'amusait de la scène, sans mesurer sa gravité, les enfants essayaient de retenir leur mère par les mains mais, même à quatre, n'y parvenaient pas, le train n'allait pas très vite, toute la scène paraissait s'étirer dans le temps, et finalement le groom, avec un sourire parfait, lui prenait les mains et parvenait à faire céder la robe ; Anna s'étalait maintenant à plat ventre, sur le sol, avec pour seul vêtement des guenilles noires, en lambeaux, puis elle se relevait, complètement échevelée, les genoux en sang, l'air d'une folle, faisant peur aux quatre enfants qui partaient en courant pour sortir de l'hôtel, tandis que Félix riait de plus belle. Le visage de la femme ressemblait trait pour trait à celui de Valentine.

À cette image, Valentine s'était réveillée en sursaut, troublée, encore à moitié dans son rêve. Puis s'était rendormie.

38

Un jour, alors que Valentine était à son bureau, elle reçut un appel du conservateur du Musée juif de Thessalonique. Il avait localisé les descendants de Hannah Perla Modiano, épouse Pardo. Myriam-Rosa était partie, à l'âge de vingt ans, vivre en Belgique, où elle s'était mariée. Quant à son frère, il avait émigré aux États-Unis et fait carrière dans le chewing-gum, mais il était mort depuis quelques années. Myriam, assez âgée, vivait désormais dans une maison de retraite. Mais elle avait une fille, Simona. Le conservateur avait réussi à trouver son numéro de téléphone, qu'il communiqua à Valentine. Il n'était en revanche pas encore parvenu à obtenir les numéros des deux fils de Samuel-Moïse.

— Je peux appeler Simona, vous croyez ? demanda Valentine.

— Bien sûr.

Valentine resta quelque temps avec ce numéro de téléphone, griffonné sur un Post-it. Elle hésitait, ne sachant pas si elle avait envie d'en savoir plus, d'aller encore plus loin dans sa quête de la vérité, ou s'il était préférable qu'elle s'en tienne là. Elle se sentait si bien, maintenant.

Elle avait voulu comprendre, savoir, parce qu'il y avait

cette histoire avec Milo, mais depuis qu'il parlait, mystère qu'elle ne percerait jamais, elle n'avait plus vraiment de raison de continuer à creuser. Elle en avait discuté avec Jen, qui lui avait conseillé de se tenir à distance : la vie de Valentine s'engageait enfin dans une nouvelle dynamique, disait-elle. Pourquoi repartir en arrière ? L'histoire d'Anna, de Félix, des enfants, les premiers et les suivants, tout cela faisait déjà beaucoup, et Valentine redoutait instinctivement que ces informations finissent par l'engloutir. Elle craignait, en creusant encore, de tomber elle-même dans un trou.

Malgré cela, comme pour purger, clore, terminer, elle se décida, un matin, à téléphoner. Sa curiosité l'avait emporté.

— Bonjour, je suis Valentine Dubois, je vous appelle parce qu'il semblerait que nous ayons une ancêtre en commun, Anna Modiano. Je suis l'arrière-petite-fille de Félix Buissonnier.

— J'attendais ton appel.

La réponse, comme le tutoiement, mirent dans l'instant Valentine mal à l'aise.

— Je suis en Belgique, j'essaie de ne pas en bouger, ma mère est très âgée, je lui rends visite tous les jours. Ça lui fait du bien. Est-ce que tu pourrais venir un jour à Bruxelles ?

— Oui. Je pourrais.

Valentine n'en pensait pas un mot. Elle n'irait jamais là-bas. Elle détestait la familiarité avec laquelle son interlocutrice s'adressait à elle et lui demandait de venir jusqu'à elle, en plus. Elle détestait tout autant sa voix un peu nasillarde, mielleuse et traînante.

— Nous avons des choses à nous dire, je crois, ajouta la femme.

Désarçonnée, et même rebutée, Valentine expédia l'appel et raccrocha. Cela lui donnait déjà mal au ventre, et l'oppressait. Elle regrettait terriblement ce coup de téléphone. La voix de Simona, son ton assuré, avaient empiété, d'un coup, sur elle, sa vie, son espace, et cela lui était complètement insupportable. Elle ne donnerait plus de nouvelles, c'était décidé. Pour commencer, elle effaça la trace de l'appel sur son téléphone et jeta le Post-it, non pas dans sa corbeille, mais dehors, loin, dans une poubelle verte qui serait vidée au petit matin, au coin d'une rue adjacente.

Elle décida d'arrêter la feta et les olives pour revenir aux habituelles salades, quiches et pâtes à la sauce tomate. Exit Salonique. C'en était assez.

Elle aspirait à une vie normale, une vie comme tout le monde. Elle avait envie de sortir en terrasse, de boire, de rire, de danser, de chanter, une vie légère. Il lui fallait oublier tous ces prénoms étrangers, et ces histoires tragiques. Elle décida de recommencer à nager, ce qu'elle n'avait pas fait depuis onze ans au moins, depuis la naissance de son fils. Elle prit une carte d'abonnement à la piscine de Levallois-Perret, la plus proche, et se fit la promesse d'y aller tous les jours. D'abord vingt longueurs, puis trente, puis quarante, puis soixante, puis cent, elle redevint rapidement la sportive qu'elle avait été autrefois. Ce sport lui donnait une énergie folle, elle retrouvait son corps, elle le sentait. Très vite, elle s'était détendue, pleine d'allant, s'était musclée. Elle se sentait fière de cette discipline nouvelle. Parvenir, chaque fois, malgré la paresse qui menace, à atteindre ses cent longueurs. Elle avait repris ses escapades au square, mais en changeant de bande-son, et les vendredis en roller avec Milo. Valentine était heureuse, simplement, et de tout. Un de ces moments de grâce dont la vie a le secret, où tout semble aller si bien, où l'on éclate de rire pour un rien.

La jeune femme s'était jetée à corps perdu dans son travail. Il y avait de nouvelles couvertures à concevoir, un roman norvégien, un roman graphique, dont le genre séduisait de plus en plus, et un essai sur les nouveaux modes de consommation écrit par deux sociologues du CNRS. Mais, surtout, Sylvette s'était associée à une autre maison d'édition ; elle avait proposé à Valentine de s'occuper de toutes les couvertures. Le directeur de l'autre maison trouvait son travail « formidable ». Valentine avait accepté avec joie, voilà qui arrondirait ses revenus.

Un après-midi, Valentine était passée voir Sylvette et Jana. La maison d'édition semblait si animée qu'elle avait ressenti soudain l'envie d'y être intégrée. Être salariée plutôt que free-lance, et surtout travailler en équipe, sur place, plutôt que de chez elle, seule. Le temps de lui aménager un bureau, quelques semaines au plus pour s'organiser, établir son contrat, et elle aurait sa place. Valentine était enchantée.

Elle passait souvent voir Jen, contente de voir son amie à tel point en forme. Quand Jen parvenait à s'échapper du salon, elles déjeunaient ensemble, en terrasse, s'amusaient d'histoires de clientes, de tout, et d'un rien. Valentine avait recommencé à porter de jolies petites robes virevoltantes et ne passait plus inaperçue, comme ses éclats de rire, tonitruants. Jen le lui faisait chaque fois remarquer.

Quant à Milo, il allait très bien. Thierry lui téléphonait tous les jours ; il leur rendait même visite souvent, en fin de journée, après son travail, et avait tout un tas d'idées pour son fils. Il envisageait de le prendre avec lui un mois entier de l'été. C'était une bonne chose pour Milo, qui s'épanouissait davantage de jour en jour. Ayant découvert, en classe, la tirade de Cyrano de Bergerac, il avait envie de s'essayer au théâtre, et sérieusement. L'année prochaine, lorsqu'il serait en cinquième, Valentine l'inscrirait à l'atelier théâtre du collège.

Petit à petit, elle commençait à former des projets d'avenir. En juillet, elle emmènerait Milo à la mer. Saint-Malo. Jen les y rejoindrait. Ils n'y étaient pas allés depuis si longtemps. Quant à son appartement, il ne lui plaisait plus. Tout repeindre elle-même ? Changer les meubles ? Non. Une fois salariée, elle pourrait déménager. Aller vivre dans un plus joli coin de l'arrondissement, pour ne pas changer Milo de collège, et ne pas trop s'éloigner de Jen. Elle avait envie de clarté. Et d'une nouvelle étape de vie. Enfin elle pourrait s'ouvrir au monde, enfin elle rencontrerait des gens.

Jen, de son côté, décida de changer un peu d'allure. Nora lui éclaircit et lui coupa les cheveux, épila ses sourcils fournis, puis Jen fit le ménage dans sa garde-robe, même si elle restait attachée à ses jeans et ses baskets, sa tenue de travail.

39

Un jour, un homme d'une trentaine d'années débarqua dans le salon de coiffure : il souhaitait, et de toute urgence, faire une manucure. Jen lui rétorqua qu'elle était surbookée et qu'elle ne pourrait le prendre qu'après 15 heures. Seulement, il avait un entretien d'embauche tout près de là, et il venait de s'apercevoir que ses ongles étaient un peu longs et irréguliers. Il voulait faire bonne impression et insista : il en allait de son avenir. Jen soupira, demanda à Mme Rémy si elle pouvait patienter un quart d'heure ; la cliente, une femme charmante de quatre-vingt-huit ans, accepta avec une pointe d'humour, elle avait le temps, et Jen s'occupa des mains de son nouveau client.

S'installant en face de lui, elle remarqua qu'il avait des mains magnifiques et l'en complimenta tout en commençant la manucure – elle nota, c'était un travers professionnel, l'absence d'alliance. L'homme lui répondit qu'elle aussi avait de très belles mains. Ils se sourirent, mais Jen souriait à tout le monde. Elle s'appliqua à lui faire des ongles soignés, impeccables.

— Avec ça, si vous le décrochez pas, votre job, moi, je sais plus qui je suis.

Jen le félicita de prendre soin de ses mains : c'était, de son point de vue, un beau signal de respect de soi et des autres, et chez un homme, s'occuper de ses ongles était rare.

— Allez, détendez-vous, respirez bien, et entrez du pied droit ; moi, je sais que vous l'avez déjà, le job, c'est vrai, qui ne voudrait pas vous embaucher, beau comme vous êtes, dit Jen pendant que l'homme la réglait. Tenez-moi au courant, ajouta-t-elle en lui ouvrant la porte – mais elle disait ça à toutes ses clientes.

Elle revint au coup de peigne de Mme Rémy, qui recevait ce soir ses petites-filles à dîner.

— « Beau comme vous êtes », la taquina Nora, tu y es allée un peu fort.

— Ben quoi, il avait belle allure avec sa chemise, là, et sa veste, et bien coiffé avec ça, le type, il fait des efforts. Il y en a combien, des mecs de son âge qui pensent à avoir des ongles soignés ?

— « Beau comme vous êtes », tu lui as pas dit « élégant comme vous êtes ».

— Oh, ça va. Moi, quand mes clients ils partent d'ici, j'aime qu'ils se sentent les rois et les reines du monde, alors je vois pas le problème de faire un compliment, pas vrai, madame Rémy ?

— Je suis bien d'accord avec vous, Jenifer.

— Et puis, objectivement, il était beau, non ? Enfin, plutôt beau ? Madame Rémy, vous en pensez quoi ?

— Ah oui, c'était un beau jeune homme.

— Nora, t'as entendu ? Mme Rémy est d'accord avec moi, c'était un beau jeune homme. Bon, on peut travailler maintenant ? Madame Rémy, je vous coiffe comme d'habitude ?

— Comme d'habitude, surtout on ne change rien, répondit la cliente.

Une heure et demie plus tard, l'homme revenait au salon. Il avait décroché le job, était fou de joie, et voulait remercier Jen.

— Vous m'avez porté bonheur, lança-t-il.

— Non non non, répondit Jen. Je n'ai rien fait.

— Il faut que nous fêtions ça ensemble.

Jen n'en revenait pas.

— Mais je n'y suis pour rien !

— Si, vous y êtes pour beaucoup.

— Si vous le dites, soupira-t-elle, secrètement ravie.

Il lui proposa de passer la prendre à 19 h 30, pour l'emmener dîner. Est-ce que cela lui convenait ? Jen acquiesça, perplexe. Puis il repartit comme il était venu.

Écarlate, Jen se tourna vers Nora et les clientes, et eut droit à des sifflets admiratifs de Nora et autres félicitations sonores.

— Bon, ça va, il m'invite juste à dîner, il doit connaître personne ici, c'est tout. C'est un provincial, le mec habite à Mâcon ou Saint-Nazaire.

— Il a eu le coup de foudre pour toi, lui lança Nora.

— Arrête tes bêtises.

— Ça vaut ce que ça vaut, conclut Nora, espiègle, lui renvoyant son expression favorite.

Et pourtant, c'est ce qui était arrivé.

Jen n'avait pas le temps de retourner chez elle se changer. Nora la coiffa, puis la maquilla très légèrement, un coup de blush, un peu de gloss. Jen, qui ne se faisait jamais les ongles, eut droit à une pose de vernis express, rose pâle, le « Mademoiselle » que toutes les clientes s'arrachaient.

À 19 h 30, le bel inconnu était là, avec un petit bouquet de pois de senteur.

— Non mais sérieusement, vous êtes revenu ? dit-elle.

Elle était surprise par les fleurs, délicates et rares. Il n'avait pas opté pour des roses, et elle l'en félicita : il avait du goût. Non qu'elle n'aimât pas les roses, mais elle trouvait qu'offrir des roses était un peu convenu, même si, en vérité, personne ne lui en avait jamais offert. Jen ferma la boutique ; ils se rendirent, à pied, dans un restaurant qu'il avait repéré, près de la place Pereire. Fidèle à elle-même, Jen était en baskets, et ça ne l'empêchait pas d'être jolie. Contre toute attente, elle se sentait plutôt bien avec lui et elle avait beaucoup de plaisir à dîner dehors.

Louis ne s'était jamais marié, n'avait pas d'enfants. Il avait travaillé aux Antilles, puis au Moyen-Orient, et était content d'être rentré en France. Personne ne se rendait compte, lui dit-il, de la chance immense de vivre à Paris. Il lui posa mille questions sur ce qu'elle faisait, son métier, et Jen lui parla de Valentine, du récent voyage qu'elles avaient fait à Thessalonique, en train. Louis lui confia qu'il n'aimait pas beaucoup le train, à cause de l'odeur des œufs durs que les voyageurs y mangeaient, parfois. Il connaissait la Grèce pour y avoir passé quelques vacances avec des amis. Elle lui raconta le trigone, dont elle était folle amoureuse, elle en avait encore huit dans son congélateur, c'était son trésor. Louis évoqua Hydra, Naxos, Athènes, et très vite ils parlèrent des voyages qu'ils avaient envie de faire. Ils étaient d'accord : la cuisine locale comptait autant que les paysages. Jen évoqua ses origines arméniennes, sa famille, sa grand-mère; Louis était, quant à lui, breton, mais sa mère était à moitié sicilienne, et très superstitieuse, il ne fallait jamais poser un chapeau sur un lit, trinquer avec un verre d'eau ou renverser du sel. Lorsque le dîner – carpaccio, pâtes à l'huile de truffe, tiramisu pour elle et cassata pour lui, le tout bien arrosé – fut fini, Louis lui proposa de se promener un peu. Ils marchèrent jusqu'au Grand Palais, puis descendirent sur les berges de la Seine. Il faisait bon. Elle tenait toujours son bouquet à la main. Ils restèrent encore à parler, et Louis raconta son travail, le poste qu'on lui confiait, l'appartement qu'il devrait trouver. Il était bien originaire de Saint-Nazaire. Jen n'y croyait pas.

— Mais tu as quel âge? demanda-t-elle soudain.

— Trente et un.

— Mais moi, j'en ai trente-six!

— Et alors?

— Oui, tu as raison. Et alors.

Puis elle lui confia que les fleurs auraient bientôt besoin d'eau. La nuit était tombée. Il la raccompagna, à pied, en bas de chez elle. Sans avoir cherché ni à lui prendre la main ni à l'embrasser.

Jen était émerveillée par sa soirée. Elle écrivit à Valentine, à minuit.

— Tu dors?

— Non.

— J'ai rencontré quelqu'un.

— Sans blague?

Valentine appela Jen dans l'instant.

— Raconte !

Et Jen raconta.

— Tu vas le revoir ?

— J'en sais rien. Il a mon numéro. Tu sais, il ne m'a pas embrassée. Ça m'a beaucoup plu. C'est un signe de grand respect, je trouve. Non ? Ou tu trouves que c'est mauvais signe ?

— C'est un signe de grand respect.

Le lendemain matin, pas d'appel, pas de message. À midi, Jen commença à se dire qu'elle s'était fourvoyée. À midi trente, toujours rien. Son humeur s'assombrit, mais elle se concentra sur les racines d'une cliente qui lui parlait de son chien, blanc, toujours sale à cause de la pollution. À midi quarante-cinq, elle reçut un message. Louis était installé au café de l'angle. Si elle pouvait s'échapper de son salon, il l'invitait à manger une salade niçoise.

Jen se tourna vers Nora.

— Non ? dit Nora.

— Si ! répondit Jen. Il est au café d'à côté, il m'attend pour une salade niçoise.

Nora annonça à sa cliente qu'il y avait une urgence et lui demanda trois minutes de pause. Puis elle sortit de son sac son blush et son gloss, maquilla légèrement Jen et arrangea ses cheveux.

— Je suis encore en baskets, dit Jen, soudain affligée.

Nora, qui faisait la même pointure, enleva immédiatement ses ballerines.

— Mets ça.

Jen les essaya, mais ce n'était pas son genre.

— S'il doit tomber amoureux de moi, il devra aimer mes baskets, déclara-t-elle.

— Madame Dupuis, c'est Nora qui vous rince la couleur. Nora, dans vingt-cinq minutes pour Mme Dupuis, j'ai mis le timer.

Elle attrapa son portefeuille, qu'elle glissa dans la poche arrière de son jean, et traversa la rue.

Lorsqu'elle arriva au café, il affichait un grand sourire, visiblement ravi de la retrouver.

— Je viens de réaliser que je vais travailler à cent cinquante mètres de ton salon. Et aussi, j'ai adoré notre soirée.

Jen ne savait pas quoi répondre qui ne soit pas complètement tarte. Elle commanda un steak-frites, lui une salade niçoise.

— J'adore la viande, dit-elle pour tout commentaire.

— Eh bien, nous mangerons souvent de la viande, ajouta-t-il, charmant.

Jen retourna au salon quarante minutes plus tard dans un état de joie cosmique. « Eh bien, nous mangerons souvent de la viande » lui semblait la phrase la plus romantique au monde. Il existe différentes manières de dire que l'on a envie de faire sa vie avec quelqu'un. Il avait bien choisi la sienne. C'était parti.

Jen présenta Louis à Valentine et Milo lors d'un dîner « officiel » chez Mario. Les amoureux passaient maintenant toutes leurs soirées ensemble. Jen accompagna même Louis à Saint-Nazaire, un week-end, pour rencontrer sa famille. Elle pleurait souvent, répétant à Louis : « Je n'y crois pas, vraiment, je n'y crois pas. » Elle n'avait jamais été heureuse comme ça. Il la rassurait, l'embrassait. Jen racontait tout, absolument tout ce qu'elle vivait à Valentine par messages. Lui envoyait des photos. Valentine répondait aussitôt, souvent avec des cœurs rouges et des points d'exclamation.

Lorsque, un mois après leur rencontre, Jen présenta Louis à sa grand-mère, la vieille dame sortit d'une boîte en galuchat une montre ancienne, celle de son défunt mari, et la lui offrit. Jen fit les gros yeux à sa grand-mère, voulut reprendre la montre pour la remettre dans la boîte.

— Tu ne comprends pas, ma chérie. C'est pour tout le temps que vous allez partager ensemble. N'est-ce pas, Louis ?

Jen attacha la montre au poignet de Louis. Encore une fois, elle avait les larmes aux yeux. En sortant de l'immeuble, il la demanda en mariage.

— Mais j'ai trente-six ans, répondit-elle, désemparée.

— Et ?

— Tu sais ce que c'est qu'un mariage arménien ? On invite trois cents personnes, tous les cousins de la diaspora, c'est un bordel !

Il l'embrassa, mettant un terme à ses inepties.

Très vite, ils décidèrent d'une date.

40

Mi-juin, Valentine reçut un message sur WhatsApp. Simona était à Paris et lui proposait un rendez-vous, dans un café faisant face à la gare du Nord. Valentine détestait les cafés et les restaurants jouxtant les gares. Les gens, trouvait-elle, y avaient souvent le regard vide, plus tout à fait ici, pas encore ailleurs. Ils mangeaient ou buvaient presque mécaniquement, comme dans l'attente que leur vie reprenne.

Valentine répondit à contrecœur qu'elle viendrait au rendez-vous. Elle ferait cet ultime effort. Le jour dit, elle s'y rendit donc, furieuse d'avoir accepté. Dans le wagon du métro, elle se parlait à elle-même. Elle y allait mais resterait imperméable à toute nouvelle information. Surtout si la fameuse Simona lui racontait des histoires terribles. La vie d'Anna Modiano, ce n'étaient que des histoires terribles. Non, ce dont Valentine avait besoin, c'était continuer de boire des Aperol spritz en terrasse, chercher un nouvel appartement, refaire un peu sa garde-robe, et dénicher une location pour les vacances d'été à Saint-Malo.

Sortie de la station de métro, elle se dirigea vers le Terminus Nord. Café et brasserie à la fois, un brin désuet, Simona n'avait pas trop mal choisi. Elle entra dans l'établissement et la repéra immédiatement : une femme seule, la cinquantaine. Simona avait les cheveux auburn, un roux artificiel et usé, avec des racines plus sel que poivre. Valentine pensa immédiatement à ce que Jen en aurait fait. Une couleur, pour commencer. Puis une coupe. Restructurer tout ça, et donner du brillant.

— Vous êtes Simona ?

Simona lui tendit la main, et Valentine n'eut pas d'autre choix que de la serrer. Deux paumes qui se touchent, se serrent. Comme elle détestait ce contact, mais comment refuser ? Après tout, des tas de gens se serraient la main quotidiennement, cela ne créait pas de lien pour autant.

Simona commença par lui dire que c'était assez fabuleux, de se rencontrer, après plusieurs générations et tant d'années. Elles étaient, disait-elle, des cousines.

— Des demi-cousines, rectifia Valentine froidement.

Simona perçut la réserve de son interlocutrice.

— Tu cherches tes racines, si j'ai bien compris.

Valentine l'interrompit. Le tutoiement, une fois de plus, l'insupportait.

— Je cherchais. Je ne cherche plus.

Pouvait-on être plus antipathique que Valentine, dans ce café ?

— Vraiment, tout ça ne m'intéresse absolument plus.

— Alors pourquoi tu es venue ? l'interrogea Simona.

— Par politesse, répondit-elle avec un air de défi.

— Même pas un peu de curiosité ? rétorqua Simona.

Ses joues s'empourprèrent. Elle était prise au piège. Il était encore temps de se lever et de partir. Simona commença à raconter. « Lève-toi, va-t'en, se répétait Valentine.

Tu ne la connais pas, tu ne lui dois rien», mais elle n'y parvenait pas. Divertir son esprit. Se remémorer toutes les couvertures de livres sur lesquelles elle avait travaillé cette année. Le roman de Taffa Mengistou, le roman graphique de Clémence Meslet, les romans de Samye Djenbrik, David Kays, le *Guide de la truffe à Paris*, le récit de la navigatrice Léonora Dupond, et quelques catalogues d'exposition, pour les musées de Nancy et de Lille.

Tout, sauf écouter.

Seulement, les mots de Simona lui parvenaient.

Et au bout d'un moment, elle se mit à y prêter attention.

Anna Perla Modiano était issue d'une famille qui ne s'appelait pas tout à fait Modiano. Son père, Loulou, au moment de se déclarer à nouveau à l'état civil après l'incendie de Salonique de 1917 – toutes les archives ayant brûlé –, avait choisi ce patronyme, qui n'était pas le sien mais celui d'une famille de la ville, immensément riche, pensant que cela lui ouvrirait des portes et lui porterait chance.

— Quel était son vrai nom?

— Zarfadi. Il était d'origine italienne par son père, comme les Modiano, mais espagnole par sa mère.

Du temps où il ne s'appelait pas encore Modiano, Loulou avait eu cinq enfants. Il était cordonnier, et pas doué pour autre chose que ressemeler des souliers. Il faisait tout juste vivre sa famille. Sa femme, Estrella, confectionnait des pains qu'elle vendait le vendredi matin, sur un étal, dans la rue, pour compléter leurs revenus. Lors du grand incendie de 1917, le cordonnier avait tout perdu; sa femme et quatre de leurs enfants y avaient laissé leur vie. Anna, la cadette, avait été épargnée, confiée, par chance, à une tante du côté de sa mère quelques jours plus tôt, pour soulager cette dernière.

Loulou s'était retrouvé, dès le soir de l'incendie, dans un théâtre où avaient été regroupés les rescapés. La Croix-Rouge s'occupait de leur porter secours et notait leur identité – Loulou avait changé de nom à ce moment-là. Il s'était ensuite rendu chez la tante de sa femme et avait récupéré la petite Anna. Puis ils avaient été relogés, avec deux autres familles, à la périphérie de la ville, sous une simple tente en grosse toile, comme des milliers d'autres. Dans un premier temps, Loulou avait vécu d'aides, puis il avait retrouvé du travail auprès d'un cordonnier grec, gagnant encore moins qu'avant, une misère. Anna avait heureusement bénéficié de la protection d'œuvres de bienfaisance juives et pu suivre une scolarité digne de ce nom. Elle y avait appris un français parfait, en plus du ladino mâtiné d'italien parlé par son père. Une très bonne élève.

À son corps défendant, Valentine était rivée au récit de Simona.

Comme bon nombre de ses coreligionnaires, Anna n'avait que de vagues notions de grec. Son certificat passé, elle s'était empressée de trouver un travail, pour améliorer le sort misérable de son père et le sien. Elle était parvenue, grâce à l'entremise de son école, à se faire engager comme secrétaire au sein du bureau de la ville chargé de l'urbanisme et des travaux, où officiaient surtout des Français.

À dix-huit ans, Anna était d'une grande beauté, et elle paraissait quelques années de plus. Des cheveux fins, ondulés, blond vénitien, encadraient l'ovale parfait de son visage.

Ses grands yeux bleu-gris, légèrement tombants, ourlés de jais, sur une peau de lait, lui donnaient un charme fou, à faire chavirer n'importe quel homme. Sa poitrine était fière, sa cambrure remarquable, quant à ses jambes, elles n'en finissaient pas.

Anna avait un amoureux, Peppo Pardo. Un beau jeune homme qui n'était guère plus riche qu'elle et qui avait lui aussi vu sa famille ruinée par l'incendie. Il avait vingt ans et travaillait dur dans une boucherie, tout en suivant, le soir, des cours de comptabilité. Ils s'étaient rencontrés au port alors qu'il participait à une compétition de natation. De nombreuses jeunes filles étaient venues applaudir les nageurs. Quand il était sorti de l'eau, leurs regards s'étaient croisés, un coup de foudre. Ils se retrouvaient après le travail. Anna ne l'avait pas encore présenté à son père, elle le fréquentait en cachette. Ils se promenaient sur la jetée, se donnant le bras, parfois la main. Ils s'asseyaient souvent sur un banc, pas très loin de la Tour blanche. C'était leur banc. De là, ils contemplaient la mer et l'horizon en nourrissant des projets d'avenir. Ils se marieraient bientôt, fonderaient une famille. Ils étaient fous d'amour l'un pour l'autre.

À son travail, Anna recevait régulièrement des avances d'un Français. Elle s'en ouvrit un jour à son père. L'homme lui faisait la cour, lui offrait chocolats, pâtes d'amande, fleurs et même parfums, qu'elle refusait obstinément. Il avait au moins vingt ans de plus qu'elle, quel culot ! Loulou y vit une chance inespérée pour sa fille et pour lui. Si elle parvenait à se faire épouser par cet homme, leurs ennuis seraient terminés, ils seraient à l'abri du besoin pour la vie. Mais il n'était pas juif, argumentait Anna, espérant dissuader son père. Et, avoua-t-elle un jour, elle en aimait un autre. « L'amour ne dure pas, lui cria son père, et il ne se mange pas non plus ! » Il lui ordonna de ne pas repousser ce Français, il était même prêt à le rencontrer. Loulou lui demandait de tout mettre en œuvre pour se faire épouser. Épouser un Français, qui, de surcroît, travaillait pour un ministère, cela justifiait tous les sacrifices, et surtout celui d'un mariage mixte, contraire à leurs traditions.

Anna avait fait part de la catastrophe à son amoureux. Ils étaient tous deux effondrés. Peppo était prêt à convaincre son père, il n'avait que vingt ans mais il deviendrait bientôt riche, lui aussi. Loulou ne voulut rien entendre. Un soir, Peppo se posta devant l'échoppe de cordonnerie où Loulou travaillait. Il l'attendit et tenta de lui parler. Le père d'Anna lui cria qu'il n'était personne, un moins-que-rien, et lui ordonna de déguerpir avant qu'il appelle la police.

Comme son père le lui avait ordonné, Anna se laissa approcher, puis épouser par Félix Buissonnier, dont elle n'était pas amoureuse. Elle pleura, avant et durant toute la cérémonie de mariage, dans cette église où il lui semblait renoncer à tout ce qu'elle était. Oui, elle vivait désormais dans une maison cossue à deux étages, avec des domestiques, une cuisinière et une gouvernante, et elle remplissait, à contrecœur, son devoir conjugal. C'est avec Peppo qu'elle aurait dû découvrir tout ça. C'est à Peppo qu'elle aurait dû se donner. Et elle pleurait chaque fois que son mari lui faisait l'amour.

Ça y est, Valentine commençait à détester cette histoire. Être la descendante d'une sorte de mariage forcé lui était insupportable.

Anna n'aimait rien de lui. Elle eut un premier enfant, Rosa, ce qui atténua sa peine, puis un deuxième, Moïse. Au moins, elle avait imposé les prénoms. Elle les adorait, ils le lui rendaient bien, une mère si douce – du miel –, et leur existence compensait son sacrifice. Anna donnait désormais de l'argent à son père, de l'argent comme il n'en avait jamais eu. Au point que ce dernier s'était mis à porter des costumes, et même à payer des verres à tout le monde dans les tavernes. Il se prenait pour un roi et fut bientôt entouré d'une sorte de cour.

Seulement, Anna n'avait pas oublié Peppo. Elle le croisa un jour, dans le bas de la ville, alors qu'elle sortait de chez un tailleur, rue Vasileos Irakleiou, où elle avait commandé une robe. Elle était bien coiffée, superbement élégante, et toujours aussi belle. Leur amour était intact, et ils tombèrent dans les bras l'un de l'autre, dans une effusion de larmes et de confidences. Peppo ne s'était pas marié, il n'avait pas voulu, malgré l'insistance de sa famille. Il n'aimait qu'elle. À partir de ce jour-là, ils prirent l'habitude de se retrouver pour parler. Seulement, parler, quand on s'aime, très vite ça ne suffit pas. Ils s'embrassèrent une fois, puis deux, puis cent. Des baisers toujours plus langoureux, ceux de l'amour véritable. Mais ils ne faisaient rien de plus. Ils se retrouvaient toujours au même endroit. Au fond d'un petit restaurant, discret, dans un passage non loin du marché Modiano.

Une relation de son mari, qui la connaissait, les y surprit un jour et s'empressa de tout raconter à Buissonnier.

Elle n'avait pas couché avec Peppo mais Félix refusait de la croire et mettait maintenant en doute la paternité de leurs enfants. Elle lui jura qu'ils étaient de lui, mais rien n'apaisait sa colère. Tout le monde jasait déjà derrière son dos : épouser une Grecque, quelle erreur, et une Juive, pire que tout ! Il demanda le divorce, l'affaire fut expédiée à grande vitesse, il donna sa démission, furieux de devoir mettre un terme à son excellente carrière, plia bagage et partit, avec les deux enfants, dont il était parvenu sans difficulté à obtenir la garde.

Anna retrouva Peppo, qui l'épousa sur-le-champ. Ils s'installèrent sur les hauteurs de la ville, dans une petite maison très modeste. Bien qu'ayant retrouvé son grand amour, Anna était habitée d'une infinie tristesse. On lui avait pris ses enfants adorés, et cela lui était une douleur de chaque instant. Elle eut deux nouveaux enfants, ce qui apaisa légèrement sa peine. Peppo, simple portefaix, n'était pas devenu riche et c'est à elle qu'incombaient toutes les tâches de la maison. Pour arrondir les fins de mois, elle vendait du pain, qu'elle faisait elle-même, comme autrefois sa mère, le vendredi matin, au marché Kapani, sur un étal que lui louait une vendeuse de fruits et légumes. Anna aimait ses nouveaux enfants, mais ils ne remplaçaient pas les précédents. Son cœur était inconsolable. Elle gardait leurs photos sur sa table de chevet et les embrassait, tous les matins et tous les soirs.

Et puis la guerre était arrivée. Du jour au lendemain, la ville s'était trouvée occupée par les nazis. Simona raconta comment Peppo avait été sommé, comme tous les hommes entre dix-huit et quarante-cinq ans, de se rendre le 11 juillet 1942 place de la Liberté, avant d'être envoyé dans un camp de travail forcé, dans des conditions inhumaines, à quelques heures de là. La communauté juive de Salonique s'était démenée pour obtenir leur libération auprès de l'occupant. Mais l'argent exigé par les Allemands, une somme folle, était impossible à réunir. Les Allemands leur avaient alors demandé le terrain qui abritait des centaines de milliers de tombes. Le dilemme était terrible. Acheter la libération des vivants ou préserver la sépulture des morts ? Ils avaient choisi les vivants.

L'année suivante, en l'espace de quelques semaines s'était opérée une longue série de rafles. Lors de l'une d'elles, Anna et Peppo avaient été emmenés, puis jetés dans des trains. Mais quelques heures auparavant, Anna, qui avait eu vent de ce qui se tramait, était allée, ses bambins dans les bras, trouver son voisin Erol, le libraire turc qui l'aimait bien. Le vendredi, lorsqu'il lui en restait, elle lui déposait parfois un pain tressé. Elle n'avait rien à lui donner, pas d'argent, pas de bijoux, et elle en pleurait. Ses enfants, est-ce qu'il pouvait prendre ses enfants ?

La librairie, pensa Valentine. Celle-là même où elle s'était rendue avec son fils. Elle recoupait maintenant le récit de Simona avec ce que lui avait raconté Seva, lors de leur déjeuner dans le jardin, avec Jen et Milo.

Le libraire l'avait priée de sécher ses larmes. Bien sûr qu'il les prenait. Anna l'avait alors suivi tout en haut de la librairie pour installer les enfants. Elle voulait voir leur cachette, pour garder cette image-là, ses petits à l'abri, gravée dans sa mémoire, *in extremis*, ses deux enfants tant aimés, adorés, autant que les deux précédents. Comme si elle n'avait pas déjà assez souffert. Les adieux avaient été déchirants, elle avait serré la petite Myriam-Rosa et l'adorable Samuel-Moïse contre elle, plongeant son nez dans leurs cheveux et dans leur cou pour les sentir encore, les respirer, et leur dire combien elle les aimait, et qu'ils soient sages, elle reviendrait dès qu'elle pourrait, qu'ils écoutent bien le libraire, qu'ils ne fassent aucun bruit, et les enfants promirent d'être sages, et surtout silencieux, pas un mot. La mère insistait : ils ne devaient jamais, jamais parler. Le libraire, qui n'en menait pas large, fit à Anna la promesse, solennelle, de veiller sur eux, et du mieux possible, qu'elle ne s'en inquiète pas. Anna n'arrivait pas à quitter la librairie, elle s'effondrait et le libraire devait la tenir, puis il lui répéta qu'il veillerait sur eux. Ils seraient là, en bonne santé, bien nourris et instruits, quand elle reviendrait.

Enfin, Anna était partie.

Installés dans la cachette, les deux petits avaient été rejoints peu de temps après par un garçon et une fillette un peu plus âgés qu'eux, dix ans peut-être, essoufflés.

Valentine écoutait attentivement.

Lorsque les nazis étaient entrés dans la librairie, alors que le libraire s'était absenté pour acheter de quoi nourrir les enfants, la fillette de dix ans avait choisi de se rendre, et ainsi sauvé les trois autres.

— Seva, lâcha Valentine.

— Vous le saviez ?

Valentine ne répondit pas.

Simona raconta que sa propre mère, Myriam-Rosa, et son oncle, Samuel-Moïse, étaient restés cachés chez le libraire jusqu'à la fin de la guerre. Ensuite, Peppo était rentré des camps. Un homme dévasté.

Myriam-Rosa et Samuel-Moïse était restés en contact avec l'autre petit garçon, Nissim Saragoussi, qui avait partagé, pendant presque deux ans, leur cachette et le petit matelas de velours. Voilà tout ce qu'elle savait, ça et la mort de Nissim, qu'elle avait apprise récemment.

— Je suis certaine qu'Anna, d'où elle est, nous regarde, et qu'elle est très heureuse de savoir que les deux branches, Buissonnier et Pardo, ont recréé le lien, dit Simona. En nous rencontrant aujourd'hui, Valentine, nous avons réparé quelque chose.

Valentine, mal à l'aise, se leva. Réparer quoi, pensa-t-elle, qu'est-ce qui pouvait être réparé ? C'était trop tard. Tout avait mal fini.

— Mais je ne vous ai pas raconté la suite

— Je la connais, la suite, dit Valentine.

— Alors vous savez comment elle est morte ?

— Oui. Je le sais.

Mais Simona lui demanda d'attendre, juste un instant encore. Elle avait quelque chose à lui montrer. Elle sortit une enveloppe de son sac. C'était une photo d'Anna. Elle l'avait obtenue grâce à ses recherches aux archives de l'Alliance israélite universelle, là où Anna avait fait ses études.

— C'est ton… enfin, votre portrait, ajouta Simona.

C'était son portrait craché. Valentine était glacée.

— Vous pouvez la prendre, c'est un double.

Elle hésitait. Prendre cette photo ? Pour en faire quoi ?

Valentine sortit du café.

Elle avait envie de crier, de donner des coups de poing dans les murs, peut-être même de se faire mal. Anna, Anna, pourquoi ressemblait-elle autant à Anna ? La même tête ! Elle avait senti qu'elle ne devait pas se rendre à ce rendez-vous, et elle y était allée quand même. Une colère sourde mais violente montait en elle. Elle ne voulait pas être Anna Modiano, ni rien avoir à faire avec elle ! Une angoisse s'était emparée d'elle, qui commençait à lui tordre le ventre, et à l'étouffer. Valentine s'engouffra dans le métro, sentant son cœur battre de plus en plus fort dans ses tempes, tandis qu'une nausée la prenait violemment à la gorge. Elle s'engagea péniblement dans le couloir qui menait à sa ligne, s'appuya un instant sur une affiche publicitaire pour des valises en promotion, puis à nouveau sur une autre, un spectacle du Cirque du Soleil, continua tant bien que mal, et rentra chez elle pour aussitôt vomir, terrassée.

41

Toute la joie de Valentine, tous ses projets d'avant la rencontre avec Simona s'étaient évanouis. Les récits de la Belge et tous ces personnages la hantaient.

Avec cette photo ancienne, et cette ressemblance, trait pour trait, quelque chose s'était ouvert en elle, une faille. Milo allait beaucoup mieux, elle s'effondrait. Tout y passait, et d'abord sa confiance en elle. Elle étudiait d'une manière presque scientifique la façon dont elle avait construit, ou plutôt déconstruit sa vie, année après année. Elle s'interrogeait. N'était-ce pas elle qui avait créé, de sa propre initiative, un barrage entre elle et le monde ? Par peur de quoi ? De vivre ? Son fils, en vérité, lui avait servi d'écran, de prétexte. Elle avait utilisé son handicap pour justifier mille et une décisions absurdes. Comme si quelque chose en elle ne parvenait pas à entrer pleinement dans la vie, qu'il lui fallait rester à la périphérie. Sous ses airs de mère parfaite, elle avait fait preuve d'une grande malhonnêteté, vis-à-vis d'elle-même avant tout. Mais qu'est-ce qui lui faisait si peur dans le rapport à l'autre ? Voilà qu'elle se détestait d'être qui elle était. Et dire qu'elle avait cru pouvoir être tellement heureuse, il y avait encore quelques jours, quelle imbécile, se jugeait-elle.

Par moments, Valentine se reprenait, juste assez pour ne pas mettre en péril son travail, et donc ses revenus. Elle continuait de monter, désormais laborieusement, ces couvertures de livres. Tout était machinal, mécanique. Par chance, le bureau chez Sylvette n'était pas prêt. Sa discipline quotidienne chancelait. C'était à peine si elle descendait la poubelle. Elle passait parfois devant le salon de Jen mais se contentait de faire un signe de la main à travers la vitre, feignant d'être pressée. Jen avait déjà tellement fait pour Valentine, il n'était pas question de la mettre de nouveau à contribution.

Elle se confia, la gorge serrée, au père de Milo, le seul à savoir. Il l'écouta, se montra, au téléphone, extrêmement compréhensif. Elle ne chercha pas à lui mentir. Elle redoutait maintenant que son fils remarque son état et en souffre. Thierry accepta aussitôt, et très gentiment, de modifier leur système de garde. Il prendrait Milo une semaine sur deux. Est-ce que cela la soulagerait ? Elle le remercia, c'était déjà une aide énorme. Elle était tout de même capable de se tenir une semaine sur deux ! tenta-t-elle de plaisanter. Thierry n'était pas dupe. Une voix, ça dit toujours la vérité.

Jen, quant à elle, était tout à son nouveau bonheur. S'imaginant que Valentine faisait désormais mille choses avec son fils, elle ne s'inquiétait pas de la voir moins.

Les semaines où Valentine avait Milo, elle faisait bonne figure, feignant la bonne humeur et un allant un peu forcé. Elle s'enquérait de ses devoirs et de sa journée. Le soir, elle allumait la télévision pour faire diversion et mettait son fils au lit à 21 heures tapantes. Le week-end, c'était plus difficile. Elle s'inventa une douleur à la cheville pour échapper aux soirées roller du vendredi. Mais que faire avec lui les samedis ? Et les dimanches ? Elle l'encourageait à retrouver des amis, à aller au foot, au cinéma, chez les uns et les autres. Désormais, Milo n'avait droit qu'à du surgelé, elle ne pouvait pas lui offrir mieux. Il n'y avait même plus de pain à la maison. Alors le garçon prenait de la monnaie dans la soucoupe de l'entrée et sortait lui-même en acheter. Le samedi matin, il sortait chercher des croissants pour lui et Valentine, comme elle le faisait d'habitude. Il comprenait que quelque chose n'allait pas mais n'avait aucune idée de ce dont il pouvait s'agir.

Dès que Milo avait le dos tourné, Valentine s'allongeait sur son lit.

La semaine où elle était seule, elle ne sortait plus du tout, se contentant de yaourts plus ou moins périmés et de biscottes. Parfois, elle se regardait dans la glace, avec l'envie de s'arracher le visage. C'était là, devant elle, implacable. La somme de douleurs, et pour finir, les cendres.

Un soir, elle téléphona à Seva. Elle voulait savoir ce qui était arrivé à la petite fille dont elle portait le nom. Elle avait cet espoir, cet espoir encore, que cette petite fille ait connu un destin meilleur. La fille du libraire lui raconta ce qu'elle savait.

Une courte conversation. La marelle. Le coup de grâce.

Que Valentine le veuille ou non, la petite Seva Moscato faisait partie de sa famille. Elle l'avait côtoyée, à travers son fils, avait entendu et même enregistré sa voix ; étrangement, elle l'aimait. Cette voix, elle l'écoutait, de temps en temps, sur son téléphone. Mais pourquoi n'avait-elle pas pensé à faire traduire l'enregistrement ? C'était Valentine qui l'avait ramenée, sans même le savoir, sur ses terres. Au moins elle était heureuse de ça.

Mais pourquoi les deux histoires, celle de la petite Seva, de Milo et du vieux libraire, et celle d'Anna avaient-elles surgi presque concomitamment ? Et ce lien entre elles ? Qu'est-ce qui était à l'origine de quoi ? C'était à devenir folle.

Valentine confia à Seva Saragoussi qu'elle se sentait affreusement mal. La fille du libraire regrettait de ne pas être auprès d'elle. À défaut de pouvoir la consoler, Seva lui raconta qu'elle aussi avait, à une époque, vécu avec les fantômes du passé. Porter le prénom d'une petite fille morte d'une balle dans la tête n'était pas facile. Elle avait seize ans lorsque son père lui avait raconté l'histoire. Alors elle avait décidé de s'étourdir. Elle avait commencé à sortir, à aller danser toutes les nuits, à embrasser tous les garçons qu'elle pouvait, à faire l'amour aussi souvent qu'elle le pouvait, presque avec n'importe qui. Elle avait vécu ainsi pendant des années, et puis elle avait rencontré son mari et s'était lancée dans la création et la fabrication de bijoux, frénétiquement. À la naissance de sa première fille, elle avait fait une terrible dépression, une année de cauchemar, puis entamé une thérapie. Petit à petit, Seva Saragoussi avait réussi non seulement à couper avec le passé, mais à en tirer le meilleur. Après tout, cette petite fille, c'était le courage et la force incarnés ! Les bijoux, elle l'avait compris pendant son analyse, c'était une manière de réparer. De réparer obstinément. Les bijoux, c'est ce que l'on se lègue, de génération en génération, c'était un lien, une trace de l'amour, et aussi, malheureusement, ce que l'on garde avec soi, au cas où, parce que l'or, ou les pierres, peuvent parfois acheter la survie. Tout en écoutant Seva, Valentine s'approcha d'un placard, en sortit la boîte rouge donnée par le libraire, prit une broche en argent et perles dans la paume de sa main, puis une bague, avec un grenat. Ces bijoux-là ne contenaient que de l'amour, elle en était sûre. Seva proposa, pour lui remonter le moral, de lui envoyer par colis postal des trigones sans crème, Valentine n'aurait plus qu'à la préparer et à la mettre dedans. Valentine lui répondit que c'était très gentil, mais qu'elle n'en voulait pas. Elle avoua ne plus avoir très faim. Seva lui soutint que la nourriture, c'était la vie, qu'il fallait manger, parce que si l'on ne mange pas, on perd ses forces. Elle fit promettre à Valentine de se nourrir. Et de se reprendre. Elle devait sortir de chez elle, prendre l'air, impérativement. Pas seulement pour son fils, mais pour elle. Prendre l'air, et bouger.

Valentine aimait beaucoup la fille du libraire. Alors, elle suivit son conseil. Le lendemain, après le départ de Milo pour le collège, elle sortit avec son longboard jusqu'au parc Martin-Luther-King. Il n'y avait personne encore. Elle mit ses écouteurs, Benjamin Biolay, *Rends l'amour*, à fond, et s'élança, s'amusant des courbes, les provoquant, se penchant par instants dangereusement, faisant rouler son skate sur seulement deux roues, le faisant pivoter en demi-cercle ; un prodige, elle ne craignait plus rien, dansait, sautait sur la planche, prenait encore de l'élan, et, dans une exaltation absolue, elle s'engagea à pleine vitesse sur une rampe qu'elle n'avait jamais osé prendre auparavant et décolla, déployant ses bras comme des ailes.

42

Quand Milo entra dans l'appartement, il constata que sa mère n'était pas là. Elle n'avait laissé aucun mot. Il regarda son téléphone, rien non plus. Il lui écrivit un SMS, attendit : pas de réponse. Le garçon sortit ses cahiers, ouvrit son livre d'histoire-géographie, il devait étudier un texte et répondre à six questions. À 17 h 30, il commença à s'inquiéter. Il prit ses clés et descendit au salon de coiffure, où il trouva Jen, en pleine forme, qui l'embrassa. Milo lui expliqua que sa mère n'était pas à la maison, qu'elle n'avait pas laissé de mot et qu'elle ne répondait pas non plus au téléphone. Jen confia sa cliente à Nora et sortit avec l'enfant. Ils retournèrent à l'appartement. Elle cherchait avec lui un indice. Rien. Valentine avait sûrement eu une urgence professionnelle, disait Jen, ce à quoi Milo répondit que ses urgences professionnelles, c'était toujours sur son ordinateur. Pas dehors. Alors ce devait être une course, Jen se voulait rassurante. Elle inspecta les papiers posés sur le bureau de Valentine et aperçut une photo, en noir et blanc, qui dépassait de sous un livre. Elle tira le papier : c'était le visage de Valentine, mais à une autre époque. Jen retourna la photo et remarqua la mention écrite à la main. *Anna Modiano*. Jen commençait à comprendre. Pourquoi Valentine ne lui en avait-elle pas parlé ? Elle imaginait maintenant l'état d'angoisse de son amie : découvrir qu'elle était le portrait de cette femme avait dû la rendre folle.

Puis Jen ouvrit le placard de l'entrée et constata que la planche n'était pas à sa place. Elle prit Milo par la main, l'emmena au salon de coiffure et demanda à Nora d'aller lui chercher un goûter, qu'il reste là jusqu'à ce qu'elle revienne.

Jen prit sa voiture, roula, vite, jusqu'au parc de skateboard. Elle se gara n'importe comment, demanda aux uns et aux autres s'ils avaient vu Valentine, tous répondirent par la négative ; en revanche, ils avaient bien trouvé son skate. L'un d'eux s'approcha alors pour dire qu'il y avait eu un accident plus tôt, quelqu'un avait été retrouvé sur la rampe. Les garçons commencèrent à s'invectiver : « Mais qu'est-ce que t'en sais, qui c'est qui t'a dit ça ? » Il n'en fallut pas plus à Jen, qui téléphona aux pompiers de son quartier. Elle les connaissait bien, la caserne se trouvait à deux pas du salon. Elle eut la confirmation qu'une jeune femme avait été trouvée dans le parc après une chute, signalée par un passant qui promenait son chien vers 11 heures. Elle était à l'hôpital Bichat. Le cœur de Jen battait à mille à l'heure.

— Comment va-t-elle ? demanda-t-elle aux pompiers.

Ils n'étaient pas habilités à se prononcer.

Jen appela aussitôt Nora, qu'elle reste avec Milo le temps qu'il faudrait, tant pis pour les clientes, qu'elle l'emmène prendre une pizza chez Mario, puis qu'elle monte chez Valentine, baby-sitting jusqu'à nouvel ordre, Jen en avait pour un moment.

Une vingtaine de minutes plus tard, elle débarquait aux urgences de Bichat. Tout semblait chaotique, le personnel était débordé. Elle parvint à parler à l'une des employées de l'accueil, qui lui indiqua le service où se trouvait Valentine. Au troisième étage de l'aile D, Jen trouva un médecin. Prétendit être la sœur de Valentine. Le médecin la fit entrer dans son bureau, et asseoir. Valentine avait été amenée ici dans le coma, à la suite d'un traumatisme crânien. Elle était suivie et monitorée. C'était un accident de skateboard, d'après ce que les pompiers avaient écrit dans leur rapport. Jen encaissa la nouvelle.

— Donc il n'y a rien d'autre à faire qu'attendre ? demanda-t-elle au médecin.

— C'est ça.

Elle demanda à la voir, mais il était trop tôt. Il valait mieux qu'elle revienne demain, de préférence l'après-midi ou le soir, le matin étant dévolu aux soins.

Jen avait les larmes aux yeux mais tenait bon. Quelqu'un devait assurer ici. Elle récupéra le téléphone de Valentine, dont elle connaissait le code de sécurité, et, depuis le couloir, téléphona au père de son amie. Elle lui expliqua la situation, décrivit l'état de Valentine, préoccupant. Il semblait très inquiet et la pria surtout de les tenir au courant.

— Vous ne voulez pas venir ?

— Nous allons attendre un peu, répondit-il, à la grande surprise de Jen.

Il la remercia copieusement de s'occuper de sa fille. Et surtout, qu'elle leur donne vite des nouvelles.

Elle écrivit ensuite à Thierry, qui répondit dans l'instant, très concerné : que pouvait-il faire pour aider ? Rien, répondit Jen, à part peut-être prendre Milo dès le lendemain. Elle irait dormir avec lui ce soir. Il était gentil, cet ex-mari, pensa Jen. Elle lui proposa de dire à l'enfant que sa mère s'était cassé la jambe. Thierry était d'accord. Il lui promit de paraître le plus normal possible le lendemain. Enfin, Jen prévint Louis de ce qui se passait. C'était très dur. Il lui proposa de la rejoindre, sur-le-champ. « Non, surtout pas », écrivit-elle : elle devait retrouver Milo et libérer Nora.

Elle trouva Milo et Nora chez Mario, en train de dévorer une coupe Melba pour l'une et une dame blanche pour l'autre. Il avait du chocolat partout autour de la bouche, et même un petit peu de chantilly sur le nez. Lui mentir. Elle y arriverait, elle n'avait pas le choix.

— Maman s'est cassé la jambe en faisant du longboard. Je viens de la voir, tout va très bien, mais son téléphone ne fonctionne plus, elle ne pouvait prévenir personne.

— On peut aller la voir ?

— Pour l'instant, on va finir cette glace, et ensuite au dodo.

Jen commanda à Mario une dame blanche. Allons-y, pensa-t-elle, si le chocolat devait l'aider, c'était maintenant ou jamais.

Elle plaisantait sans cesse – un effort surhumain – et dès que les desserts furent terminés, elle remercia Nora et remonta à l'appartement avec Milo. Le garçon se mit en pyjama, elle en emprunta un à Valentine, coucha Milo et l'embrassa.

— Me dis pas que tu dors encore avec ta peluche hippopotame ?

— C'est maman qui me l'a donnée.

— Remarque, moi, j'ai encore mon lapin de quand j'étais petite. Bon, allez, dors bien, mon petit cœur. Je prends la chambre de maman.

Jen se fit une verveine dans la cuisine. Elle était survoltée, une pile électrique. Surtout, elle ne devait pas pleurer. D'ailleurs, pourquoi pleurer ? Tout irait bien, elle se le répétait. Valentine était une femme et une mère trop merveilleuse. Après en avoir désactivé le mode vibreur et l'avoir mis sur silencieux, Jen cacha le téléphone de Valentine dans la poche zippée de son sac à main. Milo n'irait jamais fouiller, mais il fallait prendre des précautions. Comment expliquer à l'enfant que l'appareil était en sa possession ?

Jen trouva une bougie, l'alluma, et fit une prière, avec ses mots à elle. Elle s'adressait à Dieu, comme elle avait vu faire sa grand-mère, souvent. Elle ne voulait pas céder un instant d'attention, comme si le fait de penser sans cesse à Valentine, de rester réveillée et de prier encore pour elle pouvait la maintenir en vie. C'était absurde peut-être, mais il n'était pas question de faire autrement.

Au milieu de la nuit, elle alluma la télévision et tomba sur un documentaire relatant les effets de la déforestation sur les orangs-outangs en Indonésie. Évidemment, les paysans voulaient produire de l'huile de palme, cela leur assurait de meilleurs revenus. C'était une situation infernale. Puis elle suivit une rediffusion des *Chiffres et des lettres*, en trouvant tous les mots. Après quoi, elle regarda ce qu'il y avait dans les placards et dans le frigidaire. Tout juste de quoi confectionner des pancakes pour le petit déjeuner de Milo. Elle s'y attela sans attendre, elle qui d'habitude n'aimait pas particulièrement cuisiner. Voilà, six magnifiques pancakes, le garçon serait content.

Du petit salon, Jen regarda le jour se lever. *Vas-y, ma Valentine, récupère et sors de là, je sais que tu peux y arriver, tu nous fais juste une grosse frayeur. Cette femme, tu sais bien que c'est pas toi, tu lui ressembles mais ça s'arrête là, tu vas quand même pas renoncer à vivre à cause de ça. Qu'est-ce que tu es allée te foutre en l'air avec ton skate, tu vas pas me la faire, à moi ! Alors pense juste à ça : tu es belle comme le jour, tu as le fils le plus merveilleux du monde, et il compte sur toi, c'est pas moi qui vais faire la traversée de Paris en roller le vendredi. Bientôt, tu vas avoir un beau bureau dans ta maison d'édition, avec la machine à café de tes rêves, et surtout, moi, je vais me marier, ma cocotte, et j'ai prévu que tu sois mon témoin, tu peux pas me planter sur ce coup-là, on l'a attendu longtemps, ce mariage, et c'est pas pour que tu me le gâches, t'as compris ? Tu en as, des belles choses qui t'attendent. Je le sais, et tu sais comment ? Parce que j'ai demandé, et que ma grand-mère dit que quand on demande, on est toujours exaucé. Tu vas être la femme la plus heureuse du monde, et ça va venir très vite. Alors tu me fais plaisir, tu t'accroches, et tu sors de ce putain de coma.*

À 7 heures, Jen avait pris sa douche et était déjà habillée. Elle réveilla Milo, le prit contre elle, l'embrassa, lui montra les pancakes. Elle les saupoudra de chocolat en poudre, et le garçon en engloutit quatre. Il voulait savoir quand il pourrait aller voir sa mère, ou au moins lui téléphoner, et Jen lui promit qu'elle demanderait au médecin, qu'il ne s'inquiète pas. Thierry viendrait le chercher au collège. Milo était content à l'idée de retrouver son père. Tout allait bien.

Jen déposa Milo devant son établissement. Elle passa chez elle se changer, téléphona à Mélodie : elle avait besoin de renfort, pour le salon. Puis, à 9 heures, Jen écrivit un mot à Sylvette : « Valentine a eu un petit souci de santé et ne pourra pas travailler pendant quelque temps. » L'éditrice téléphona aussitôt, très concernée, puis ce fut Jana, tout aussi préoccupée.

Jen se dit que tous ces gens aimaient beaucoup Valentine, et que ce n'était pas rien. Elle reçut même un message de Clarisse, ce qui la fit éclater de rire, un bref instant. Jen répondait gentiment à tous. Est-ce qu'il fallait se laisser mourir pour que chacun manifeste son attachement, son amitié, sa tendresse ? Pour se changer les idées, Jen téléphona à sa grand-mère. Elle allait bien et écoutait une très bonne émission à la radio. Quand Jen lui demanda pourquoi elle ne regardait pas plutôt son émission du matin, suivie assidûment sur le téléviseur qu'elle venait de lui acheter, sa grand-mère lui annonça qu'elle l'avait offert à une voisine du sixième étage, qui n'en avait pas.

— Tu lui avais pas déjà offert l'ancienne télé ?

— Ce n'est pas la même voisine.

— Ah, je vois, tu équipes l'immeuble. OK, mamie. Pas de problème.

Elle tenait Louis au courant, en temps réel, de ses allées et venues.

43

Jen faisait défiler son fil Instagram. Des vidéos de chiots, de bébés – elle adorait ça –, des astuces pour se faire des chignons incroyables, des tutos de pâtisserie... Elle regarda des posts de ses clientes en vacances, Séville, Avignon, Pornichet ; tomba sur une publicité pour un fil de collagène résorbable qu'il suffisait de poser sur la peau, avec une sorte de gel, pour combler complètement les rides. Elle ouvrit le lien et lut le texte d'une dermatologue américaine, Charlotte Dericks, exerçant à Miami, qui cautionnait la méthode. Puis Jen chercha sur Google « Charlotte Dericks, dermatologist, Miami ». Charlotte Dericks n'existait pas, évidemment : encore une arnaque, pensa-t-elle.

Louis venait d'arriver. Il s'assit à côté d'elle, lui demanda si elle avait des nouvelles. Elle n'en avait pas. Ils se prirent la main, en silence.

Quelques minutes plus tard, un médecin se présenta à eux.

— Vous êtes de la famille ?

— Je suis sa sœur, répondit Jen du tac au tac.

Il lui confia que l'état de Valentine était stationnaire, mais que ses organes vitaux fonctionnaient bien. Ils lui avaient néanmoins trouvé une fuite à la valve mitrale, rien de sérieux. Si le nombre important d'extrasystoles était évidemment la conséquence d'un stress intense, la fuite était, elle, structurelle, et causait une sorte de double battement de cœur.

L'idée d'un double battement de cœur donna à Jen la chair de poule.

— Mais il ne pourrait pas y avoir deux personnes en elle ? demanda-t-elle. Parce que s'il y a un double battement de cœur, c'est qu'il pourrait y avoir deux cœurs, et donc deux personnes.

— Non, ça, ça n'existe pas, répondit le médecin, surpris. Enfin, seulement chez les femmes enceintes. Et les poulpes.

— Les poulpes ?

— Oui, les poulpes ont trois cœurs.

— Ah, merci. Parfois, on pose des questions un peu bizarres, ça me rassure. Vous pensez que je pourrais la voir ?

— Si vous voulez, mais vous ne verrez pas grand-chose.

— J'aimerais bien.

Le médecin la conduisit en réanimation. Jen mit une blouse, un masque et une charlotte sur ses cheveux.

Valentine ressemblait à quelqu'un qui dort.

— Je peux m'approcher ? demanda Jen au médecin.

— Oui, bien sûr.

— Je ne reste pas longtemps, ajouta-t-elle.

Il sortit de la pièce. Jen passa en revue les nombreuses machines, les écrans, les tubes, les fils, les diodes fixées à la tête de son amie, la perfusion et les multiples sachets accrochés qui gouttaient, lentement.

Elle prit la main gauche de Valentine, le bout des doigts seulement, à cause du cathéter.

— Tu m'entends, ma chérie ? C'est moi, ta Jen. On a notre semaine à Saint-Malo cet été, je te rappelle. Ça devrait te motiver quand même, la plage, la thalasso aquatonic, les crêpes, je te parle pas des huîtres, on sera sorties des mois en « r ». Alors, tes deux yaourts qui dataient du mois d'avril, je les ai balancés. J'espère que tu les gardais pas pour une expérience scientifique. T'as vraiment besoin d'une bonne coupe de cheveux, à part ça t'as plutôt bonne mine, ils doivent bien y aller sur les vitamines. Bon, tu te souviens de ce qu'on a dit ? On se lâche pas la main.

Jen sortit de la pièce, les jambes tremblantes, et quitta l'hôpital avec Louis.

Ils s'arrêtèrent dans une pizzeria, mais Jen n'avait pas faim. Elle accepta tout de même de manger une demi-part de la margherita de Louis. Jen lui demanda de reporter l'organisation de leur mariage jusqu'à nouvel ordre. Évidemment, il était d'accord.

Que Valentine aille mal lui semblait une très grande injustice. Tellement de gens épouvantables se portaient comme des charmes, pourquoi fallait-il qu'une femme aussi droite, aussi douce, paye si cher, et paye quoi d'ailleurs ? Quelque chose qui ne lui appartenait même pas.

Au salon, Jen n'avait plus la moindre patience pour les histoires de ses clientes. Quand l'une d'elles commençait à se plaindre, elle lui rentrait dedans. Un peu de décence. Nora était intervenue, reprenant la cliente de Jen. Jen commençait, elle aussi, à être éprouvée. Elle se découvrait complètement impuissante, malgré son sens aigu de la débrouillardise, son pragmatisme ou sa volonté. Elle n'avait prise sur rien.

44

Trois jours déjà. Valentine ne réagissait à rien. Jen se creusait la tête. Elle discutait avec le médecin et les infirmières.

Le quatrième jour, Thierry amena Milo à l'hôpital, en accord avec Jen et le médecin. Il valait mieux, selon elle, qu'il voie sa mère, et cela ferait peut-être, qui sait, du bien à Valentine. Jen avait expliqué à Milo que, dans un premier temps, pour mieux la soigner, il avait fallu l'endormir, mais c'était justement grâce à ça qu'elle récupérerait. Milo trouvait extrêmement étrange qu'une jambe cassée nécessite tout cet attirail médical. Il était malheureux de voir sa mère dans un tel état, mais rassuré de la découvrir entourée de médecins et d'infirmières, tellement dévoués et encourageants. Cette fois, c'était décidé, plus tard il serait médecin.

— Je ne l'ai pas protégée, chuchota-t-il à Jen en sortant de la chambre. Je voyais bien qu'elle était fatiguée. J'ai pas fait assez attention.

Jen prit la main de l'enfant.

— Écoute, mon chéri, ce n'est pas aux enfants de protéger leurs parents, mets-toi bien ça dans le crâne. Maman est grande, même si elle est un peu affaiblie en ce moment. Et ce qui lui arrive n'a rien, mais alors rien à voir avec toi, je te le jure sur la tête de ma mamie chérie. Donc pas question que tu te fasses le moindre reproche, tu as compris ?

L'enfant hocha la tête.

— Mais c'est à cause de quoi alors ?

Jen avait la gorge serrée.

— Maman s'est cassé la figure en tombant par terre, c'est tout. Ça arrive.

Jen le raccompagna au rez-de-chaussée, où l'attendait son père.

Elle retourna ensuite auprès de Valentine. Lui dit qu'elle avait tout compris. Pourquoi elle se laissait dépérir.

— Tu comprends qu'il y a d'autres moyens de te défaire de tout ça sans disparaître toi-même ? conclut-elle.

Elle prit son amie dans ses bras, toujours sans réaction, embrassa sa main, attrapa son sac, puis partit.

Un peu plus tard, Jen demanda à Louis de la conduire rue Jean-Goujon. L'église venait de fermer, mais Jen connaissait le père Vahan, un ami de sa famille, qui lui ouvrit. Louis n'était jamais entré dans une église arménienne, et il la trouva étonnamment intime. Il était en admiration devant la beauté des icônes et de la fresque du Pantocrator, sous la voûte du chœur. Il s'assit sur l'une des chaises, solennellement. L'église n'était pas immense, mais c'était un bijou. L'huile de nard et de myrrhe embaumait l'espace d'un parfum presque sucré, entêtant, envoûtant, il adorait ça.

Jen, plus loin, alluma un cierge et pria pour Valentine.

Puis elle prit un autre cierge, et demanda à Anna Perla Modiano, avec ou sans « h », de laisser Valentine tranquille. Voilà qu'elle lui parlait maintenant, à voix basse.

— Vous avez souffert, d'accord. Énormément, je sais.

Marie et Joseph, je connais l'histoire. Et la suite. Mais transmettre tout ce malheur à Valentine ne résoudra rien. Vous savez à quel point votre arrière-petite-fille est extraordinaire ? Vous savez par quoi elle est déjà passée ? Et toute la chance qu'elle n'a pas eue ? La manière dont elle se bat pour se maintenir et pour offrir une belle vie à son fils ? Combien de fois elle a pleuré ? Moi, je vais vous le dire. Trop de fois. Vous croyez vraiment que lui infliger tout ça, jusqu'à votre visage sur le sien, ça va vous réparer ? Vous pensez que ça va empêcher l'incendie de 1917, la pauvreté, le mariage arrangé, toute l'histoire des enfants, et ensuite les nazis ? Mais moi, je vous le dis, on ne peut pas repartir en arrière. Alors quoi, vous allez créer du malheur, pour son fils, son fils qui n'a rien demandé, qui est un môme fantastique, et courageux lui aussi, comme sa mère, tout ça pour quoi au juste ? Je comprends pas. Mais il n'y a pas un autre lien à développer avec elle que ce foutu malheur ? Un truc positif à lui transmettre ? Laissez-la maintenant, je vous demande de lui foutre la paix. Vous m'entendez d'où vous êtes ? Ça suffit. Elle est jeune, elle est belle. Elle ne vous a rien fait. La tuer ne vous ramènera pas vos enfants. Je ne sais pas comment vous lui êtes rentré dans le corps, dans le visage, mais je vous demande de partir maintenant. Laissez-la vivre, bordel. C'est votre descendante. Vous n'avez pas envie que votre descendante soit heureuse ? Je sais qu'il y a de l'amour, c'est obligatoire qu'il y ait de l'amour, alors faites-moi plaisir, si vous tenez à lui transmettre quelque chose, que ce soit ça, et seulement ça. Je compte sur vous.

Elle se sentait mieux.

45

Ce soir-là, Valentine se réveilla. Elle ne savait pas du tout où elle était ni qui elle était, sa tête lui faisait mal. Elle aperçut tous les fils, les tubes, les écrans. Sa vision était un peu floue, elle se sentait très fatiguée.

Les infirmières puis le médecin se précipitèrent auprès d'elle.

Jen reçut, vers minuit, un message de l'hôpital. Elle leur téléphona aussitôt. Valentine était sortie du coma, et avait même prononcé quelques phrases. La fonction du langage semblait intacte, ils procéderaient le lendemain à toute une batterie de vérifications.

Jen poussa un cri de joie, qui réveilla Louis, à ses côtés. Voilà qu'elle sautait sur son matelas, comme une enfant. Elle ouvrit une bouteille de champagne qu'elle but avec Louis, téléphona à Thierry – soulagé, il était en larmes au téléphone –, puis au père de Valentine, qui l'interrogea aussitôt :

— Savez-vous s'il y a des séquelles ?

— Non, je ne sais pas, répondit Jen, déconcertée. Mais elle est vivante, et elle parle.

— C'est une très bonne nouvelle, très encourageante.

Elle raccrocha, et éclata en sanglots dans les bras de Louis.

Le lendemain, de retour à l'hôpital, Jen demanda l'autorisation d'entrer dans la chambre de Valentine.

— Je ne vous le conseille pas, répondit le médecin.

Jen était très déçue.

— Vous voulez dire que ce n'est pas bien pour moi, ou pour elle ?

— C'est trop tôt, pour elle.

Le lendemain après-midi, Jen fut autorisée à rendre visite à Valentine.

Une fois entrée, elle fut saisie par l'absence de réaction de son amie.

— Oh là là, tu dois être fatiguée, ma chérie. C'est normal. Tu reviens de loin.

Elle voulut l'embrasser sur la main mais le regard de Valentine l'arrêta.

— Vous êtes qui ? demanda faiblement Valentine.

Jen accusa le coup.

— Pardon, répondit Jen. J'ai dû me tromper de chambre, je suis désolée.

Elle sortit, sous le choc, se dirigea vers le bureau des infirmières. Elle devait attendre dans le couloir, le médecin viendrait la voir.

Après un quart d'heure, celui-ci apparut pour lui expliquer qu'en effet, d'après les vérifications faites la veille et le matin, Valentine ne connaissait ni son prénom ni son nom, ne se souvenait de rien, sinon qu'elle avait un bébé. Elle voulait voir son bébé, demandait où il était. Jen demanda si sa mémoire était perdue pour toujours, ou si elle avait des chances de la retrouver. Le médecin ne pouvait pas encore se prononcer, c'était trop tôt, mais il se voulait rassurant : ce genre de phénomène était tout à fait normal après un coma, cela s'appelait la « lacune mnésique ». Souvent, cela ne durait que quelques jours, voire quelques semaines.

— Est-ce que cela l'aiderait de voir des gens de sa famille, ou son fils, qui n'est plus un bébé, il aura bientôt douze ans ? demanda Jen.

Pour le moment, il était préférable de laisser Valentine se reposer et récupérer, lui expliqua le médecin. Même un stress positif était un stress, il fallait la ménager.

Jen sortit de l'hôpital. Dans sa voiture, elle se dit soudain que l'amnésie était une sacrée bonne manière d'effacer les mauvaises histoires. Valentine était un génie, elle avait trouvé une méthode imparable. De retour au salon de coiffure, elle téléphona à Thierry, puis au père de Valentine, qui trouvèrent tous deux très positif que Valentine se souvienne de l'existence de son fils, un bon début.

Jen continuait de se rendre à l'hôpital chaque jour, le midi, ou le soir, pour avoir des nouvelles par les infirmières ou le médecin. Elle posait de nombreuses questions, mais n'entrait plus dans la chambre.

Valentine montrait des signes extrêmement encourageants : par exemple, elle connaissait les couleurs, toutes les couleurs, et dans des nuances impressionnantes, elle avait dit « jaune de mars », « terre de Sienne », « vert Véronèse », « rouge de Venise », « bleu cobalt » et « magenta » pour le rose fuchsia. Jen, enchantée, leur expliqua que Valentine était graphiste. Par ailleurs, elle avait reconnu la tour Eiffel, l'Arc de Triomphe, la statue de la Liberté. Le drapeau français l'avait laissée perplexe, tout comme les photos de certains animaux qu'on lui avait présentées. Elle ne reconnaissait ni la poule ni la vache et encore moins le kangourou, mais savait très bien ce qu'était un chien, le pain, les œufs et le lait. Elle avait réussi à lacer une chaussure, savait utiliser une brosse à dents, elle avait donc la mémoire des gestes.

Les infirmières demandèrent à Jen de leur déposer, à l'occasion, des photos de famille : ils travailleraient là-dessus dans les jours à venir. Les exercices fatiguaient beaucoup Valentine, elles y allaient donc doucement. Valentine dormait énormément, près de vingt heures par jour.

Jen apprit qu'une olfactothérapeute viendrait prochainement pour lui faire sentir différentes odeurs. La mallette de la thérapeute en contenait plus d'une centaine : des agréables – herbe coupée, lavande, chocolat, café, mer, crayon à papier, rose de jardin –, des désagréables – essence, poubelle, œuf pourri – pour voir si elle les reconnaissait, et ce qu'elles lui évoquaient. Jen trouvait la méthode très originale.

— Les odeurs, expliqua le médecin, déclenchent un influx nerveux qui rejoint le système limbique, où se trouvent hypothalamus, amygdales et hippocampe. C'est ce trio, qu'on appelle aussi cerveau de l'émotion, qui contrôle la mémoire et les comportements affectifs. Les odeurs font revenir certains souvenirs, et de manière beaucoup plus puissante que des photos, même si les photos sont utiles. Les commentaires du patient nous en apprennent énormément sur l'état de sa mémoire. C'est une méthode très intéressante, en complément bien sûr de techniques, disons, plus scientifiques.

— Et est-ce que vous pouvez savoir comment est son moral, ou c'est trop tôt ?

— En ce moment, pour elle, en dehors des heures de sommeil, c'est un peu une bulle. Le monde extérieur, le passé, l'avenir, tout a disparu. Votre sœur vit dans l'instant présent, sans se poser encore la moindre question, si vous voulez mon avis.

— On devrait tous vivre comme ça, pas vrai ? lança Jen.

Le médecin, amusé, acquiesça.

Est-ce que Milo pouvait venir la voir ? Non. Si elle ne reconnaissait pas son enfant, ce serait, pour lui, très difficile. Il valait vraiment mieux attendre.

Jen, qui avait gardé un double des clés de chez Valentine, avait donc choisi des photos dans les albums de Valentine et dans la mémoire de son téléphone. Milo bébé, Milo à trois, cinq, six, huit ans. Des photos d'elle aussi, avec ses parents, la maison de ses parents à la campagne, et une photo au Salon du livre, tout sourire, au milieu des auteurs et des éditrices. Elle les déposa à l'hôpital le lendemain.

46

Valentine considérait favorablement maintenant son plateau-repas. La perfusion de nutriments avait été arrêtée, elle conservait celle de vitamines et de minéraux. Elle avait droit à du pain, une soupe de légumes, de la compote, un petit morceau de fromage, parfois un blanc de poulet, quelquefois même une petite salade de fruits ou une crème dessert. Elle réapprenait doucement à manger. Son appétit était bien maigre, elle prenait une demi-bouchée de tout, pas plus, mais c'était déjà un progrès. Elle semblait avoir été ramenée à un état d'elle-même proche de la petite enfance. Valentine faisait sa toilette avec une infirmière, dans la douche, assise sur un tabouret, pour éviter tout risque de chute. Jen avait confié aux infirmières toute une panoplie de gels douche et savons parfumés à installer dans la salle de bains de Valentine, et de l'eau de Cologne achetée chez Marisa, la pharmacienne qui entretenait, depuis la fameuse soirée – Jen le savait par Mario –, une relation avec Karim.

Pour Valentine, chaque jour était seulement un jour, avec son matin, son heure du déjeuner, son après-midi, son début de soirée. Elle ne s'inscrivait dans aucune chronologie, il n'y avait pas de temps. Elle ne se posait aucune question, sur rien. Le coma avait réussi l'exploit de chasser ses démons, et elle se contentait d'être. Elle faisait des petits exercices et retrouvait peu à peu des bribes de mémoire.

Les photos la surprirent, mais elle reconnut son enfant, s'étonnant qu'il ait autant grandi, il avait donc onze ans, presque douze, c'était un thérapeute qui le disait. Elle demanda s'il en était bien sûr, et compara les photos. À part Milo, elle ne reconnaissait personne, pas même ses parents, mais le buffet de la maison de campagne lui était familier. Valentine demanda au thérapeute où elle habitait, et, après avoir pris sa fiche, il lui précisa qu'elle vivait dans le XVIIe arrondissement de Paris. Elle essaya de retrouver ce lieu dans sa mémoire mais ne se rappela rien, aucune image, aucun souvenir ni de son appartement, ni de l'immeuble, ni du quartier. En revanche, elle se souvenait d'un carrelage de salle de bains, et aussi d'une paire de sandales. Elle demanda ce qui lui était arrivé. Le thérapeute lui parla d'une chute en skateboard. Valentine savait ce qu'était un skateboard, mais ça l'étonnait beaucoup qu'elle en ait fait : elle n'en avait jamais eu.

Elle n'était pas encore au point, mais, le médecin en était convaincu, ça viendrait. Les résultats de l'IRM étaient excellents. Aucune séquelle.

L'année scolaire s'était terminée tôt dans le collège de Milo, et le petit garçon était parti à Draguignan avec sa belle-mère et ses demi-frère et demi-sœur. Il était en contact permanent avec Jen, qui lui faisait un point régulier sur les « grands progrès » de Valentine. L'enfant était néanmoins assez triste, il ne comprenait pas pourquoi il n'avait pas le droit de voir sa mère. Jen ne cessait de lui promettre qu'il la retrouverait bientôt. Elle finit par lui avouer qu'en se cassant la jambe, elle s'était fait mal à la tête, mais qu'elle récupérait et que l'équipe médicale était très contente de ses progrès. Parfois, au téléphone avec elle, Milo pleurait, et cela brisait le cœur de Jen. Mais que faire ? Elle négocia avec le médecin qu'il prenne quelques photos de Valentine, souriante, et les envoya à Milo. C'était déjà ça.

Jen redoutait le moment où Anna Modiano réapparaîtrait, et c'était un vrai risque, puisque se trouvaient, ici et là, et pour commencer dans la salle de bains, des miroirs. Elle raconta toute l'histoire au médecin et lui demanda l'autorisation de s'occuper des cheveux de Valentine, une idée de Nora. Il n'y vit aucun inconvénient, si sa patiente donnait son consentement.

Un après-midi, Jen entra donc dans la chambre avec tout son attirail. Après tout, qu'importait que son amie ne la reconnaisse pas, l'essentiel était qu'elle aille bien.

— Bonjour, mademoiselle, je suis la coiffeuse de l'hôpital, annonça-t-elle, comme si elle avait affaire à une nouvelle cliente. Je vais m'occuper de vous.

Valentine n'ayant pas réagi à la proposition, Jen avait pris les devants et décoloré les cheveux de Valentine en blond platine, avec son minuteur un peu bruyant. Vingt-cinq minutes d'angoisse pour Jen, redoutant que Valentine se plaigne soudain de cette intervention capillaire, sans consentement – Jen ne le lui avait pas demandé.

Le minuteur sonna. Jen rinça les cheveux de Valentine, puis la shampouina, longuement, avec sa douceur légendaire, et même, sa tendresse. Valentine levait de temps en temps les yeux vers Jen. La coiffeuse avait du mal à retenir ses larmes. Comme elle l'aimait.

— J'ai attrapé un rhume, expliqua-t-elle pour justifier ses yeux larmoyants et ses reniflements. C'est idiot d'attraper un rhume début juillet, je sais. On se dit qu'il fait chaud, on se découvre, et hop, un rhume. Je vais vous faire un soin, comme ça, vos cheveux seront bien brillants. Ça vaut ce que ça vaut.

À ce moment-là, Valentine, la tête sous l'eau, sourit.

— Je connais quelqu'un qui dit comme vous, je crois. Ça vaut ce que ça vaut.

— Ah oui ?

Le soin était appliqué. Quelques secondes, et elle rinça.

Jen était sur le point de craquer. Elle attrapa une serviette, l'enroula autour des cheveux de Valentine. Lui dire ? Lui dire : « C'est moi, ta Jen, ta Jen pour la vie entière » ? Non, elle risquait de créer de la confusion, le médecin l'avait dit, il ne fallait rien brusquer.

— La couleur, c'est pas tout, on fait la coupe maintenant.

Valentine se laissa faire sans broncher. La transformation était impressionnante. Elle ressemblait maintenant à Annie Lennox. Elle se regarda dans le miroir, surprise par sa nouvelle allure.

— Tu y es allée fort, quand même.

— Vous savez qui je suis ?

— Jen Sarkissian, Coup'tiff, tu es ma meilleure amie au monde.

Elles tombèrent dans les bras l'une de l'autre.

— Attends, ça fait combien de temps que tu m'as reconnue ?

— Ton shampoing. Qui d'autre est capable de me faire un shampoing pareil ?

Soudain, Valentine fondit en larmes.

— Où est Milo ?

— On attendait que tu ailles mieux. Je vais le faire venir. Il est à Draguignan.

— Draguignan ?

— Chez les parents de sa belle-mégère. Sa belle-mère, quoi.

Valentine prit un petit moment, tentant de regrouper les informations qui surgissaient dans son cerveau.

— Je suis divorcée ?

— Excellent.

— Et... il s'appelle...

— Ton ex-mari s'appelle Thierry.

— Et il s'est remarié ?

— Absolument.

— Clarisse ?

— Alors, ma chérie, laisse-moi te dire que tu es au top. Je propose un FaceTime. Tu es prête pour un FaceTime ? Avec Milo, je précise.

— C'est quoi, un FaceTime ?

— C'est un appel vidéo. Bon, je te ferai un cours sur le monde moderne.

Jen prit son téléphone, appela Milo. L'enfant était sous le choc de voir sa mère et tellement heureux de l'entendre parler. Elle l'appelait « mon bébé », il disait « ma maman ». Milo adorait sa nouvelle coiffure. Elle ressemblait un peu à Naruto. Il demanderait à son père de le ramener vite à Paris. Puis ils raccrochèrent.

— Où est mon téléphone ? demanda enfin Valentine.

— Ah voilà, ça, c'est le signe irréfutable que tu as récupéré.

Elle sortit le téléphone de son sac, le raccorda à un chargeur, qu'elle brancha aussitôt.

— Je te préviens, tu risques de trouver deux cents messages. Ça fait bien dix jours que tu étais dans les vapes.

Pendant que Valentine découvrait les messages reçus en absence, Jen la regardait d'un œil expert. Avec un maquillage réfléchi, élaboré, de l'eye-liner sur les paupières – ce que son amie ne faisait jamais –, du mascara et un rouge bien clinquant sur les lèvres, Valentine achèverait de changer totalement de visage.

Jen avait discuté avec le médecin, Valentine pourrait sortir de l'hôpital d'ici deux jours. Mais il lui faudrait encore un peu de repos. Que le monde extérieur ne l'assaille pas.

— Une clinique ?

— Une clinique de repos serait idéale, oui. Pour une dizaine de jours.

Le surlendemain, Valentine avait été transférée en ambulance dans une clinique du XIVe arrondissement.

Valentine échangeait des textos avec son fils. Son père le conduirait à Paris à la fin de la semaine. Milo lui manquait beaucoup. Il l'appelait très souvent en vidéo pour lui montrer la piscine, le jardin, la bouteille en plastique avec le fond de grenadine qui servait de piège à guêpes, son frère ou sa sœur – la jeune femme avait été surprise de découvrir que son ex-mari avait eu d'autres enfants, mais elle avait gardé cela pour elle – en train de courir partout équipés de leurs brassards, ou encore Darius, le teckel à poil dur de la mère de Clarisse : en somme, tout et n'importe quoi. Le garçon avait bonne mine, et des taches de rousseur. Valentine le rassurait : elle allait beaucoup, beaucoup mieux. Mais qui était Naruto ?

47

Quand, à la mi-juillet, Valentine vit Milo entrer dans sa chambre, un petit paquet de calissons dans les mains – il savait que sa mère adorait ça –, elle ne retint pas ses larmes et ouvrit grands ses bras. Son petit garçon, son fils, son adoré. Milo fut incroyablement soulagé de la voir en meilleur état. Comme il lui avait manqué, comme elle l'aimait ! Elle le prit contre elle de sa façon habituelle, une main posée autour de sa tête.

Voir sa mère les yeux ouverts rendit l'enfant bavard comme une pie. Voilà qu'il racontait, de manière frénétique et dans un désordre total, tous les événements des dernières semaines : aucun détail n'était de trop. Comme il s'était amusé avec ses petits frère et sœur, aux Lego, à la voiture télécommandée, avec de la pâte à modeler, comme il se sentait leur grand frère ; Milo racontait aussi les mangas que son père lui avait achetés, et ce jeu en ligne historique que lui avait fait découvrir son camarade de classe Ottavio. Et, surtout, que sa fin d'année s'était très bien passée, qu'il était admis en cinquième avec les félicitations. Il était un peu amoureux de Clothilde, dans sa classe, et juste avant la fin des cours elle lui avait avoué qu'elle l'aimait bien aussi, et ils espéraient maintenant être dans la même classe l'an prochain. Milo termina son énumération en disant à sa mère qu'elle était toujours là, avec lui, en pensée, tout le temps, et qu'au supermarché il demandait à Clarisse de lui acheter les mêmes yaourts à la fraise que sa mère achetait d'habitude, et à la boulangerie des éclairs au chocolat, comme ça, il avait l'impression d'être avec elle. Valentine enregistrait. Il y avait encore tant de choses qu'elle n'avait pas recouvrées. Et puis Milo dit ces mots :

— Je t'aime, maman, tu es la meilleure maman du monde.

— Je t'aime, mon bébé, répondit aussitôt Valentine.

Valentine avait commencé tout un programme composé de différentes disciplines, pour sa remise en forme psychique et physique. Sophrologie, kiné, tout cela lui faisait du bien. Elle avait encore des moments de perte de mémoire, où elle se demandait, par exemple, au réveil, où elle était, et avait encore besoin de beaucoup dormir. Le Dr Gourmont – mari d'une cliente de Jen, qui lui avait trouvé une place dans la clinique – se disait satisfait de l'évolution des choses. Néanmoins, tout cela restait à consolider. Valentine lui avait fait part de sa légère appréhension de quitter la clinique. Elle se sentait en parfaite sécurité ici, tout le monde était aux petits soins.

La chambre était décorée d'une multitude de dessins et collages réalisés par Milo – dont des portraits de Naruto.

Selon le Dr Gourmont, Valentine devait rester encore environ deux semaines à la clinique. Ensuite, quand elle rentrerait chez elle, il faudrait veiller à ce qu'elle ne reste pas seule. Elle devait, il insistait là-dessus, pendant au moins deux mois vivre dans du coton et être suivie, dans un premier temps, à raison de deux consultations par semaine, puis d'une. Il faudrait qu'elle se réhabitue très progressivement aux choses de la vie quotidienne. Cela paraissait excellent à Jen, qui ne cessait de le remercier.

48

Dix jours plus tard, Nathan entra dans la chambre de Valentine. Elle le reconnut immédiatement et n'en croyait pas ses yeux. Comme il n'était pas sûr qu'elle se souvienne de lui, il se présenta : « Nathan, du train. » Elle lui répondit qu'elle s'en souvenait. Platon, et les indications pour le bon autocar, ce qui sembla le ravir.

— Je crois que j'ai oublié plein de choses, mais pas vous, lâcha-t-elle avec une candeur qui les fit aussitôt rougir, tous les deux.

Un peu gênée d'être en chemise de nuit, elle tira sa couverture sur elle. Sa timidité lui était revenue.

Le jeune homme lui demanda s'il ne la dérangeait pas. Non, l'assura-t-elle, elle ne faisait pas grand-chose de ses journées. Elle l'invita à s'asseoir dans l'unique fauteuil. Mais comment savait-il qu'elle était ici ? se demandait-elle, intriguée.

Il avait apporté une rose qu'il ajouta, avant de s'asseoir, au bouquet de Jen, dans un vase prêté par la clinique. Valentine regarda la fleur, voulut le remercier mais ne se souvenait plus du mot « fleur » ni du mot « rose ». Il la félicita pour sa nouvelle coiffure. Elle sourit. Elle n'était pas sûre que ce soit bien son style, mais ça changeait. Valentine n'osait pas lui poser la moindre question, craignant d'être indiscrète. Lui non plus, de peur de la fatiguer.

Ils restaient donc là, à ne rien dire. Ils se regardaient, baissaient les yeux, se souriaient légèrement. De temps en temps, Nathan s'excusait de ne pas dire grand-chose. Elle lui répondait que ça lui allait très bien, c'était agréable aussi de ne pas parler ensemble.

Nathan pensa que Valentine ressemblait à une fleur, avec ses cheveux. Une longue tige, avec à son extrémité des sortes de pétales, courts et denses. Valentine observait la manière dont il était assis : elle aimait beaucoup sa manière de se tenir dans ce fauteuil. Elle aimait ses gestes, ses mains. Elle aimait son visage. Elle aimait ce qu'il dégageait, ce mélange de calme et de joie, et son allure, cette veste de coton un peu froissée, sur une chemise un peu froissée elle aussi, un pantalon, des baskets, et, toujours, les cheveux un peu en bataille.

— Votre numéro, dit-elle. Il était mal écrit.

Nathan lui confia alors qu'il avait pensé à elle très souvent. Guettant sur son téléphone, vainement, la trace d'un appel. Il s'était senti vraiment idiot de ne pas lui avoir demandé son numéro. Puis il avait écumé autant de salons de coiffure qu'il pouvait dans le XVIIe arrondissement, en se disant que peut-être il n'avait pas noté son propre numéro de manière lisible. On lui en faisait souvent la remarque : il écrivait mal.

Valentine était donc importante pour lui. Comme il l'avait été pour elle. Dans ce train. Mais il avait disparu, et elle s'était faite à cette idée, un peu tristement, comprenant qu'il n'avait été dans sa vie qu'une apparition, pour l'aider à comprendre, ou à admettre, certaines choses, pour lui donner, à un moment très précis de sa vie, quelque chose dont elle avait besoin : de l'espoir. Elle avait pensé à lui depuis, comme à une étoile filante. Et ça lui allait, il existait quelque part.

Nathan sortit de sa poche un stylo-bille et déplia une feuille A4 sur laquelle il nota, en caractères énormes, de manière extrêmement claire et lisible, son numéro de téléphone, ce qui fit éclater de rire Valentine.

Alors qu'elle s'apprêtait à lui demander comment il l'avait retrouvée, Nathan prit la parole.

— Il faut que je vous parle du homard.

— Du homard ?

— Le homard, avec le temps, grandit, mais sa carapace, elle, ne grandit pas. Rapidement, il se retrouve complètement à l'étroit, dans un terrible inconfort. Alors que fait le homard ? Il part se cacher sous un rocher, se couche sur le côté, déploie des efforts considérables pour s'extirper de la carapace, et quand il y parvient, il se retrouve à la merci de tous les dangers, il n'y a plus rien pour le protéger. Mais après ça, une autre carapace se reconstitue autour de son corps, à sa taille, du sur-mesure. Ce qui permet au homard de grandir, c'est justement de se sentir à l'étroit.

Valentine, espiègle, se coucha sur le côté.

— Voilà, j'ai pris la bonne position. C'est comme ça ?

— Oui, c'est exactement comme ça. Le homard fait ça deux fois par an environ. Des chercheurs se sont aperçus que tant qu'il procède à cette mue, qui demande de grands efforts, le homard grandit. Le plus grand homard jamais découvert faisait environ un mètre de long.

Elle lui sourit à nouveau.

Il lui promit alors, quand elle irait mieux, de l'emmener danser.

— Danser ?

— Danser. Dès que vous aurez refait votre carapace.

Il la laissa en lui souhaitant un bon rétablissement, et referma la porte derrière lui. Valentine resta à admirer la rose, elle venait de retrouver le nom de la fleur, au milieu du bouquet. Avait-elle bien vécu ce qu'elle venait de vivre ? Est-ce qu'elle savait danser ?

Elle se précipita pour se regarder dans le miroir de la salle de bains, à quoi ressemblait-elle ? Sa coiffure, sa coiffure… Naruto ? Le héros de manga avait les cheveux un peu plus longs sur les côtés. Elle observa un instant son visage, conclut que ça allait, malgré la pâleur. Alors qu'elle sortait de la salle de bains, Nathan frappa à la porte de la chambre, et sans attendre entra à nouveau. Elle se tenait debout. Sa chemise de nuit, offerte par Jen, lui arrivait à mi-cuisses.

— J'ai oublié une chose.

— Sur le homard ?

— Non. Je vous ai tout dit sur le homard. Autre chose. La plus belle phrase que j'aie entendue de ma vie.

Valentine l'écoutait, attentive.

— Parfois, nous nous trouvons dans un moment tellement sombre de notre existence que nous croyons avoir été enterré, alors qu'en réalité nous sommes une graine qui vient d'être plantée.

Elle le regardait.

— Moi aussi, j'ai oublié de vous dire quelque chose. Nathan, je ne connais aucun chauffeur de taxi qui dirait des choses pareilles.

— Vous vous souvenez du taxi ? C'est merveilleux, Valentine ! Alors je voulais vous dire aussi, j'aime beaucoup votre nouvelle coiffure. Personne ne vous ressemble. C'est un compliment.

Ils se dévisagèrent un instant, sans parler, puis il s'approcha, l'embrassa sur la joue et quitta la chambre, cette fois pour de bon.

Valentine était amoureuse. Toutes ses forces lui revenaient en accéléré. Elle téléphona à Jen, son débit n'était pas loin de celui de son fils.

Jen fit semblant d'être surprise du coup de fil, et de la visite.

— Il m'a embrassée sur la joue, et il m'a apporté une rose, tu te rends compte ? Et il m'a dit qu'il aimait beaucoup cette espèce de truc que tu m'as fait sur la tête, et aussi qu'il voulait m'emmener danser. Il a pensé à moi, pendant tout ce temps, tu peux le croire ? Et il m'a parlé de la mue du homard, et aussi une histoire de graine, je te raconterai. Et il m'a écrit son numéro de téléphone en énorme, il m'a fait rire, tu te rends compte ? Je ne voudrais pas m'avancer, enfin, je sais pas à partir de quand on considère qu'on est vraiment amoureux, mais tout ce que j'ai à dire, c'est que ce mec est complètement génial, en plus d'être très, très charmant, enfin, même hyper beau. Du coup, je me sens en pleine forme, et même je vais te dire, j'ai faim. Je crois que je vais appeler l'infirmière et lui demander si elle a quelque chose à manger, n'importe quoi, du poulet, des Mikado, de la confiture avec du pain, je meurs de faim, et en même temps j'ai pas faim du tout, enfin je suis super contente et en même temps hyper inquiète, j'espère que je ne l'ai pas déçu et tu vois, j'ai déjà confiance en lui donc non, je ne m'inquiète pas du tout, ça doit être la première fois de ma vie, et en plus il connaît déjà Milo, tu crois que ça pourrait m'arriver, un truc pareil ? Que je sois amoureuse d'un type qui serait amoureux de moi lui aussi et que ce soit un mec génial et que ce soit une vraie belle histoire ? Parce que si ça arrivait, je trouverais ça fou. Et tu vois, du coup, j'ai beaucoup moins peur de partir d'ici, enfin je me dis qu'avec toi, Milo et lui, enfin, s'il est amoureux de moi, mais j'ai l'impression qu'il m'aime vraiment bien, ça va bien aller, qu'est-ce que tu en penses ?

— C'est bien, je te retrouve, lança Jen.

— Mais comment il savait que j'étais là ? C'est toi ?

Évidemment, Jen avait mené une enquête à la SNCF. Elle avait trouvé quelques Arméniens y travaillant, Saroyan, Vardanyan, Berberyan, qui s'étaient aussitôt mobilisés pour l'aider. Grâce à la solidarité arménienne, et aux éléments dont elle disposait, la date du voyage, le numéro du train et de compartiment, ils avaient retrouvé l'identité du quatrième passager et ses coordonnées. Jen découvrit à cette occasion qu'il existait une nouvelle plateforme pour les gens qui tombaient amoureux dans les trains, on pouvait y déposer des annonces. Elle avait adoré l'idée et félicité Saroyan, Vardanyan et Berberyan, et les avait invités à passer dans son salon, elle leur offrirait une coupe gratuite. Puis elle en avait parlé à absolument toutes ses clientes. Tout le monde se plaignait du prix des billets de train, des grèves, n'empêche que la SNCF se mettait en quatre pour favoriser les histoires d'amour, et ça, c'était remarquable.

Puis Jen avait téléphoné à Nathan et lui avait tout, tout raconté.

— Vous comprenez, on a failli la perdre.

Nathan était très heureux que Jen l'ait retrouvé, et très attristé par le récit qu'elle faisait des derniers mois. Jen avait insisté pour qu'il ne partage surtout pas avec Valentine la moindre histoire ou pensée irrationnelle, ou sérieuse, rien qui soit lié au passé, aux origines ; elle lui avait dressé la liste exhaustive de tous les sujets à éviter, il fallait trouver le moyen de ne parler de RIEN tout en discutant, il était très important de rester bien terre à terre, bien ancré. Valentine avait eu sa dose.

— Vous parlez seulement du beau temps avec elle, d'accord ?

— Comme le ferait un chauffeur de taxi.

— Exactement, voilà, c'est parfait, un chauffeur de taxi.

Valentine, sur son lit, était béate de joie.

Et quand Gourmont passa dans sa chambre, en fin d'après-midi, elle lui expliqua qu'elle se sentait parfaitement bien, et même prête à rentrer. Ravi, Gourmont attribua ce succès à la sophrologie et aux acides aminés. Vraiment, rien ne remplaçait les acides aminés.

Le lendemain, ses parents lui firent la surprise de passer. Sa mère la prit dans ses bras en pleurant, son père n'en menait pas large non plus.

— Ma chérie, lui dit sa mère, nous t'aimons tellement.

Elle resta néanmoins à regarder la coiffure de sa fille, prenant sur elle pour ne pas commenter.

49

Thierry avait appris à son fils le rami, les échecs, le poker. Désormais, il s'amusait avec lui, comme un môme, à marquer des buts dans le jardin, l'emmenait faire du vélo, et avait même pris le relais sur les soirées de roller, le vendredi, dans Paris. Le lien s'était créé, et le père en était plus qu'heureux. Milo lui aussi avait découvert son père, affectueux, plein d'allant et bourré d'idées pour eux deux. Cette fameuse complicité père-fils était sortie comme un bourgeon, d'un coup, avec retard mais en accéléré.

Thierry était rassuré d'apprendre que Valentine se sentait mieux. En dépit de leur historique conjugal, il demeurait attaché à elle, et c'était la mère de son fils. Il lui ramènerait Milo le week-end, pour commencer, puis ils réfléchiraient à une garde alternée.

Jen et Louis s'étaient chargés d'aller chercher Valentine à la clinique. Un moment de grande joie. De retour dans son appartement, Valentine avait trouvé un ménage impeccablement fait, et un réfrigérateur plein de merveilles. Mousse au chocolat artisanale, fromages, yaourts, pâtes fraîches et autres délices. Elle avait pris Jen dans ses bras : c'était une fée.

Valentine avait découvert, dans chaque pièce, un bouquet de fleurs. Elle s'était tournée à nouveau vers Jen, mais cette fois son amie n'y était pour rien. Nathan les avait déposées le matin même au salon de coiffure. Les conversations ne tournaient déjà plus qu'autour de Nathan.

Valentine posa tout de même la question : que feraient-elles sur le plan capillaire ? Fallait-il rester blonde peroxydée aux cheveux très courts, ou laisser pousser et revenir au châtain naturel ?

— Pour le moment, on attend, avait répondu Jen, prudente.

— Blonde, j'aime bien, confia Valentine. Ça change.

Dès le lendemain, Nathan et Valentine s'étaient vus. Valentine n'était pas encore en vraie pleine forme, et ils s'étaient contentés de faire une promenade peu ambitieuse, histoire de s'aérer. Le tour du pâté de maisons, avait suggéré Nathan – Valentine n'avait pas marché ailleurs que dans une salle de rééducation depuis si longtemps –, mais trois fois, pour ne pas trop s'éloigner. Ce quartier qui n'avait ni charme ni attrait leur semblait totalement romantique, Venise à cent mètres du périphérique. Elle cheminait à ses côtés, le sourire aux lèvres, lui tenant le bras. Ils n'avaient pas besoin de se raconter grand-chose de leurs vies respectives, pas d'histoires d'enfance ou d'adolescence, pas d'évocation de divorce, rien, c'était comme s'ils se connaissaient déjà ; la complicité, naturelle, était là. Le passé était loin derrière eux, ils savouraient l'instant, simplement heureux de ce temps ensemble. Un rien les amusait, comme ce cycliste aperçu sur l'avenue, torse nu, en slip, la casquette vissée à l'envers sur la tête, et, comme si sa tenue ne suffisait pas, se grattant le ventre.

Valentine retrouvait ses éclats de rire tonitruants. Nathan adorait sa joie.

Puis ils étaient remontés à l'appartement et avaient partagé la mousse au chocolat de Jen. Valentine s'était allongée sur son petit canapé, et Nathan l'avait regardée s'assoupir.

Nathan était prévenant, délicat, drôle, à la hauteur de ce qu'avait imaginé Valentine. Lui la découvrait espiègle, fantasque, enfantine et fragile. C'était une fleur. Même si dans le fond, il la savait forte, il fallait y faire attention. Ils étaient, déjà, très amoureux, l'histoire faisait son chemin.

En rentrant le dimanche suivant, Milo avait sauté au cou de sa mère. Il était déchaîné, et toujours aussi bavard. Milo se souvenait très bien de Nathan. Ils se lièrent immédiatement. Ils descendaient souvent tous les trois dîner à la pizzeria, chez Mario. Nathan jouait aux échecs avec Milo. Ensemble, ils regardaient des films, avachis dans le canapé, parfois en mangeant du chocolat ou des chips, allaient à la Villette voir des expos et manger des glaces. Tout était naturel, tranquille. Les semaines où Milo n'était pas là – les parents de l'enfant avaient, en accord avec lui, adopté la garde alternée –, Nathan restait tous les soirs, ou bien Valentine dormait chez lui, passage Molière, à deux pas du Marais.

Comme Valentine avait repris son projet de déménagement, Nathan lui proposa de prendre l'appartement avec elle. Jen mit une de ses clientes sur le coup, qui leur trouva la perle rare en quelques jours. Ils l'auraient pour septembre. Un appartement lumineux, presque deux fois plus grand que celui de Valentine, avec d'immenses fenêtres, deux chambres, et vue sur un petit jardin.

50

Avant la rentrée des classes et le déménagement, Nathan emmena mère et fils à côté de Cassis, dans une petite maison proche de la mer qui appartenait à sa tante. C'était encore un peu de la convalescence pour Valentine, sous le soleil, entre les melons sucrés et les pêches juteuses, les roses du jardin dont Nathan et Milo faisaient des bouquets et les massifs de lavande. Un figuier était planté à droite de la maison et Milo s'amusait à en cueillir les fruits, mûrs, cette fois. Nathan s'occupait de tout, et le soir, ensemble, ils guettaient les étoiles filantes.

Jen et Louis les avaient rejoints pour quelques jours, et avaient bien profité du rosé de Provence.

Un matin que Nathan, Louis et Milo étaient partis au village faire les courses – avec des indications très précises de Jen –, son amie s'allongea aux côtés de Valentine sur un transat.

— Tu te rends compte ?

— Quoi ? demanda Valentine.

— Le bonheur, le bonheur complet, c'est possible.

Valentine mit un doigt devant sa bouche, comme si c'était un secret entre elles.

Bien sûr, pour les crèmes solaires, elles n'étaient pas d'accord. Jen continuait la protection 10, tandis que Valentine restait avec son 50.

— Tu ne crois pas que tu pourrais passer au 30 ? avait demandé Valentine.

— J'aime trop me sentir un toast.

— Si tu passes au 30, je passe au 30.

— Tu m'emmerdes. Et quoi encore ?

— Rien, c'est tout.

Valentine prit la main de Jen en fermant les yeux. Cette vie, elles la traverseraient ensemble. Quoi qu'il advienne, et surtout le meilleur.

— Tu veux connaître la meilleure de l'année ? ajouta Jen.

— Vas-y.

— Je suis enceinte.

— Tu le sais depuis quand ?

— Depuis que je suis allée faire pipi, il y a douze minutes.

Les deux femmes se mirent à crier, à pleurer, se prirent dans les bras.

— Panorama ?

— Panorama !

— Il est d'accord ?

— Ce sont les deux choses que j'ai vérifiées quand il m'a demandé ma main.

— La deuxième, c'est quoi ?

— Tu verras ça à notre mariage.

51

Au mariage de Jen – trois cents invités venus de sept pays différents, « Faut ce qui faut », s'était défendue Jen –, Valentine, requinquée et ravissante, toujours coiffée comme Naruto, arriva avec Milo et Nathan.

En sortant de l'église arménienne – la rue Jean-Goujon avait été bouclée –, au moment tant attendu de lancer le bouquet, Jen se tourna vers son amie et lui glissa les fleurs dans les mains. Les jeunes célibataires furent affreusement déçues par ce traitement de faveur.

— Je t'aime, lui dit Jen. Maintenant tu vas être heureuse tous les jours de ta vie.

Et Jen embrassa Nathan. Qui, à son tour, embrassa Valentine. Le photographe était confus, quel couple fallait-il photographier ?

Nathan ne perdait aucune occasion d'embrasser Valentine.

Le banquet se tenait dans une immense salle à une demi-heure de Paris.

Mario, Karim, la pharmacienne, Nora, Mélodie et de nombreuses clientes du salon avaient été invités.

L'orchestre se mit à jouer.

Louis avait été prévenu. Un bordel.

Pendant le dîner, la grand-mère de Jen, placée à côté de Valentine à la table des mariés, enleva un bracelet de son poignet pour l'offrir à la jeune femme.

— Il vous portera bonheur. Vous êtes charmante.

Jen avait fait faire par son traiteur arménien des centaines de trigones, qui trônaient en pyramide sur une table dédiée et faisaient office de pièce montée. Il avait fallu le convaincre et lui fournir la recette. C'était cela, la deuxième condition de son mariage.

52

Valentine avait maintenant un bureau au sein de la maison d'édition, à deux pas de la place Saint-Sulpice. À l'heure du déjeuner, quand il faisait beau, elle se promenait, comme une touriste, arpentant les petites rues jusqu'au jardin du Luxembourg. Comme elle aimait ce quartier ! Un jour, son père lui téléphona à l'improviste : il était de passage à Paris entre deux séjours dans l'appartement de Cannes et proposait de l'emmener déjeuner.

Elle le rejoignit avec plaisir. Il avait choisi un petit restaurant italien qu'il connaissait, rue des Canettes.

Son père l'attendait, comme toujours habillé de son pantalon à pinces, d'un polo et d'un pull en V. Valentine était contente de le voir. Il la félicita : elle semblait en très bonne forme. Ils passèrent commande, puis il parla de Milo, de cette chance extraordinaire qu'il avait eue d'avoir recouvré la parole. Valentine percevait quelque chose d'artificiel dans la manière dont son père s'exprimait, et même dans sa posture, ses gestes, comme s'il était gêné, comme s'il n'osait pas lui parler.

— Papa, tu es venu pour me dire quelque chose, je me trompe ?

Le père baissa les yeux, un peu embarrassé.

Il lui avoua qu'il ne lui avait pas tout dit. Il avait vu, une fois, sa mère pleurer. Alors qu'il venait de célébrer ses treize ans, cette femme qui portait depuis toujours une grande tristesse sur son visage s'était soudain épanchée devant lui. Elle lui avait raconté la rencontre avec sa mère, venue exprès de Salonique, les loukoums dans une petite boîte cartonnée, et l'indifférence qu'elle et son frère, pleins d'arrogance malgré leur jeune âge, affichaient, fidèles à leur père qui leur offrait une si belle vie à Paris.

Après le départ de sa mère, la toute jeune fille avait réalisé son méfait. La peine qu'elle avait dû lui causer, refusant tout contact physique, toisant avec mépris ses cheveux mal arrangés, son accoutrement et ses yeux gonflés de larmes. Dès lors, la culpabilité ne l'avait plus jamais laissée tranquille.

Son fils l'avait écoutée, trouvant l'histoire tout à fait étrange, et même franchement désagréable. Elle lui avait alors demandé de lui faire la promesse de se rendre, un jour, là-bas. Comme elle insistait, il avait promis. Et trahi sa promesse.

Le père de Valentine n'avait pas touché son plat. Il avait les larmes aux yeux. Lui aussi, ce jour-là, avait jugé sa mère pathétique. Il ne lui avait pas pardonné cette faiblesse. Il le regrettait aujourd'hui.

Il sortit de sa poche un petit œil bleu en verre translucide, qu'il tendit à Valentine. Elle le prit dans sa main, le regarda avec étonnement.

— C'était avec les loukoums. Ma mère me l'a donné ce jour-là. Je l'ai cherché partout et j'ai fini par le retrouver. C'est un porte-bonheur, paraît-il.

— C'est gentil, papa, mais garde-le.

Valentine reposa l'objet sur la table. Son père le rangea dans sa poche.

Sans regret, la jeune femme retourna à son bureau, le cœur léger.

53

Le métier de Nathan, c'était de chercher et de collecter, notamment à travers la Grèce et les Balkans, des objets pour une fondation américaine. Des objets ayant autrefois appartenu à des familles comme celle de Seva Moscato, celle de Nissim Saragoussi ou de tant d'autres, qui ressortaient dans les brocantes, les marchés aux puces ou les salles des ventes au gré des déménagements, des décès, ou des crises économiques. Parfois, des personnes âgées essayaient de tirer quelque argent d'objets se trouvant chez elles, mais ne leur ayant, à l'origine, pas vraiment appartenu. Des gens achetaient un appartement et vidaient la cave, ou se débarrassaient des vieilles malles et des cartons entreposés dans leur grenier. Il pouvait y avoir là des photos, un petit tableau, un chandelier, un pendentif, un tissu brodé, une boîte à cigarettes en argent avec un nom gravé à l'intérieur.

Tous ces objets racontaient quelque chose d'une histoire engloutie, souvent tue. C'étaient autant de témoignages. Combien de maisons et d'appartements, une fois vidés de leurs habitants, et dans quelle précipitation, avaient, parfois seulement dix minutes après leur départ, l'odeur de cuisine encore prégnante, été visités, pillés, volés, les tiroirs vidés, la moindre casserole, le matelas encore chaud du sommeil d'un enfant, une boîte en bois précieux, un plat en argent, des lampes, un gramophone, une radio, des livres, des disques, des robes.

Ainsi allait-il souvent à Salonique. Dans les années quarante, tout s'était volatilisé. Une grande foire gratuite : que chacun se serve dans les affaires de ceux qui, foi d'Allemand, ne reviendraient plus. Pourquoi se gêner ?

Comment deviner ce qui se cachait derrière un service en porcelaine, des gants en dentelle, un vieux chapeau de feutre ? Ce n'était pas toujours facile.

Mais Nathan avait l'œil. Il savait reconnaître.

Son métier, il ne le raconta à Valentine que plus tard. Lorsqu'il fut sûr que cela ne l'ébranlerait pas.

— Tu répares.

— Je ne sais pas ce que ça répare, mais ce sont des traces. Je cherche des traces. Un objet, même tout petit, a été le témoin silencieux d'un quotidien, de conversations, de rires, a partagé des secrets. L'objet porte quelque chose de la personne disparue. Un objet, tu vois, et tout n'est pas perdu. Parfois, on retrouve des noms dessus. Sur une vieille blouse d'écolier, par exemple. J'en ai trouvé un certain nombre. Les mères cousaient les prénoms et les noms des enfants dessus.

— Mais qu'est-ce que vous faites avec ces objets, après ?

— On les étudie, on les répertorie, on les restaure parfois, on les garde et on les expose ou on les confie à des musées. La fondation part du principe que tous ces disparus y étaient un peu attachés, qu'ils auraient été contents qu'on les retrouve, qu'il subsiste quelque chose d'eux, même minuscule. C'est une présence, juste une présence.

Ce jour-là, dans leur appartement, il imprima sur du papier blanc des photos qu'il avait prises, trois ans auparavant, d'un livre découvert dans un marché aux puces, parti depuis longtemps déjà au siège de la fondation, à Washington.

Il tendit les deux pages imprimées à Valentine. Elle les étudia attentivement.

La première feuille, d'abord.

COURS ÉLÉMENTAIRE

L'ANNÉE PRÉPARATOIRE
DE GRAMMAIRE

LARIVE ET FLEURY

223 exercices de vocabulaire et élocution
(Diction, orthographe, composition de phrase)

Librairie Armand Colin
103, boulevard Saint-Michel
Paris

Puis la deuxième feuille.

Une fiche, bien maintenue aux angles par des sortes de gommettes. Le nom des différents élèves ayant utilisé le manuel pendant leur année scolaire.

1935 – Sam Bourla
1936 – Alberto Florentin
1937 – Daviko Oreja
1938 – Bella Frandji
1939 – Estrella Gatenio
1940 – *Eliseva Moscato*

54

Valentine tint sa promesse, et se rendit un jour d'octobre à l'Inalco. Le bibliothécaire ne la reconnut pas tout de suite – ses cheveux, qu'elle avait gardés très courts, et blonds. Mais lorsqu'elle s'approcha, son visage lui revint en mémoire.

— Comme je suis heureux de vous revoir.

Valentine le remercia de tout cœur. C'était lui qui lui avait conseillé de fouiller. Elle lui raconta tout.

— Vous savez, lui confia-t-il, j'habite dans un vieil immeuble, vers la rue de Rome, dans le quartier des luthiers. Il m'est arrivé, parfois, en prenant mon escalier, de sentir des choses. Juste des choses. C'est une sensation, ça ne dure qu'un bref instant. Comme une présence furtive. Nous nous croisons, en quelque sorte. Je ne suis pas fou, et je ne crois absolument pas aux fantômes. Mais si c'étaient des âmes ? Des âmes qui refuseraient qu'on les oublie ? Alors j'essaie d'y être attentif, de leur accorder cet espace, ce moment. Nous avons encore, je crois, beaucoup à découvrir.

55

Milo était maintenant en cinquième. La vie s'organisait parfaitement pour lui. Il était dans la même classe que Clothilde, ce qui le ravissait, et ils nourrissaient l'un pour l'autre un petit béguin, timide et respectueux. Milo avait sa bande de copains, avec qui il allait au foot le mercredi, et chaque jeudi au cours de l'atelier théâtre. Le nouvel appartement se situait à cinq arrêts d'autobus de son collège. Souvent le garçon préférait marcher – cela allait plus vite, disait-il. Il avait trouvé sa place au sein du couple formé par sa mère et Nathan, en parfaite harmonie.

Un samedi de novembre, alors que Nathan était en voyage pour son travail, Valentine emmena son fils au parc Monceau. Ils se promenaient, main dans la main, regardant les arbres, les larges allées, prenant les petits chemins, se délectant de la douceur de l'automne, de ses couleurs. C'était un bonheur d'habiter près de ce parc. Voir des enfants jouer, des maîtres avec leurs chiens, les poneys faisant leur tour, eux aussi, montés par de petits cavaliers casqués ; Milo et sa mère observaient les canards, en famille, agglutinés près des vestiges d'un temple – vrais ou faux, quelle importance. Il était interdit, désormais, de leur donner du pain. Sur les bancs Napoléon III, peints d'un vert bouteille un peu écaillé mais encore brillant, des gens lisaient un journal, un roman, regardaient leur téléphone, attrapaient un dernier rayon de soleil avant l'hiver, discutaient tranquillement, ou mangeaient sagement un sandwich, ou une gaufre.

Valentine repéra un banc libre. L'air était frais. Elle pensait depuis un moment à cette conversation avec Milo, mais n'avait pas su comment l'amener. Elle voulait lui donner ça, pour son avenir, pour sa vie.

Soudain, elle se lança.

— Tu sais, parfois dans les familles, il y a des choses que les gens ne veulent pas dire.

Et elle lui raconta tout ce qu'elle avait découvert. L'enfant l'écoutait, les yeux écarquillés. Parfois il l'interrompait pour poser des questions. Elle lui répondait sans rien dissimuler, du mieux qu'elle pouvait.

— Cette histoire de notre famille avait été cachée, c'était un silence. Et toi, tu ne parlais pas, parce que tu portais ce silence. Tu l'incarnais. Et puis un jour tu as cassé le silence, et tu m'as ramenée à la vérité, tu nous as tous ramenés à la vérité. C'est grâce à toi que j'ai retrouvé toute cette histoire, qui est une partie de notre histoire, et avec laquelle je suis en paix maintenant. Je voudrais que tu n'oublies pas que nous venons aussi de là-bas. Alors que tout nous pousse à oublier. Il ne faut pas oublier, c'est ça le plus important, tu comprends, mon chéri ?

REMERCIEMENTS

Tout d'abord mes enfants, Viggo pour sa patience – une maman toujours sur son ordinateur… – et Edgar pour ses conseils pertinents ; ses amis, particulièrement Constantin Jankovic et Antoine-Baptiste Filippi. Dorothée Cunéo, ma chère éditrice, pour sa confiance et son amitié. Anna Khachaturova, Tania Fouquet et toute l'équipe des Éditions Denoël pour leur écoute attentive et leur implication. Georges Benayoun pour ses relectures, ses conseils précieux et le *road trip* à Salonique. Jacques Owczarek pour son enthousiasme. Dominic Jensen et Karin Wiig. Mathilde Fletcher, mon amie d'origine salonicienne, la première à m'avoir parlé de cette ville, en 1997. Jean-Baptiste Semerdjian, Michel Bernier, Anne-Marie Van der Meulen, Nathalie Bianco. Martin Brossollet. Simon Tahar. Aurélien Lafond, pour la boxe. Jacqueline Wagenstein pour m'avoir permis de découvrir Sofia. Stéphane et Maria Moisset. Myrto-Helena Pertsinidi et le formidable Hannah Project. Mireille Mazoyer-Saül, Claire Romi et les membres d'Aki Estamos, pour nos conversations sur le sujet il y a vingt ans. Emmanuel Attyasse et sa page Facebook PCJ. Schlomoh Brodowicz. Rémi Matalon, pour l'amitié et les réponses à certaines de mes questions. François Azar. Henri Carasso. Aviva Azan, « décodeuse transgénérationnelle ». Alain de Toledo. Marcel Hasday et l'association Vidas Largas. Nora Dumruk. André Delvallée pour les paroles de sa chanson. Une pensée pour Jean Carasso, combattant infatigable de la mémoire des

Juifs de Salonique. Je me suis inspirée de sa colère pour faire parler Seva Saragoussi, la fille du libraire. Le site Akadem. À Athènes, Afrodite Al-Salech, et Constantino Korikis, qui m'ont beaucoup parlé de Salonique. À Salonique, Léon Saltiel, son oncle David Saltiel, président des communautés juives de Grèce, Isaac Saltiel, président du Musée juif de Thessalonique, pour nos conversations à Halkidiki et l'amitié immédiate. Iannis Boutaris, ancien maire de Thessalonique, pour avoir accepté avec beaucoup de gentillesse et de sincérité de répondre à mes nombreuses questions. Rena Molho, pour ses conseils et ses écrits. Sarah Weiss. Aharon Israel et sa famille. Avi Azoulay et son amie Maria, mon guide. L'équipe du Musée juif de Thessalonique. Evángelos Chekímoglou et son équipe de chercheurs. Ron Huldaï, pour notre chaleureuse conversation, à Paris, sur Salonique, son passé et son présent. Mon amie Laurence Dreyfus, qui me l'a présenté, avec, comme toujours, beaucoup de générosité. Mes vifs remerciements à Esther Saltiel-Ragot, doctorante en histoire à l'EHESS, pour m'avoir relue et corrigée, patiemment. À ses amis de Religare. Erika Perahia, auteur d'un mémoire sur les Juifs de Salonique à Auschwitz-Birkenau. Et tous les auteurs et éditeurs des documents historiques, essais et articles consultés. Une pensée pour Nicholas Stavroulakis, qui m'avait tant aidée, il y a plus de vingt ans, pour mon roman *L'Enfant du Bosphore*.

À la douce ville de Salonique…

Composition : Utibi.
Achevé d'imprimer par Grafica Veneta S.p.A.
à Trebaseleghe (Pd), en mars 2023.
Dépôt légal : avril 2023.

ISBN 978-2-207-16988-9 / Imprimé en Italie.

560596